Berkeley
Korean
Literature

4
2017
summer

버클리문학

버클리 문학

Berkeley Korean Literature

4호

2017년 9월 1일 발행

편집주간　김희봉
편집위원　김경년, 김종훈, 유봉희, 강학희, 정은숙, 엔젤라 정
편집고문　오세영, 권영민
편집자문　김완하, 송기한, 김홍진, 이용욱, 이은하

•시

• 소설

• 논픽션

• 동화

■ 버클리문학 3호 출판기념회(2016. 8. 13)

■ 버클리문학 3회 신인상 시상식(2016. 8. 13)

■ 버클리대 방문학자들(2016. 8. 13)

■김복숙 시인 출판기념회(2016. 9. 24)

■ 김옥교 시인 출판기념회(2016. 10. 8)

■ 엔젤라 정 시인 출판기념회(2016. 11. 5)

■ 버클리대 조정래 작가 특강(2016. 11. 19)

■ 윤영숙 시인 출판기념회(2017. 1. 14)

■ 버클리대 김경욱 소설가 특강(2017. 2. 16)

■ 김희봉 수필가 출판기념회(2017. 6. 11)

세 계 문 학 속 의 한 국 문 학

vol. **3**

2016. Summer

버클리문학

Berkeley Korean Literature

특집 1   한류문화와 K팝과 드라마

류호석, 윤태일

특집 2   버클리문학의 현재와 미래

김홍진, 김외곤, 박진희, 성기웅

시   고 은, 오세영, 나태주, 김정기, 김승희, 김광규,
정문혜, 김완하, 함성호, 문인귀, 엔젤라 정 외

신인상   **시** – 김중애 / **에세이** – 백인경

소설   이동휘

동화   이은하

에세이   클레어 유, 김종훈, 김희봉, 정홍택, 김정수, 주대식 외

창작의 요람 『버클리문학』

샌프란시스코 만은 새크라멘토 강이 태평양과 만나는 큰 하구(河口)이다. 여름날, 간조 때면 물안개를 머금은 잔물결이 바람을 실어 금문교각 아래로 밀려간다. 버클리 부둣가에서 바라보면 시(詩) 한 수, 돛 달고 떠가는 바위섬 알카트레즈!

올해 『버클리문학』 4호가 출간되었다. 2009년 12월, 〈버클리문학협회〉가 태동된 이래 2013년 창간호에 이어 올해 4호까지 한국문학과 미주 문학이 버클리라는 프론티어에서 직접 만났다. 이번 4호에도 버클리 대학의 동아시아 한국학 센터(CKS)와 대산 재단이 주관하는 교환 학자 프로그램에 다녀간 한국의 문학자, 문인들 20여 명과 이곳 동포 문인 23명이 함께 필진으로 참여했다.

사실 『버클리문학』의 발간은 한국이나 미주에서나 처음 시도된 일이다. 지금까지 동포들만의 글을 모은 문학지는 많이 있었지만 한국의 대표적인 문인들과 동포 문학인들이 함께 문학지를 낸 것은 이민 문학 사상 유례가 없는 일이었다. 그런 의미에서 한국과 이민 문학사에 새 지평을 여는 노력으로 자부하고 있다.

이러한 시도는 세계화를 지향하는 한국문학이 그 프론티어에 있는 이민 문학과 적극적으로 교류함으로 상호 발전을 도모하려는 『버클리문학』 발간 목적에 기반을 두고 있다. 이민 문학은 한국문학의 변방이 아니라 세계의 첨단에서 모국어로 쓴 이민자들의 삶이 농축된 또 하나의 한국문학의 현장이자 중요한 축이기 때문이다.

작년과 올해도 〈버클리문학협회〉는 활발히 창작활동을 전개했다. 이민 문학의 과제 중 하나가 독특한 다문화적 이민 체험을 완성도가 높은 언어와 표현력으로 창작해낼 수 있는 역량을 키우는 일이기 때문이다.

창립 이래 본 협회는 매년 김완하, 송기한, 김홍진, 이은하, 이용욱, 김미랑, 정명훈, 박송이 등 버클리대 방문교수들과 신춘문예 당선 시인들을 강사로 문학아카데미를 열어 창작 이론과 실습 등을 연마해 왔다.

또한 버클리 대학 초빙교수로 한국문학을 지도하고 있는 권영민 서울대 명예 교수와 『버클리문학』 필진이자 버클리 대학 한국학 센터 고문인 클레어 유 교수를 통해 조정래, 신경숙, 조경란, 김경욱 작가들과 조오현 스님 시인 등, 초청 문인들의 특강도 절기마다 접해 왔다.

한편, 2016년에는 본 협회 창립 멤버인 김완하 시인이 버클리대학에서 두 번째 연구년을 보냈다. 이를 계기로 『버클리문학』 창작아카데미를 4월부터 12월까지 전반과 후반으로 나누어 매번 격주로 열었다.

창작아카데미에서는 창작법을 위주로 다양한 소재들을 다루었다. 예를 들어, 창작 방법 3단계, 시의 지형학, 시 세계의 다양성, 시의 표현과 기법의 다양성, 창작의 출발과 문화로의 확대 등이 포함됐다. 창작에 도움을 주는 소재들로 참여자들의 큰 호응을 얻었다.

창작아카데미가 끝날 무렵부터 2017년 상반기까지, 본 협회 문인들은 시집 3권과 수필집 3권을 펴냈다. 엔젤라 정의 『룰루가 뿔났다』, 김복숙의 『푸른 세상 키운다』, 윤영숙의 『소금꽃 피기 기다리다』가 세 시집들이다. 연이어 김옥교 시인의 수필집 『웨스트 버지니아의 오두막집』, 박찬옥 시인의 에세이집 『새들의 둥지에는 지붕이 없다』와 김희봉 수필가의 산문집 『안개의 천국』이 출간되었다.

그동안 『버클리문학』은 매 호마다 2명씩의 신인상 작품들을 선정, 6명의 신인작가들을 배출했다. 시는 하종순, 윤영숙, 김중애, 그리고 수필은 김종훈, 임남희, 백인경 제씨 등이다. 이번 4호에는 김미라(시)와 최민애(수필)가 신인상에 당선되었다. 축하를 보내며 앞으로 창작에 더욱 정진하길 기대한다.

올해 『버클리문학』 4호의 출판기념회는 대전에서 열린다. 『시와정신』의 창간 15주년 기념 사업의 일환으로 발족되는 '시와정신국제화센터'의 오픈식에서 함께 갖게 된다. 『버클리문학』의 이런 창작활동들과 교류는 한국 문인들과 동포 문인들이 같은 공간에서 글과 문화를 나눔으로써 이민 문학의 정체성을 세우고 한국문학의 세계화에 일조하는 계기가 되리라 믿는다.

수년 간, 본 협회 사무국장으로 안살림을 맡아 온 정은숙 시인, 매달 정기 문학 산행을 이끌어 온 김종훈 수필가, 두 분의 헌신에 감사드린다. 특별히 작년 한해 안식년 동안 『버클리문학』 창작아카데미를 성공적으로 이끌어 준 김완하 교수께 깊은 감사를 드린다.

2017년 8월
『버클리문학』 주간 김희봉

국제화 시대의 문학과 예술

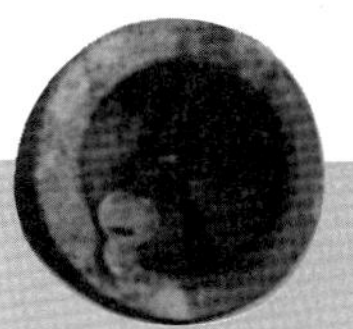

국제화 시대의 시와 번역

_ 김경년

1. 들어가는 말

한국문학이 국제 독자들을 만나려면 번역을 피할 수 없다. 아시아에서는 중국어, 일어 번역이 필요하고 유럽에서는 프랑스어와 독어, 그리고 세계적으로는 영어 번역이 가장 유용하다고 생각되는데 그것은 현재 영어가 국제 공용어이기 때문이다.

따라서 영문 번역에 대한 여러가지 논의가 일어나게 되며 번역은 어떤 번역이어야 하는가가 매우 중요한 관심사가 된다.

번역 이론가들이나 평론가들은 번역에 대하여 여러 가지 의견을 가지고 있으므로 실제로 번역에서 "완벽이란 없다"는 것에는 대개 동의를 하나 그밖에 여러 가지 문제, 특히 어떤 번역이 원작을 전달하는 데 가장 좋은 번역인가에 대해서는 의견이 분분하다. 실제로 한국문학도 "번역"이 문제가 되며 그 때문에 한국문학이 외국 독자들에게 다가가지 못하는 것이라고들

한다(작가 황석영, 이문열 등).

최근 영국의 Sophie Bowman이 한강의 "채식주의자" Vegetarian를 번역하여 Man Booker International Prize(2016)를 받았고 신경숙의 "엄마를 부탁해" Please Look after Mom도 김지영 번역가의 번역으로 The Man Asian Literary Prize를 받으며 상당한 관심과 흥미를 일으켰다고 할 수 있다. 앞으로 점점 더 많은 작품이 번역되어 나오리라 믿는다. 동시에 코리안 아메리칸 작가들의 영문 원작도 심심치 않게 출판되어 소수이지만 이창래, 노라 옥자 켈러 등 작가들이 활동하는 것을 본다. 시인으로는 Kathy Park, 김명미 등이 활발한 활동을 하고 있다.

필자는 번역 이론가가 아니며 한국시와 산문을 영역한 경험을 좀 가지고 있는데 그것을 바탕으로 발표의 내용을 삼을까 한다.

보통 "번역은 반역"이라든가 또는 "번역의 상실"이라는 등의 일반적인 번역에 대한 부정적 시각이 원작자 또는 번역가들을 실망시키고 힘을 빼는 것만은 사실이다. 특히 시의 경우 더욱 그렇다. 그럼에도 불구하고 시와 번역은 점점 더 가까워져야 하고 동반 상태를 유지하지 않을 수 없다. 간단히 결론부터 말하자면 좋은 번역이란 "원작을 충실하게 번역어로 옮기되, 번역된 텍스트도 그 자체로서의 우수한 문학으로 작품성을 평가받을 수 있어야 한다"고 믿는다. 그러면 "원작을 충실하게 번역한다"는 무엇을 말하는 것이며 "번역 작품도 문학적으로 우수해야 한다"는 무엇을 의미하는 것인가?

2. 원작의 충실한 읽기와 시의 해석

번역은 실상 읽기와 쓰기의 복합작업이라고 할 수 있는데 번역을 간단히 도표로 나타낸다면 다음과 같은 도표를 생각해 볼 수 있다. 언어는 심층구조와 표층구조로 구성되어 있다고 생각할 때 원작의 표층구조인 텍스트를

읽고 그 심층구조를 파악해내는 일과 파악한 심층구조를 도착어의 심층구
조로 전환하여 다시 새로운 표층구조를 창작해 내는 과정, 이것이 곧 번역
작업이라고 할 수 있다.

	원작 텍스트	번역 텍스트
표층구조	ㄱㄴㄷㄹㅁㅂㅅㅇㅈ	abcdefghijkl
읽기	↓	↑ 쓰기
심층구조	~~~~~~~~~ 전환	~~~~~~~~~

　　번역의 첫째 작업은 작품의 읽기인데 읽기를 충실히 하지 않으면 작품의
내용을 잘 해석할 수 없고 내용을 모르며 글로 쓴다는 것은 불가능한 일이
다. 이것은 상식적인 이야기인데 번역 작품을 읽다 보면 이런 느낌을 주는
경우를 보게 된다. 충실한 번역은 매우 자세하고 충분한 읽기에서부터 시
작된다는 것을 강조하고 싶다.
　　짤막한 예를 하나 들겠다. 조지훈의 「춘일」(春日)이라는 시가 있다. 그
전문을 인용한다.

춘일

조지훈

동백꽃
잎새 사이로

푸른 바다의
하이얀 이빨이 웃는다.

창 앞에 부서지는

물결 소리

노랑 나비가
하나–

유리 화병을
맴돈다.

꽃잎처럼
물려 간다.

이 시는 다음의 영문시로 번역되었다.

SPRING DAY

The blue sea bares
Its white teeth
Between red camellia blossoms.

Waves shatter
By the window.

A yellow butterfly
Hovers around a glass vase.

Then recedes
Like a petal.

위의 번역시에서 "물려간다"는 recede라는 영어 어휘로 번역되었는데 이것은 "물러가다"의 의미를 갖고 있다. 원작시의 "물려간다"는 "bitten away"라고 해야 옳다. "물러간다"는 스스로 후퇴하다의 뜻을 가지고 있지 않은가? 그러므로 물려가다와 물러가다는 매우 다른 이메지를 떠올리게 한다.

다시 번역하여 다음의 영문시가 되었다.

A SPRING DAY

Between
the camellia blossoms,

the white teeth
of the blue ocean are laughing.

Waves crash
outside my window.

A yellow
butterfly

circling
the glass vase

is bitten away,
another flower petal.

(Translated from Korean by Kyung-Nyun Richards©2011)

먼저 번역된 시에서 마지막 어휘를 "물러간다"로 읽으면, 노랑나비는 바다와 아무런 연관이 없다. 노랑나비가 하나 화병을 맴돌다 물러갔을 뿐인 것이다. 그러나 "하이얀 파도에 꽃잎처럼 물려 간다"라고 할 때는 그 하이얀 파도가 이 시 전체를 주도하고 있음을 볼 수 있다.

시는 산문과 달라 어휘 수도 적고 텍스트의 길이도 훨씬 짧다. 따라서 번역도 그만큼 용이하고 노력이 많이 들지 않을 것이라고 생각하기 쉽다. 그러나 시는 함축성을 가지고 있기 때문에 그 내용을 충분히 파악하고 해석하려면 시의 모든 가능한 읽기와 의미, 시적 이메지를 마음 속에 그려내야 한다.

거듭 강조하거니와 시는 매우 농축된 문학 장르로서 정서, 사고, 철학, 지혜, 위트, 유모어 등, 모든 문학적 요소가 가장 간결하고도 깊이 녹아 있다. 이것은 또한 여러가지 문학적 장치, 예를 들면 은유(metaphor), 암시(allusion), 내재적 리듬과 음상(sound image), 시어 등으로 표현된 고도의 언어예술이기 때문에 그 읽기도 매우 치열한 작업을 요한다. 어휘가 내포하고 있는 뉘앙스와 내연(內延, connotation), 이메지, 각운(rhyme) 등을 모두 파악해야 한다. 번역가의 마음 속에 특정의 시가 자리잡고 그 시의 그림이 그려질 때, 그것을 바탕으로 도착어로의 전환과 재실현이 가능하다고 생각된다.

아일랜드 시인 쉐이머스 헤이니는 "베이오울프"(Beowulf)를 번역한 경험담에서 "작품 속에 들어가 앉아 약탈(raid)을 감행했다"고 말하는 것을 보았다. 대개의 번역가들은 작품을 "소유"(own)한다는 표현을 쓰는데 이는 곧 원작을 "내 것"으로 만들어야 번역어로의 재창조가 가능하다는 뜻일 것이다.

3. 번역의 작품성

보통 외국의 경우 시는 시인이, 소설은 소설가가 번역을 한다. 번역은 언어에 대한 조예와 문학적 소양, 그리고 작품에 대한 무한한 애정을 필요로 한다. 시인은 시에 감동하며 그 감동을 가장 잘 표현할 능력 역시 시인이

가지고 있을 것이다. 필자에게는 종종 외국 시인들로부터 부탁이 들어온다. 대부분 영문으로 번역된 한국시에 관한 것인데 이해하기 어려우니 한번 보아 달라는 것이다. 번역시를 읽어 보면 시의 내용이 충분히 파악되지 않은 상태에서 언어가 전환된 것을 본다. 이런 경우 시 전체의 주제, 내용, 이미지, 정서, 교훈 등 내적인 요소가 전달되지 못하므로 자연적으로 시의 전달은 이루어지지 못하는 것이다.

최근에는 "이중 언어 구사"(bilingual)라는 말 외에 "이중 문어 구사"(biliteral)라는 말을 많이 하는데 그것은 문어(文語)의 사용능력을 말하는 것이다. 어느 언어에든 "구어"와 "문어"의 차이는 있는 것이고 한국어의 경우 그 차이는 매우 크다. 영어에는 한국어에서와 같은 체계적인 경어 체계 또는 존대어는 없다고 할 수 있겠으나, 언어의 등록(register)이라는 것이 있어 사회적 상황에 따른 여러가지 언어적 예의와 관습, 예식, 사석과 공석의 담화의 차이 등, 상황에 따른 언어의 사용이 다르다(어휘의 선택 또는 문장의 스타일의 차이). 또한 구어와 속어(slang)가 있고 소위 "길거리 언어"(street language), 또는 특정 소수 커뮤니티에서 사용되는 특수 언어(Ebonics, Pidgin 따위) 등이 있다. 이것은 언어의 문화에 속하는 것으로 영국의 영어와 미국의 영어에도 차이가 있다.

한국어와 영어는 언어학적으로 볼 때 거리가 먼 언어들이다. 의미체계와 구조, 담화론적 스타일 등이 매우 다르다. 번역가는 각각 언어의 활용법(workings)을 잘 알아야 되고 두 언어를 나란히 놓고 볼 때 의미적 등가관계를 측정할 수 있어야 한다. 한국 산문을 주로 번역하는 브루스 풀튼 교수는 번역을 공부하는 학생들에게 많은 독서를 권장한다. 독서를 통해서만 문학과 문어에 접할 수 있으며 이를 통해 창작법을 습득할 수 있기 때문이다.

4. 쓰기 작업 : 표현과 시어 선택의 중요성

번역을 하기 위해 원작을 읽을 때는 거의 텍스트의 분석을 넘어 심지어는 해체 수준에 가까울 정도로 꼼꼼히 읽어야 되는데 그것은 위에 말한 시의 모든 내용 – 주제, 정서, 위트와 유모어, 지혜 또는 교훈, 시의 의미, 이미지, 시의 구성, 연의 구성, 구문, 구문적 요소(주절, 종속절, 후치사구, 부사, 형용사 등), 어휘, 음상적 특성(리듬, 자음의 강약, 모음의 높고 낮음, 어둠과 밝음, 장단) 등의 모든 요소를 파악하는 것을 뜻한다. 다시 말하면 표면적인 구성 – 연과 행의 구성, 구두점의 유무로부터 시작하여 각 연의 주제와 의도, 내면적 감동을 읽어내는 심도 있는 파악을 의미하는 것이다.

일단 작품의 파악이 이루어지면 번역어로의 전환이 가능하며 쓰기 작업(문예창작)을 시작한다. 도착어로의 창작과정으로 들어가게 된다. 내용을 어떤 방식으로 표현하느냐가 곧 창작의 과정이 될 것이다. 여기에 문장적 구성, 어휘의 선택, 내재율(리듬), 운(rhyme), 두운(alliteration), 음상(소리), 시적 이메지 등 모든 시적 장치를 부과하여, 시의 감동을 전달하도록 노력한다.

번역된 텍스트가 문학성을 가져야 한다는 것은 주로 가독성을 말하는 것인데 도착어 텍스트는 문법적으로 하자가 없고 자연스러운 언어로 되어 있음은 물론 더 나아가 문학적으로도 높이 평가될 수 있는 작품이어야 한다는 것이 최근의 동향이다. 원작이 주는 문학적 감동(미적, 정서적, 감각적 감동 또는 감흥)이 번역 텍스트에서도 전달되어야 문학번역이라고 할 수 있다.

어떤 번역가들 또는 평론가들은 번역작품이 처음부터 도착어로 쓰여진 작품같이 읽혀야 된다고 주장한다. 필자는 진정 그것이 이상적인 번역일까를 종종 생각하게 된다. 한국 문화와 한국어는 영어권의 여러 문화와 영어와의 언어적 거리가 매우 멀다. 이런 경우, 작품 속에 원작자의 음성이 반영되고 그 음성 속에 필연코 문화적인 특성이 잠재한다면, 번역 작품이 처음부터 번역어로 쓰여진 듯이 읽히는 것이 가능하며 또 가능하다 하더라도 진정 가장 이상적인 번역일까를 생각해 보게 된다. 특히 원작의 문화적 특성이 매우 다른 한국어와 영어의 경우, 이런 특성이 모두 영어화되고 중화되어 버린다면 원작의 작품적 특성은 실로 상실되는 것이 아닌가 한다. 실은 바로 이런 문제가 유럽 여러 국가에서 "세계화"라는 말에 크게 거부반응을 일으켰던 부분이 아닌가 한다.

한국적 정서, 한국어의 특징과 아름다움, 특히 의태어, 의성어, 그밖에 형용사, 부사 등은 어떻게 영어로 번역될 수 있을까? 이것은 참으로 번역가들에게 큰 도전이 된다. 일반적으로 언어의 특성과 특징을 극대화하는 시는 번역이 어렵다. 여러 가지 방안을 생각해내지만 한국어에서 우리가 느끼는 동등한 느낌을 영문독자에게서 기대하기는 어렵다. 우선 번역이 어렵고 독자들에게도 같은 "류"의 언어적 경험과 인식이 부재할 수도 있다. 어휘 대 어휘의 번역보다는 전체를 통한 어떤 자세, 어조, 흐름, 느낌, 정서, 생활감정 등이 전달될 때 한국적인 문학성이 전달되는 것이 아닐까? 영어의 표현 방식을 이용하여 한국적 정서를 표현하는 것이 될 것이다. 번역시의 궁극적인 목표는 무엇인가? 그것은 외국 독자들이 한국시를 원문으로 읽을 수 있도록 격려하는 일일 것이다. 번역은 임시적인 방편일 뿐이다.

번역 대상의 시를 선택할 때 가장 중요한 것은 번역가에게 감동을 주는 작품이다. 모든 시가 다 같은 감동을 주는 것은 아니므로 때로는 몇 시인을 집중적으로 조명하는 것도 하나의 방법이다. 수많은 시인들의 작품을 많이 번역하여 한 시인, 한 권의 시집으로 소개하는 수준에 머물지 말고 한 시인의 시집을 적어도 서너 권 집중적으로 번역할 필요가 있다고 생각한다. 작고 시인이라도 한국시단을 대표하는 시인이라면 그들의 작품을 번역하여 국제 독자들에게 알려지도록 하는 것이 매우 필요하다고 생각한다.

한국문학은 아직도 접근이 어렵다는 말을 외국인의 글에서 보는데 이는 주로 번역의 부족과 보급의 문제인 것 같다. 예를 들면 《홍길동전》, 《심청전》, 《흥부전》, 《춘향전》 같은 고전을 어디에서 접할 수 있느냐고 문의하는 것을 본다. 이 경우 원본을 찾기도 힘들고 번역본을 찾기도 힘들다는 고충을 털어놓는 것을 볼 수 있다.

요즘같이 인터넷이 전세계를 연결하고 있는 때에 한국문학 접근이 어렵다는 말은 문학에 관여하는 우리 모두가 깊이 생각해야 할 반성 대목이 아닌가 한다.

미국 LA에서 출간되는 "해외문학"의 경우 그 홈페이지에 시가 많이 올라 있는데 방문자 수가 10만 이상인 시가 여러 편 있다. 이것은 e-book을 만들 경우 접근이 쉬워진다는 것을 단적으로 보여주는 예라고 할 수 있다. 한국 문학을 국제시장에 내어놓아 수입을 올리는 것이 목표가 아니라면 인터넷을 통한 보급통로는 한없이 열려 있다고 해도 과언이 아니다.

5. 김완하 시인의 시 『별』의 번역 경험

필자는 김완하 시인의 시 몇 편을 영역하는 영광을 가졌다. 그중 『별』이라는 시의 번역을 논함으로서 시와 번역의 실례를 살펴 보기로 한다.

별

김완하

별들이 아름다운 것은
서로가 서로의 거리를
빛으로 이끌어 주기 때문이다
하루의 일을 마치고
허리가 휘어 언덕을 오르는
사람들 발 아래로 구르는 별빛,
어둠의 순간 제 빛을 남김없이 뿌려
사람들은 고개를
꺾어 올려 하늘을 살핀다
같이 걷는 이웃에게 손을 내민다

별들이 아름다운 것은
서로의 빛 속으로
스스로를 파묻기 때문이다

한밤의 잠이 고단해
문득, 깨어난 사람들이
새벽을 질러가는 별을 본다
창밖으로 환하게 피어 있는
별꽃을 꺾어
부서지는 별빛에 누워
들판을 건너간다

별들이 아름다운 것은
새벽이면 모두 제 빛을 거두어
지상의 가장 낮은 골목으로
눕기 때문이다
『별』 전문

내용 파악 :

이 시는 모두 세 연으로 이루어져 있다. 첫째, 둘째 연은 여러 행으로 이루어져 있어 좀 무겁고 육중한 느낌을 주고 마지막 셋째 연은 이에 비해 네 행으로 이루어져 있어 간단한 느낌을 준다. 세 연은 모두 "별들이 아름다운 것은"이라는 구절로 시작한다.

"별들이 아름다운 것은"이란 말은 사실 별들이 아름다운 "이유는"이라는 의미를 가지고 있다. 그래서 첫 문장은 "이끌어 주기 때문이다"라는 이유의 구(句)로 끝난다. 둘째 연은 "…파묻기 때문이다"로, 셋째 연은 "…눕기 때문이다"로 모두 "-기 때문이다"라는 이유를 주고 있다. 이 시는 모두 **별과 별의 빛**을 주제로 하고 있다.

첫 연을 다시 읽는다 : 별들이 아름다운 것은
　　　　　　　　　서로가 서로의 거리를
　　　　　　　　　빛으로 이끌어 주기 때문이다.

서로의 거리란 별들 사이의 거리 또는 간격을 말하는 것이리라.

"빛으로"는("빛 속으로"라는 방향을 나타내는 것인가? 또는 "빛으로"라는 도구를 나타내는 것인가?) "이끌어 주다"는 "끌어 준다" "잡아다니다"(pull)라는 말인가? 그래서 간격이 가까워진다는 뜻인가? 또는 "인도한다"(lead)의 의미인가? 영문으로 이 문장을 옮겨 본다.

"별들이 아름다운 것은" Stars are beautiful(여기에서 만약 The reason the stars are beautiful is…로 한다면 시적 함축성과 리듬이 깨어지고 산문화된 설명문이 되어 버릴 것이다. 그러므로 이유라는 설명을 붙일 필요는 없다. 가장 중요한 의미인 "별들은 아름답다" 하고 다음 항에서 이유를 제공하면 된다.)

"서로가 서로의 거리를" the distances between them(목적격)

"빛으로 이끌어 주기 때문이다." because they fill (the distances) with light.

이를 문장으로 구성하면 Stars are beautiful
because they fill the distances
between them with light.

위의 예는 완성품이므로 매우 간단하고 단순해 보이지만 실은 여기까지 오는 데 여러가지 실험적인 과정을 거친 것임을 밝혀 둔다.

"서로의 거리를 빛으로 이끌어 주다" 영어로는 "거리를 이끌어 주다"라는 구절을 직역하면 전혀 논리적으로 의미가 성립이 되지 않는다. 거리를 이끌 수 없다고 생각하기 때문이다.

1. pull each other's distance into light

2. shine each other's distances with light

3. lead each other into light

위의 1-3 문장은 논리적인 문장이 아니다. 이유는 distance(거리)라는 개념은 잡아 끌다, 또는 인도하다의 목적어가 될 수 없다는 것이다.

4. fill the distances between them with light(서로의 **거리**라는 말을 서로의 **사이**로 바꾸고) 그 사이를 **빛으로 채워주다**로 했다.

예를 들면 they lead each other's distance with their light; 또는 they pull each other's distances into their light, 등등의 문구를 영어가 모국어인 사람들에게 읽도록 하고 이해도를 검사해 본 결과 distance를 lead 또는 pull 할 수 없다는 것, 다시 말해 논리적으로 해석이 불가능하다는 것을 지적해 주었다. 그러므로 "서로의 거리를 빛으로 이끌어 주다"는 마침내 "서로의 사이를 빛으로 채워주다"라고 바꾸어 표현할 수밖에 없었다. 이런 예를 통하여 한국어로 가능한 은유가 영문에서는 허용되지 않을 수도 있다는 것을 알게 된다. 또한 한국어는 시적 은유가 훨씬 폭넓은 관용으로 수용된다는 것을 알 수 있다.

다음의 삼 행을 본다.

> 하루의 일을 마치고
> 허리가 휘어 언덕을 오르는
> 사람들 발 아래로 구르는 별빛

위 삼 행의 주어는 "별빛"이고 별빛을 수식하는 동사구는 "사람들 발 아래로 구르는"이며 그 앞의 두 행은 곧 사람들을 수식하는 관계대명사 구이다. 한국어의 …는/은/ㄴ 등은 모두 수식어 또는 형용사의 구를 나타내는데 여기에서 사람들을 수식하는 동사는 "하루의 일을 마치고 허리가 휘어 언덕을 오르는"이라는 형용사구이다. 그런데 별빛은 그런 사람들의 발

아래로 구른다는 것이다. 영문으로 뜻이 통하게 하려면 주어와 동사를 먼저 문장의 앞에 놓아야 한다. 형용사형으로 되어 있는 구르는 동사로 대치한다. 그렇지 않으면 이 연은 문장이 아니고 긴 수식어가 달린 명사 "별빛"으로 남게 되므로.

하루의 일을 마치고	who, after a day's work
허리가 휘어 언덕을 오르는	climb the hill, their backs bent
사람들 발 아래로 **구르는 별빛**	Starlight tumbles under the feet of those

이 구절들을 다시 정돈하면 다음의 삼 항과 같다. 참고로 여기에서 보인 바와 같이 주어 **별빛**은 그 수식어가 모두 명사 앞에 **왼쪽으로** 나타나고, 영어에서는 명사의 **오른쪽으로** 관계절 형식으로 나타난다(이를 가리켜 한국어는 **좌측 가지치기 언어** left-branching language, 영어는 **우측 가지치기 언어** right-branching language라고 함).

Starlight tumbles under the feet of those

who, after a day's work,

climb the hill, their backs bent.

어둠의 순간 제 빛을 **남김없이 뿌려**

At the moment of darkness, the stars throw

all of their light with abandon, and

사람들은 고개를	people arch their necks
꺾어 올려 하늘을 살핀다	sharply to search the sky.
같이 걷는 이웃에게 손을 내민다	People, walking, extend their
	hands to each other.

둘째 연

별들이 아름다운 것은   Stars are beautiful
서로의 빛 속으로   because they bury themselves
스스로를 파묻기 때문이다   in each other's light

한밤의 잠이 고단해   When people suddenly awaken,
문득, 깨어난 사람들이   tired from deep sleep in the middle of
                         the night,
새벽을 질러가는 별을 본다   they catch sight of the stars dashing before
                         the dawn.

창밖으로 환하게 피어 있는   Having plucked the astral flowers in their
                         full bloom
별꽃을 꺾어   outside the window
부서지는 별빛에 누워   and lying in shattering starlight
들판을 건너간다   people cross the wide open field.

셋째(마지막) 연

별들이 아름다운 것은   Stars are beautiful
새벽이면 모두 제 빛을 거두어   because at dawn, they gather up all
                         their light
지상의 가장 낮은 골목으로   and recline
눕기 때문이다   in the lowest alleys on Earth.

전체 시를 정리하면 다음과 같은 번역시가 된다.

STARS

Wanha Kim

Stars are beautiful
because they fill the distances
between them with light.
Starlight tumbles under the feet of those
who, after a day's work,
climb the hill, their backs bent.
At the moment of darkness, the stars throw
all of their light with abandon, and
people arch their necks sharply to search the sky.
People, walking, extend their hands to each other.

Stars are beautiful
because they bury themselves
in each other's light.
When people suddenly awaken,
tired from deep sleep in the middle of the night,
they catch sight of the stars dashing before the dawn.
Having plucked the astral flowers in their full bloom
outside the window
and lying in shattering starlight
people cross the wide open field.

Stars are beautiful
because at dawn, they gather up all their light
and recline

in the lowest alleys on Earth.

(Translation by Kyung-Nyun Kim Richards©2017)

6. 맺는말

필자는 김후란 시인의 시 "존재의 빛"이란 시를 번역한 일이 있는데 번역가이며 평론가로 문단에 오른 이원택 평론가의 글을 인용하며 맺는 말을 대신한다.

"대부분의 번역가들은 창작능력보다 언어능력이 뛰어난 사람들이다. 주제넘게 원작자의 음식에 손을 대어 맛을 버리게 하기보다 자신의 장기를 살려 그 음식을 보기 좋고 먹기 좋게 만들 수 있는 것으로 만족해야 한다. 독일의 슐레겔은 번역에서는 번역되는 자 아니면 번역하는 자 둘 중의 하나는 죽게 되어 있다고 했으나 원작자를 죽이는 번역은 진정한 의미의 번역이라고 할 수 없다. 번역의 참모습은 원작자도 살리고 자기도 사는 길이다. 즉 본래의 맛을 유지하면서 멋을 부리라는 말이다.

뜻은 제한되어 있으나 말은 무궁무진하므로 번역가가 멋을 내려면 실력이 달려서 그렇지 결코 재료가 모자라서 못하는 것이 아니다. 멋있는 글을 쓰려면 출발어에 대한 이해력, 도착어에 대한 자긍심과 문장력 그리고 창조적 상상력이 필요하나니 이 또한 문학적 소양이 아니고 무엇이겠는가? 등가 이론을 설파한 E. 니다는 일찍이 번역가를 멋진 스타일리스트(stylist)에 비견했다.

평자가 접한 번역시 중에서 이상과 같은 무기교의 기교를 마음껏 구사한 시 한 수를 짚고 넘어가기로 하자.

존재의 빛

김후란

새벽별을 지켜본다

사람들아
서로 기댈 어깨가 그립구나

적막한 이 시간
깨끗한 돌계단 틈에
어쩌다 작은 풀꽃
놀라움이듯

하나의 목숨
존재의 빛
모든 생의 몸짓이
소중하구나

LIGHT RAY OF BEING

Huran Kim

I keep a watch on the morning star

dear all
we miss each other's shoulder to lean on

at this still hour
as small wild flowers
found in between the clean steps
of a stone stairway surprise us

one life
a light ray of being
all expressions of life

are precious

(Translated by Kyung-Nyun Richards)

(『해외문학』 통권 18호, 2014, pp104-5)

얼마나 유연한 번역인가? 힘이 하나도 들어가지 않았다. 단어도 초등학교 수준이다. 존재라는 어려운 말을 그냥 being이라 했다. Light나 ray나 다 빛을 일컫는 말이나 두 개를 같이 써서 가벼운 (경쾌한) 빛이라는 의미도 나타내 주고 있다. 원작자가 의도한 밝고 상서로운 빛에 잘 부합되는 번역이다. '사람들아'를 'ladies and gentlemen' 또는 'you guys'라 하지 않고 'dear all'이라 한 것도 얼마나 소박하면서도 품위 있는 표현인가?

"Still hour"는 "young night" 등에서와 같은 시어(詩語)이다. "놀라움이듯"을 어떻게 표현했나 보았더니 한글의 끝말을 영어의 첫머리로 끌어올려 "as small wild flowers ~ surprise ~ us"라고 해서 문법상으로도 전혀 하자가 없게 해 놓았다. 원작에서 "사람들아"와 "하나의 목숨"은 별로 그 짝 짓기(pairing)가 가슴에 와 닿지 않았으나 영어로 "dear all"/ "one life" 하니까 아주 근사한 어울림(matching)이 되는 것 같다.

원문에 있는 "어쩌다"(occasionally)는 생략을 해야 깔끔하고 원문에 없는 "found"(찾아낸)는 집어넣어야 힘을 받쳐준다. 이를 poetic license(시인의 특권)처럼 translative license (번역가의 특권)이라 하면 어떠할지(?). 원작자는 운에 그리 신경을 쓴 것 같지 않지만, 번역자는 "star~hour~ flowers", "steps of~life~life", "lean on~being", "surprise us~precious" 같이 rhyme(각운)도 맞추려고 노력한 흔적이 역력하다. 김후란 시인은 돌계단 틈에 핀 작은 풀꽃에서 생명을 보았고 김경년 교수는 새벽 별빛에서 인생을 보았다. 맛에다 멋을 더한 셈이다.

유연하다는 말은 여유가 있다는 말이다. 여유가 있다는 말은 넉넉하다는 말이다. 넉넉하다는 것은 아옹다옹하지 않고 상대방에게 져 줄 아량이 있다는 뜻이다. 여유 있는 번역가는 원작자와 경쟁하지 않는다. 때로는 상대방 (원작자)을 내세우기 위해서 자신을 죽여야 한다. 번역의 맛은 오래된 장맛같이 은근히 우러나야 하며 번역의 멋은 겸양지덕에 있다. 살신성인이면 더 좋다."(이원택, "번역의 당위성" 신인문학상, 평론부문, 『미래시학』 2015 가을호 pp172-188)

시와 번역은 평행선을 이루는 철로 같은 느낌을 준다. "시"라는 모노 레일 또는 케이블이 있다면 번역은 그 옆에 또 하나의 선로를 놓아 기차가 달릴 수 있게 하는 작업 같은 느낌을 갖는다. 두 평행선이 매우 가깝고 좁으면 협궤가 될 것이고 넓으면 기차는 넓고 완만할 것이다. 때에 따라서는 협궤의 번역, 때로는 폭이 넓은 평행선이 될 수도 있다. 중요한 것은 두 평행선이 나란히 가며 서로 교차하지 않는다는 것이다. 선로가 교차하면 기차는 달릴 수가 없지 않은가.

김경년

1940년 서울 출생. 1967년 도미. 전 버클리대 한국어 교수. 버클리문학 편집위원. 국제펜클럽(한국) 회원. 시집 『달팽이가 그어 놓은 작은 점선』, 번역서 딕테(차학경 저), 『Sky, wind, and stars』(윤동주 시전집), 『I Want tp Hijack an Airplane』(김승희 시선집), 『The love of Dunhuang』(둔황의 사랑, 윤후명 저), 『Life Within an Egg/달걀 속의 생』(김승희 시선집 한/영 이중언어판) 등이 있음.

김완하 시의 영역
- 「별」 외 7편

_김경년

별

김완하

별들이 아름다운 것은
서로가 서로의 거리를
빛으로 이끌어 주기 때문이다
하루의 일을 마치고
허리가 휘어 언덕을 오르는
사람들 발 아래로 구르는 별빛,
어둠의 순간 제 빛을 남김없이 뿌려
사람들은 고개를
꺾어 올려 하늘을 살핀다
같이 걷는 이웃에게 손을 내민다

별들이 아름다운 것은

서로의 빛 속으로

스스로를 파묻기 때문이다

한밤의 잠이 고단해

문득, 깨어난 사람들이

새벽을 질러가는 별을 본다

창밖으로 환하게 피어 있는

별꽃을 꺾어

부서지는 별빛에 누워

들판을 건너간다

별들이 아름다운 것은

새벽이면 모두 제 빛을 거두어

지상의 가장 낮은 골목으로

눕기 때문이다

STARS

Wanha Kim

Stars are beautiful

because they fill the distances

between them with light.

Starlight tumbles under the feet of those

who, after a day's work,

climb the hill, their backs bent.

At the moment of darkness, the stars throw

all of their light with abandon, and

people arch their necks sharply to search the sky.

People, walking, extend their hands to each other.

Stars are beautiful

because they bury themselves

in each other's light.

When people suddenly awaken,

tired from deep sleep in the middle of the night,

they catch sight of the stars dashing before the dawn.

Having plucked the astral flowers in their full bloom

outside the window

and lying in shattering starlight

people cross the wide open field.

Stars are beautiful

because at dawn, they gather up all their light

and recline

in the lowest alleys on Earth.

뻐꾹새 한 마리 산을 깨울 때

뻐꾹새 한 마리가
쓰러진 산을 일으켜 깨울 때가 있다
억수 장마에 검게 타버린 솔숲
등치 부러진 오리목,
칡덩굴 황토에 쓸리고
계곡 물 바위에 뒤엉킬 때

산길 끊겨 오가는 이 하나 없는
저 가파른 비탈길 쓰러지며 넘어와
온 산을 휘감았다 풀고
풀었다 다시 휘감는 뻐꾹새 울음

낭자하게 파헤쳐진 산의 심장에

생피를 토해 내며
한 마리 젖은 뻐꾹새가
무너진 산을 추스려
바로 세울 때가 있다

그 울음 소리에
달맞이 꽃잎이 파르르 떨고
드러난 풀 뿌리 흙내 맡을 때
소나무 가지에 한 점 뻐꾹새는
산의 심장에 자신을 묻는다

WHEN A LONE CUCKOO WAKES THE MOUNTAIN

There are times when a single cuckoo
can wake a fallen mountain to rise.
A pine grove burned black in a downpour of the monsoon season,
A long thin wooden log is missing a chunk,
a tangle of arrowroot washed down in the red mud
rivulets of water wrestle with rocks.

The mountain path is cut off and not a soul passes by.
A cuckoo, having struggled to cross over the steep trail on the slope,
lets out a cry that ties up the whole mountain and unties it
and ties it up again once it is untied.

To the heart of the mountain,
torn up, revealing its gory detail
a single wet cuckoo spits blood
and gathers up the fallen mountain
to make it stand up straight.

To the sound of the cry

the petals of the evening primroses tremble, fluttering

and naked grass-roots exude the smell of earth,

the speck of a cuckoo on a pine branch

buries itself in the heart of the mountain.

아버지가 되어

아버지가 되어
아가야,
너에게 이름을 준다
이 세상 앞에 너를 세운다
오늘따라 짙푸른
저 산맥 위로 너를 들어 올린다
남으로,
북으로 뻗어가는 싱싱한 산줄기
앞 다투어 달려가는 곳에
길이 있다
네 울음소리 터져 나와
처음 이 세상 풀잎 흔들 때
부끄러운 삶을 묶어
나도 다시 태어난다
아가야,
저 큰 산 네가 넘어야 한다

BECOMING A DAD

Becoming a dad,

my little baby,

I give you a name.

I stand you up before this world.

I raise you up above the mountains,

which today look especially a deeper green.

To the south,

to the north, the mountain range runs with vigor

and wherever it races, there is a path.

When your first cry bursts out and shakes the blades of grass

of this world,

I, too, am reborn

tying up my shameful life.

Little baby,

you must cross those tall mountains yourself.

동백꽃

그대와 나

가까울수록 더욱 멀고

멀수록 너무 가깝지요

해남군 삼산면 구림리

동백 숲에 와서

그대를 생각합니다

때로는 그리움이 큰 힘 되어

비탈길 험한 산맥 버티어도

잠시 그 강물 너무 깊어

나는 동백 붉은 꽃잎에

홀로 길을 잃었습니다

봄 오기 전 먼저 피어나

이 봄 가기 전

제 꽃잎 거두어 동백꽃은 앞서 갑니다
피고 지는 꽃잎 하나 두고
저 산 이 골짜기 저리 깊은데
외로운 사람들 발자국 찍고 와서
떨어지는 꽃잎 하나
두 손으로 감싸고
기뻐 어쩔 줄 모릅니다
땅에 져서야 더 활짝 피어나는 꽃
밤이 와서
잎도 꽃도 어둠에 묻힙니다
낮에는 물이 꽃잎에 취해 흐르더니
어둠 속에선
그 물소리 곱게 감아
몇 송이고 꽃은 벙글어집니다
돌아보매 이 어두움
천길 물속이어도
그 길 우린 가야합니다
꽁꽁 묶인 밤 속으로
길들이 지친 허리를 펴고
꽃들은 불을 밝혀줍니다

CAMELLIA

You and I,

the closer we get, the farther apart we become

the farther apart we are, the closer we become.

Having come to the camellia grove

in the village of Gu-Rim, of Sam-San town, in Hae-Nam county,

I stand and think of you.

At times longing for you gave me the strength

to endure the rugged sloping paths of the mountain.

But a moment after, the water in the river was so deep

I lost my way among the red petals of the camellias.

Camellias bloom before spring arrives

and then, before spring is over, they go away, taking

their petals with them.

For a flower that blooms and falls,

lonely people come, imprinting their footsteps on the path,

to that mountain and to this deep vale,

to cup a fallen flower petal in their hands and be so happy

that they do not know what to do.

A flower that blooms more fully after it has fallen to the ground.

When night falls, the flowers and leaves get buried in the dark.

During the day, the stream flowed, drunk on flower petals.

In the dark, the blossoms open up, as many as can be, to the gentle sound
of the water.

As I look back, the darkness is like that of water a thousand fathoms deep.

But we have to travel that road.

Into a night that is tightly bound to immobility,

the roads stretch their tired backs

and the flowers light up the world.

서해 낙조

그대 그리운 날은 서해로 간다

오가는 길과 길 사이로

초록빛 그리움 안고 달리면

내 안으로 나무 하나 깊이 들어선다

계절마다 하늘 바꿔 이는 저 느티나무도

한 생을 이렇듯 푸르게 드리우지 않는가

참매미 쓰르라미 숨찬 울음소리에
산과 강 뜨겁게 열리고
불볕 속에서도 길은 서해로 달린다
십리포, 만리포에 이르러
제 가슴 한쪽을 여는 바다
짙은 쪽빛 껴안고 섬 하나 키운다
파도는 몇 번의 물때를 바꾸며
생의 바튼 숨길 씻어 내린다
파도소리에 귀먹은 모감주나무
수천 번 푸르름 길어 올리고서야
제 가슴에 능소화 몇 송이 붉게,
붉게 꽃잎 틔운다
서해, 하루는 붉게 달아올라
큰 바다 비로소 받아 안는 해의 몸
길에서 바다로, 다시 파도 속으로
너에게로 오롯이 이어져
가슴속에 등불 하나 살아 오른다

SUNDOWN AT WEST SEA

On days when I miss you, I go to the West Sea.
In between the roads that come and go,
if I drive carrying a longing for the color green,
a tree enters deeply into me.
Doesn't the zelkova tree, which carries on its head
a different sky in each season,
drape itself in such green its whole life through?
The breathless singing of the cicadas and locusts
opens up the mountains and rivers in the heat.
Beneath the hot sun, the road runs to the West Sea.

Only when I reach the shores of Sim-ni-po* and Mal-li-po**,

do I see the ocean opening its breast on one side,

hugging dark indigo, it grows an island.

The waves change in the tide a few times

and wash away life's shortness of breath.

The golden rain tree, deafened by the sound of waves,

having drawn up the blue many thousands of times,

opens up on its breast a few blossoms of the Chinese trumpet vines***,

their petals in deep, deep red.

At the West Sea, a day turns red hot

while the large sea at last embraces the body of the sun.

From the road to the sea and entering the waves

I am wholly tied to you.

A lamplight rises, alive in my heart.

____

* Literally, Ten li (2.6 mile) Inlet

** Ten-thousand li (2,600 mile) Inlet

*** Chinese trumpet vines grow climbing onto the golden rain tree

외로워하지 마라

네가 외롭다고 생각하는 것은
세상의 그리움이 너에게서
멀리 떨어져 있기 때문이다
이 세상의 젖은 풀잎 하나
네 등 뒤에 얼굴을 묻기 때문이다

네가 외로워하면
이 세상이 다 외로운 것이다
지상에 꺼지지 않는

마지막 등불 하나도
바람 앞에 몸을 내줄 것이다

너를 잃어버리고
세상의 손길에 모든 것을
기대어 설 때도
하늘의 별 하나는 깨어 있다

너를 모두 잃고
세상이 되돌려주기 기다리며
깊은 잠을 설칠 때
들녘에 집 잃고 헤매는
반딧불 하나 쉬지 않고 길 간다
세상의 반은 세찬 파도지만
또 나머지 반은 섬이다
사랑을 잃고, 길이 보이지 않아
몇 밤을 지새운 뒤에야
진정 이 세상을 껴안을 수 있다

DO NOT FEEL LONELY

The reason you think you are lonely
is because the world's longing
is far away from you.
The little wet blade of grass of this world
is burying its face in your back.

If you feel you are lonely,
the whole world is lonely.
The one last lamp that is

inextinguishable on this earth

will give its body to the wind

Losing yourself, and

when you stand leaning

entirely on the hands of the world,

there is a star awake in the sky.

Having lost all of yourself,

you wait for the world to return you to yourself

and lose sleep,

a little firefly, out of its nest and wandering in the field

keeps going on its way without resting.

Half of the world is rough waves

But the other half is islands.

When you have lost your love,

you cannot see your way

and have stayed awake for a few nights,

Indeed, only then, can you truly embrace this world.

그리움 없인 저 별 내 가슴에 닿지 못한다

네가 빛나기 위해서

수억의 날이 필요했다는 걸 나는 안다

이 밤 차가운 미루나무 가지 사이

아픈 가슴을 깨물며

눈부신 고통으로 차오르는 너,

믿음 없인 별 하나 떠오르지 않으리

그리움 없인 저 별 내 가슴에 닿지 못하고
기다림 없는 들판에서는
발목 젖은 풀 뿌리 하나에도
별빛 다가와 안기지 않으리

어둠 속 무수히 흩어지는 발자국
별 하나 가슴에 새기고 돌아가
고단한 하루에 빗장을 지를 때
지친 풀잎 허리 기댄 언덕 위로
너는 꺼지지 않는 등을 내다 건다

너와 내가 하나의 강으로 닿아 흐르기까지
수천의 날이 또 필요하리라
이 밤 네가 빛나기 위해
수억의 어둠을 뜬눈으로 삼켜야 했듯
그 눈물 어리어 흘러가는 강을 나는 본다

WITHOUT LONGING, THAT STAR WILL NOT REACH MY HEART

In order for you to shine,

countless billions of days were needed, I know.

This night, between the cold branches of the poplar trees,

biting your aching heart

you grow full with dazzling pain.

Without faith, not a star would rise.

Without longing, that star will not reach my heart,

in the field where there is no waiting,

even to a single grass-root that dampens my ankle,

no starlight would come near to be embraced.

Countless footsteps scatter in the dark

returning home, a star etched in their hearts.

When they latch their door against their tired day,

you hang up a lamp that will not go out

above the hills where tired blades of grass lean.

Until you and I reach a river to flow together

we will again need thousands of days.

In order for you to shine tonight

you had to swallow billions of darknesses with your eyes wide open

I see the river flowing with the reflections of your tears.

물꽃 너머

보인다 너의 뒷모습

너와 나 사이

꽃잎과 함께 져간 그늘

잠겨 있는 물살 위로

떠난 꽃잎 가슴에 지고

네 발길 진 꽃그늘에 와 닿는 달빛

한밤 새들은 물 건너와

나무와 나무의 거리를 지운다

꽃잎 뒤척이는 심장소리

울렁이는 네 숨소리

스쳐 지나간 바람은 알고 있다

어둠속 개구리 잠든 물고랑 따라가면

밤 새워 물 위에 새겨지는
늪의 고요,
한 순간 어둠을 딛고
오리나무도 너를 그리워한다

사람들 떠난 밤
바람이 나의 팔짱을 끼며 다가온다
고요에 밀리는 젖은 몸이
우포늪 물방울 하나로 둥글게 열리면
네가 다시 돌아오고 있다

BEYOND THE FLOWERS OF WHITECAPS

I see your backside,

between you and me,

the shade cast along with the flower petals that fell.

On submerged currents

the departed petals tumble into my heart,

moonlight touches the shade of the flowers

where your footsteps no longer fall.

Midnight birds come across the water

and erase the distances between the trees.

The sound of your heart that shuffles the petals,

the pounding sound of your breath,

the wind knows as it passed you by.

If we follow the water furrow where frogs sleep in the dark,

the calm of the lake etches the surface of the water

all night long;

for a moment, stepping on darkness,

the black alder also misses you.

At night, after people have left,

the wind comes to hold my arm.

When my wet body pushed by the silence

opens up roundly as a drop of water in Woo-po Lake,

you are returning to me again.

(Translation by Kyung-Nyun Kim Richards©2017)

김완하

1987년 『문학사상』으로 등단. 시집 『길은 마을에 닿는다』, 『그리움 없인 저별 내 가슴에 닿지 못한다』, 『네가 밟고 가는 바다』, 『허공이 키우는 나무』. 시선집 『어둠만이 빛을 지킨다』. 시와시학상 젊은시인상 등 수상. 2009년~2010년 UC 버클리에서 연구년을 보냈고 2016년도 버클리대에서 연구년을 보냈음. 현재 한남대 국어국문 · 창작학과 교수.

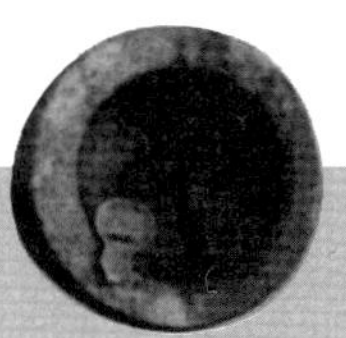

버클리에서 바라본
미국 속의 한국문학

_ 곽명숙

1. 샌프란시스코의 안개 바라보기

잠시 스쳐 지나가거나 오랜 세월 거주하거나 간에 우리가 머무르는 장소 (place)라는 것은 칸트가 선험적 범주로 여겼던 공간(space)의 추상적 성격과 달리 물질적이고 감각적이며 시공간의 복합체라고 할 수 있다. 무엇보다 거기에는 인간이나 자연과의 상호작용이 존재하고 시간의 퇴적 속에 형성되는 특유의 장소성이 있기 마련이다. 장소에는 그곳을 장소이게끔 하면서도 감추어져 있는 본질이 있다. 샌프란시스코의 안개는 샌프란시스코의 장소성이다. 그리고 이 안개는 짧은 나의 미국 체류 기간 동안 바라본 미국 속의 한국 문학에 대한 소회를 대변해 줄 수 있는 비유이기도 하다.

2016년 가을부터 2017년 여름까지 1년 동안 미국 UC. 버클리의 한국학 센터에서 방문학자로 체류하게 된 것은 큰 행운이었다. 전쟁과 가난에 시달렸던 이전 세대들이 풍요로운 기회의 땅 미국에 대해 가졌던 아메리칸 드림까지는 아니었지만, 나에게도 미국은 사회적으로는 여러 비판과 인식의 대상이면서도 문화적인 무의식에는 친숙함과 동경의 대상이라고 할 수 있다. 20대에 대학에서 선배들의 '양키 고 홈'이라는 낯선 구호를 전설처럼 듣는 한편 영화관에서 본「중경삼림」의 OST의 경쾌한 〈California Dream in'〉을 흥얼거렸던 것이 우리 세대의 이중성이었다. 샌프란시스코와 인접한 버클리를 향해 떠난 것은 나의 세대가 가지고 있는 문화적 향수 탓도 컸다. "샌프란시스코에 가게 되면 머리에 꽃을 꽂으세요"라는 구절로 시작되는 유명한 스콧 맥켄지의 〈San Francisco〉의 노래처럼, 그곳은 반전과 저항을 외친 히피문화의 상징이었고, 지금도 IT 문화와 성적 소수자 문화와 관련해 다양한 창조력을 뿜어내는 곳이기도 하다. 한국으로부터 9천 km가 넘게 떨어져 있고 17시간의 시차가 있지만 태평양을 두고 맞닿아 있는 그곳에서 나는 미국이라는 세계와 내 안의 한국이 마주치며 파도를 이루는 상상을 하며 떠났다.

"내가 겪은 가장 추운 겨울은 샌프란시스코의 여름이었다"는 마크 트웨인의 말을 실감하며 늦은 여름 샌프란시스코에 도착했다. 그러던 어느 날 샌프란시스코의 서쪽 끝, 그러니까 태평양 쪽에서 거대한 안개의 장벽을 보았다. 거대한 성벽 같기도 하고 일어선 채 정지되어 있는 해일 같기도 했다. 샌프란시스코의 안개에 대해 제대로 느껴보고 싶다면 "꿈꾸는 자만이 이 도시의 안개를 설명할 수 있"다고 말하는 김희봉 수필가의 짧지만 수려한 단상「안개의 천국」(『버클리문학』 3호)을 읽어보길 바란다. 샌프란시스코의 안개를 감상하기 위해 내가 가장 즐겨 찾은 곳은 버클리의 그리즐리 피크(Grizzly Peak)였다. 이른 아침에는 태평양에서 몰려온 안개 군단에 점령된 산기슭을 드라이브하며 환상과 마법의 숲을 헤쳐 나가는 기분에 사로잡혔고, 안개가 걷힌 오후에는 그래피티 낙서를 몸에 두른 고목이 뉘어 있는 쉼터에 걸터앉아 회색 장벽을 두른 채 안개에 젖어 있는 샌프란시스코를 내려다보았다. 진격의 거인이 이룬 성벽 같은 거대한 안개와 그 안의 도시를 바라보는 일은 내 가슴에 새삼 숭고함을 불러 일으켰다. 아직 잘 모르는 대상에 대한 낯설음과 두려움과 함께.

2. 안개를 마주 보다

사철 온화하고 청명한 캘리포니아의 날씨에 감탄하며 샌프란시스코와 버클리를 오가다 보면, 세계 강대국인 미국의 씁쓸한 이면이기도 한 노숙자들을 길가마다 마주친다. 겪어볼수록 미국의 제도와 건물, 자본주의와 실용주의적 정신은 그 규모나 역사 면에서 대단하지만, 소시민들의 삶은 생각보다 여유롭지는 않았다. 누구나 다 점잖고 친절했고 질서와 규칙 면에서는 엄격했지만 시민정신은 생각보다 얄팍했다. 기대했던 대로 버클리 캠퍼스는 자유로운 분위기로 충만했고, 지식인들은 미국의 패권주의와 사회적 문제에 대해서 비판적이었다.

2016년 겨울에서 2017년 봄 그들은 나에게 희비가 엇갈리는 시선을 보냈다. 촛불 정국과 대통령 탄핵으로 이어지는 남한의 정세에 대한 우려와 최순실 게이트의 놀라운 내막에 그들은 흥미로워했다. 초등학교에 다니던 아이는 수업시간에 Kids times를 함께 읽다가 왜 한국인들이 시위를 하는지 질문을 받기도 했다. 아쉬웠던 점은 대개 외신에서 소개하는 것은 촛불시위의 평화롭고 자발적인 측면보다 자극적이고 외설적인 부분들이라는 것이었다. 그러나 11월 미국 대통령 선거 결과 트럼프가 당선되면서 놀라움을 금치 못했던 그들은 때때로 한국의 평화적인 정권 교체를 신기하게 생각했다. 트럼프 당선 이후 UC. 버클리의 대학생들이 가장 먼저, 가장 격렬히, 가장 늦게까지 트럼프 반대 시위를 벌이기도 하였다.

올 봄에 나는 김수영의 산문에 등장하는 한 구절을 실감할 수 있었다. 열렬한 미국 잡지 애독자이자 번역가였던 시인 김수영은 1960년 4·19를 겪으며 국내 잡지를 읽게 되었고, 『엔카운터』지가 도착한 지 일주일도 넘었는데 뜯지도 않는 등 습관이 변했다고 말한 바 있다. 한국의 후진성에 대한 열등감을 가지고 있던 시인이었지만 이제는 외국논문에도 심드렁하고, 실력을 갖춘 것은 아니지만 서구의 "모든 것에 선망의 감이 없어진 것만은 사실이다"라고 고백하였다. 비선실세와 국정농단의 스캔들로 인해 참담함을 견디기 어려웠지만, 이후 촛불 정국과 대선 과정은 국민의 힘과 한국 민주주의의 성숙을 다시 한 번 믿게 하였다. 트럼프를 뽑은 미국의 속사정은 관여할 바도 아니기도 했지만, 나는 미국 TV의 CNN 방송보다 인터넷으로 한국의 정세에 더 귀를 기울였다. 주변에서 물어 오는 한국의 정치적 상황을 설명하기 위해서 코리안 타임즈 등에서 생소한 정치 용어를 열심히 영어로 읽어야 했다. 전쟁 발발에 대해 걱정을 하는 그들을 보며 나는 내 자신이 한반도라는 용광로에서 단련되었구나라는 생각도 드는 한편 한반도의 힘없는 운명을 안타까워했다.

나의 전공 탓인지 사적으로 만난 미국인들은 한국의 드라마와 영화에 친숙해 있었고 깊은 취향을 가지고 있었다. 프랑스에 입양된 한인인 우니 르콩트 감독의 〈여행자(A Brand New Life), 2009〉나 황우석 박사 사태를 다룬 〈제보자(The Whistleblower), 2014〉에 대해 이야기를 나누며 나 자신도 몰랐던 한국 영화와 우리 사회의 역동성을 새삼 깨달을 수 있었다. 침소봉대라 할지 모르겠지만, 한국문화의 세계화를 위해서는 우리의 문화적 고유성을 수용하는 외국인들의 취향과 관심을 이해할 필요가 있다는 생각을 갖게 되었다. 유튜브라는 미디어의 폭발성에 편승했던 싸이의 인기는 오래 가지 못했다. K-pop이나 K-드라마가 상업적 논리와 자본의 기획에 힘입어 소비될 수는 있어도 한국 문화를 전파하거나 이해시키는 것은 다른 차원의 문제이다. 우리 자신도 몰랐을 수 있는 한국 문화의 창조력과 세계적인 가치를 찾아내어 새로운 문화적 접촉과 소통을 만들어 내는 것이 중요할 것이다.

주지하다시피 한국문학을 해외에 알리고자 하는 노력은 꾸준히 지속되었다. 한국번역문화원을 필두로 다양한 지원이 있었고, 외국 번역자들의 수도 증가하며 좋은 번역자들도 많아졌고, 세계의 주목을 받은 작품들도 나타나고 있다. 2011년 신경숙의 소설 『엄마를 부탁해』가 영역되어 인기를 끌었고, 2016년 한강의 『채식주의자』가 맨부커상을 수상한 바 있으며 그해 말 오세영의 시집 『밤하늘의 바둑판』의 영역판(Night-Sky Checker-board)이 미국 비평지인 『시카고 리뷰 오브 북스』가 선정한 올해의 시집 12권에 포함되었다. 한류는 상업적 측면이나 표면적인 인지도에서 성과를 가져올 수는 있다. 그러나 한국 문화에 대한 지속적이고 본질적인 이해를 위해서는 문학과 같은 정신 예술의 측면에서 접촉이 이루어져야 한다. 문화적 이해와 수용이라는 것은 생산자와 소비자의 관계가 아니라 문화적 창조의 주체 간에 이루어지는 대등한 대화와 소통의 과정인 것이다. 한국은 세계 경제 순위에서 10위 가까이 오르는 경제 성장을 보여주었다. 이제는 고유한 문화적 창조력을 가진 세계 문화의 주체로 자리매김하기 위한 노력이 필요할 것이다.

3. 미국 역사 속 주체로 기억되기

한국 문화와 문학이 세계 문화 속에서 하나의 주체로 위상을 잡는 일은 〈강남스타일〉처럼 일순간의 유행처럼 일어나는 것은 아니며, 다른 스타일이어야 한다. 더 더디고 지속적인 과정, 앞으로 나아가기 위해서는 뒤도 돌아보는 일을 수반해야 한다. 미국의 워싱턴 D.C.에 있는 스미스소니언 자연사 박물관의 한국관이 올 가을에 폐관된다고 한다. 다른 국가들의 개별 관에 비해 전시 내용이나 규모면에서 진작부터 아쉬움이 있었지만 지속하기 위한 대책이 없었다는 것이기에 실망은 더 컸다. 그곳의 중국관은 전시된 유물의 수준과 양도 만만치 않지만, 작은 공간을 중국의 정원처럼 꾸며 쉬어가게 하였다. 그 뜻밖의 장소에서 고대 문명의 찬란한 전시물에 지쳐 있던 관람객의 눈과 마음은 뜻밖에도 고즈넉한 평정의 세계로 옮겨 간다. 샌프란시스코의 골든게이트 파크 안에 있는 '일본 차 정원(Japan tea garden)’ 은 교토의 은각사 등을 조잡하게 모방해 놓았지만, 언제나 서양 사람들로 발 디딜 틈 없이 인기가 높다. 이민의 역사와 이민자의 수, 무엇보다 국력에서 우리보다 앞서 있는 나라임에는 틀림없지만 자신들의 문화적 저력을 뽐내는 스타일에 남다르다는 것을 느낀다.

그곳에 사는 사람들의 생활감각과 시공간의 역사가 축적된 장소의 본질을 드러내는 것을 장소성이라고 한다면, 그러한 장소성을 재현함으로써 그 장소에 존재하는 주체들의 감각과 인식을 체험할 수 있게 하는 것이다. 눈으로 보여주는 전시성은 유리벽을 사이에 두고 감상자와 대상을 구분한다. 주체와 객체의 일방적 관계에서 객체는 사물화되고 형해화되는 것이다. 중국관과 일본 차 정원은 일방적인 전시나 전달을 넘어 외국인들을 문화 수용의 주체로 그곳에 서게 한다. 샌프란시스코의 차이나 타운과 재팬 타운 등 미국 내 곳곳에 그들의 문화를 접할 수 있고, 이에 대한 취향이나 식견을 가진 미국인들도 많았다. 한국 문화의 고유성을 알릴 수 있는 일방적 전달의 방식이 아닌, 대등한 문화적 주체간의 만남으로 유도하고 지속하는 방안을 고민하고 구축해야 할 것이다.

최근 디아스포라라든가 에스니서티라는 개념과 더불어 이주자 문학이 주목을 받으며 그 역사와 현황에 대한 조망도 활발하게 일어났다. 뒤늦었지만 대단히 필요한 연구이고 중요한 문제의식이라고 생각한다. 그러나 자칫 그것이 민족적 정체성의 틀을 고수하거나 고유성과 변이만 강조하여 자국중심주의의 틀에 갇힌다면 그러한 문제의식이 갖고 있는 잠재적 창조성을 사장하는 일이 될 것이다. 세계화 시대에 민족 개념은 확장되고 새로운 의미를 부여받을 수밖에 없다. 자국 문학을 번역하는 일도 중요하지만 한국 문학이 이질적인 외국 문화 속에 이입되면서 충돌하고 조화를 이루는 양상을 기록하고 연대하는 일도 수반되어야 한다고 본다.

미국이라는 장소와 한국문학의 접촉을 기록하고 그에 연대해야 한다는 생각을 품게 된 것은 엔젤 섬(Angel Island)에 남은 어느 한인의 시를 접하면서였다. 그곳에 남아 있는 시는 시의 원초적인 힘과 문학하기란 무엇인가에 대해 숭고하게 되묻고 있다. 누구나 알고 있듯이 미국은 1600년부터 유럽의 이주민들로부터 시작된 나라이고 노예로 데려온 아프리카인들을 비롯해 온갖 인종과 민족의 이민자들로 구성되어 있다. 중국인 이민의 경우는 19세기 중반 서부의 골드 러쉬와 더불어 일찌감치 시작되었던 반면 우리는 1902년 구한말부터 시작되어 이제 115년을 넘긴 미국 이민의 역사를 가지고 있다. 엔젤 섬은 1910년에서 1940년까지 이민국의 업무를 보기 위해 설치된 장소이다. 샌프란시스코 만에서 가장 큰 섬인 엔젤 섬은 북쪽에 위치하고, 부유한 지역인 티브론에서 남쪽으로 떨어져 있고, 예술과 낭만이 넘치는 소살리토에서 건너다보이는 곳에 위치해 있다. 이민 초기 유럽 이민자들이 대서양을 건너 동부 뉴욕의 엘리스 섬(Ellis Island)에 있는 이민국을 거쳐간 것처럼, 태평양을 건너온 중국인을 비롯한 아시아인들과 러시아인들은 엔젤 섬의 이민국을 통과해야 했다. 이곳에서 이민자들은 입국 허가를 받기 위해 2주에서 석 달, 길게는 2년 정도에 이르는 기간 동안 굴욕적인 신체검사와 까다로운 서류 검토를 받으며 마치 죄인처럼 먹고 자는 일 외에는 아무것도 할 수 없었다. 오늘날 미국 입국시 공항에서 1~2시간을 기다려 받는 입국심사만 하더라도 사람을 불안하게 하고 지치게 만드는데 그 고역은 상상 이상일 것이다.

그곳에는 그들의 아픈 기억과 기록이 남아 있다. 그들이 수용된 막사의 나무 벽에는 수만 개의 시들이 남겨져 있다. 수만 명의 중국인들과 그외 일본인과 한국인들이 격리되어 있었던 그곳에서 그들은 자신들의 분노와 절망을 벽에 칼로 파서 새겨 넣은 것이다. 그 고통과 절망의 와중에 누구를 향한 비명인지 어디를 향한 탄식인지 모르지만 그들은 자신의 존재를 그 장소에 남긴 것이다. 장소성은 이렇게 남겨지고 기억되어 재탄생하는 것이다. 장소를 장소로 만드는 인간의 경험과 불멸을 불어넣는 언어의 힘으로.

2012년에는 샌프란시스코 한인센터와 북가좌 일본문화센터의 공동 후원으로 샌프란시스코 주립 대학의 찰스 이건 교수가 발굴한 1900년대 초기 이민자들의 시들을 낭송하는 행사를 갖기도 하였다. 〈Voices in the Wooden House〉라는 제목으로 이루어진 낭송 행사에서 버클리 문학회 회원인 강학희 시인이 낭송한 시편을 읽어 보자.

_구름, 「천사도」

한국인들에게 오랫동안 나성(羅城)으로 불리던 로스 엔젤레스(Los Angel)가 스페인어로 천사를 뜻한다고 하는데, 미국에 대한 부푼 꿈을 안고 태평양을 건너던 이민자들은 엔젤 아일랜드라는 이름을 들으며 이 낯선 곳에서 자신들을 인도할 천사의 가호를 간절히 바랐을 것이다. 그러나 말이 뜻하는 표면상의 의미와 실제의 의미가 괴리되거나 상반될 때 아이러니가 생기듯, 엔젤 아일랜드라는 이름과 이민자들이 수용된 상황은 극단적으로 대조를 이룬다. 미국에 대한 동경을 안고 천국을 꿈꾸며 왔지만, 현실은 철창 안에 수많은 사람을 가두어 둔 지옥과 같다. 이 반어적 아이러니는 화자에게 비참함을 고조시켜, 엔젤 섬이 가지고 있는 비극적인 장소성을 일깨워준다. 고향과 고국을 등지고 온 설움을 절감할 수밖에 없는데, 시적 화자는 이 고난을 무릅쓴 이유가 생계와 생존을 위한 것이기에 "목구멍이 전생업"이구나라고 탄식하는 것이다.

또 다른 시로 최경식의 「이민국 일야-엔젤 아일랜드에서」는 4·4조의 창가 형식으로 이민국의 열악한 상황과 고국을 떠나온 자신의 신세에 대한 한탄을 노래하고 있다. 이 시에서 화자는 만 리나 되는 대양을 건너왔는데 이런 손님을 철창 잠을 재우니, 아무리 미국이 좋다고는 하나 이 구차한 모습을 어머님이 보시면 얼마나 놀랄까라는 푸념을 뱉는다. 이 시의 말미는 지식인다운 어조로 망종(亡種)들이 작란하는 국경을 부수고 "세계 동포 인류 형제/ 하루 바삐 되고 지고"라는 다짐으로 끝맺고 있다.

엔젤 섬의 비극성은 다음 시에서 죽음으로 드러난다.

> 내 마음이 이러할 때 너흰들 편할소냐
> 구슬픈 황혼은 천사도를 넘고
> 양양백구는 물우에서 놀 때
> 너를 두고 떠나는 이맘
> 정을 두고 돌아가는 이맘
> 아 울어도 쓸데 없네
> 모두가 슬픔뿐이다
>
> 어버이의 죽음이 이에 더할 것인가
> 친구의 죽음이 이에 다를 것인가
> 그렁그렁 눈물지으며 말 못하고 떨어지는 이 이별
> 만약 죽음의 운명이 막을 수 있었다면
> 너는 아직도 이 땅을 걷고 있을 터인데
>
> 같이 왔다가 귀국하는 아우를 마지막 방문하는 날
> 천사도를 떠나며
> 27년 7월 21일
> **_리경식, 「이별」**

위 시에서는 자세하게 정황 설명을 하고 있지 않지만, 화자와 아우가 같이 미국으로 이민을 왔다가 아우가 죽었다는 것을 짐작할 수 있다. 죽은 몸으로 귀국하는 아우를 마지막으로 보고 천사도를 떠나는 형의 마음은 천지 사방이 모두 슬픔으로 가득 차 있듯이 비통하고 이루 말로 다할 수 없다. 아우를 마지막으로 보내는 순간도 "구슬픈 황혼"이 천사도를 넘는 때이다. 엔젤 섬을 넘어 해가 서녘으로 저물고 있다. 황혼의 시간이나 서쪽이라는 장소 모두 생애의 마지막과 죽음을 상징하는데, 특별하게도 천사도 넘어는 태평양 너머 이들이 떠나온 고국이 있는 방향이기도 하다. 새로운 땅과 막연한 미래에 대해 서로 용기를 주고 의지하며 넓은 바다를 건너왔을 형제의 죽음은 어버이의 죽음이나 친구의 죽음에 비할 수 없이 안타깝다. 더구나 아우의 죽음은 형에게 죄책감과 비슷한 절통함을 불러 일으켜, 그 아우의 '죽음의 운명'을 막을 수 있었다면 하는 부질없는 소망을 되뇌이며 애간장을 끊는 것이다. 엔젤 섬의 이민국이 단지 고난과 기다림의 대합실이 아니라 생과 사의 갈림길이자 돌이킬 수 없는 이별과 비극의 장소였음을 기억시키고 있는 것이다.

엔젤 섬에 남겨진 중국 이민자들의 시편들에 비해 볼 때 한국 이민자들의 시편은 그 양이 비교가 안될 만큼 적기는 하다. 그러나 그들은 최초의 접촉자들이며 미국 내에 한국 문학의 기억을 새겨 넣은 존재들이다. 중요한 것은 현재에 그 기억들을 매개로 하나의 문화적 창조의 주체로 자리매김하는 노력이 필요하다는 것이다. 장소는 그 기억들을 불러 모으는 원천이고 시발점이 될 수 있다.

4. 문학의 뿌리와 생명력의 확산

한두 명의 작가가 저명한 문학상을 받거나 저널의 주목을 받는 것보다 문학이 뿌리내리는 문화의 저변을 넓히고 두텁게 하는 것이 문학의 생명력을 위해 더 중요한 일일 것이다. 물론 한국 문학에 대한 번역 작품은 언어의 장벽을 해소해야 하는 데 있어서 일차적으로 중요한 일이다. 그러나 번역을 매개로 하여 한국문학 작품을 소개하고 전파하려는 것은 발신과 수신처럼 이해관계에 의존하는 단순한 것이다. 다양한 장소와 지점에서 문화적 충돌과 수용이 일어나며 문화적 주체들 간의 상호작용이 일어나는 것이 진정한 문화의 본질이다.

미국 내 한국 문학을 보더라도 지역별로 문학 동호회나 문학 협회들이 존재하며 다양한 형태로 활동하고 있다. 다양성과 다민족을 강조하는 문화적 기조에 따라 재미 작가의 동화나 한인 동포의 이야기가 한국의 국어 교과서에 수록되기도 하고, 캘리포니아의 초등학교 교과서에는 이민 3세 소녀가 할머니와 함께 추석을 맞아 한국을 방문하는 동화가 실려 있기도 하다. 그리고 필자가 본 지역신문 《San Francisco Chronicle》에 서평이 실린 한인 작가의 영문 소설 두 편을 소개하고자 한다. 유진 베르츠(Yoojin Grace Wuertz)의 『Everything belongs to us』를 소개한 Christine Hyung-oak Lee의 글(2017. 3. 12)과 이민진(Min Jin Lee) 작가의 『Pachinko』를 소개한 Anita Felicelli의 글(2017. 4.2-8)을 인상 깊게 보았다. 유진 베르츠의 소설은 1970년대 남한을 배경으로 세 명의 서울대 대학생들이 겪은 사랑과 좌절의 젊은날에 대한 초상을 그리고 있다. 주요 인물들이 운동권이었다는 점에서 일종의 후일담의 성격을 지니지만 낭만적 서사에 그치지 않고 1970년대 후반 한국 사회의 구조적 문제도 다루는 비판성을 보여준다. 이민진의 소설은 일본에 이주한 한인 가족의 이야기를 통해 4세대에 걸친 수난의 역사와 사회구조적인 문제를 다룬 것이다. 제목의 '빠징코'라는 노름 장치가 말해주듯이 일본의 범죄 조직인 야쿠자와 얽힌 돈과 성, 특권의 사회적 문제들이 야기하는 가혹한 상황을 작가는 사실적으로 그려내고 있다. 이미 이창래와 같이 영어로 소설 창작을 하는 한인 작가들이 주목받은 바 있지만, 이처럼 한국의 고유성과 특수성을 영어로 생산하고 있는 모습을 보는 것은 흥미로운 일이었다.

역사와 경험을 사실적인 소재로 다룰 수 있는 소설과 달리 서정시는 이민자로서의 시적 주체의 정체성을 드러내기가 쉽지 않다. 장소성을 드러내는 지명들도 독자들에게는 다소 생경하게 느껴질 수 있고, 그 장소를 둘러싼 감각과 감정이 쉽게 전달되지 못하면 이질감을 느끼게 하여 감상을 차단시키기 때문이다. 서정시가 성공적이기 위해서는 개성적인 감각과 상상력일지라도 공감과 보편적 정서를 얻을 수 있어야 한다. 그리고 난 뒤에 우리는 시인이 서 있는 자리로 시를 호환하여 그 시적 욕망을 더듬어

볼 수 있게 된다.

엑스레이에 찍힌 사랑니*를 본다
잇몸 밑에 웅크리고 있다
몸체를 밖으로 향한 채
뿌리는 갈퀴를 만들어 잇몸을 잡고 있다
떠밀고 나오고 싶은 욕망과
뽑혀질지도 모르는 두려움을
씨방 같은 잇몸 속에 가두어 두고 있다

갇혀 있는 모든 것들은 탈출을 꿈꾼다
매일 밤 내가 잠의 깊은 계곡에 머무를 때
그들은 일어나, 자신들의 이름인
사랑과 지혜를 찾아 먼 길 떠나는 것은 아닐까

그러다가 그런 것들
어디 있는지 도무지 못 찾겠다, 단념하고
(더 찾아보지 않고!)
몇 만 년 전으로 다시 돌아가
사냥으로 잡은 한 점을 앙골차게 씹어서
수혈하듯 내 몸으로 돌리는 것은 아닐까
꿈속 길을 더듬어 다시 돌아오며
갈퀴 같은 제 뿌리를 생각하는 것은 아닐까

* 영어권에서는 사랑니를 '지혜의 이'라고 함
_유봉희, 「사랑니」(『버클리문학』 vol. 3, 2016.)

　위 시에서 시적 화자는 잇몸 밑에 웅크리고 있는 사랑니를 보며 "떠밀고 나오고 싶은 욕망"과 "뽑혀질지 모르는 두려움"을 본다. 이 이중의 욕망과 갈등은 이 시 전체를 관통하는 긴장을 만든다. 잇몸에 갇힌 사랑니라는 존재에서 시적 화자는 탈출에 대한 꿈을 보고, 모든 꿈꾸는 것들의 욕망을 겹

처서 읽는다. 시적 화자도 예외는 아닐 것이다. 일상에 갇혀 있고 무력한 육체가 잠들 때 그 존재들은 '내가' 모르게, 아니 그를 대신하여 "자신들의 이름인 사랑과 지혜"를 찾아 먼 길을 떠나지 않을까 시적 화자는 상상해 본다. 그러나 이 시는 그렇게 낭만적인 발상에 기대고 있지 않다. 둘째 연이 탈출의 지향이라면 마지막 연은 그 반대 방향을 향하고 있기 때문이다.

그런 '사랑과 지혜'란 도대체 어디에서 찾을 수 있겠는가? 그런 것들을 찾기를 단념하고 사랑니는 '지혜의 이'라는 이름대로 다른 방도를 찾아낸다. 그것은 막연한 탈출의 욕망으로 헤매는 대신에 수만 년 전의 기억을 되살려내는 것이다. 고대 인류에서 현재의 인류로 진화하면서 그 존재 가치가 사라진 맹장이나 편도선처럼 사랑니는 이제 흔적만 남은 기관이다. 사냥감을 강하게 물어뜯고 빠르게 씹기 위해 필요했던 큰 턱뼈와 어금니는 퇴화하여 사랑니처럼 제거해도 무방해져 버린 것이다. 시적 화자는 사랑니에 유전적으로 각인된 고대의 원시적 본능과 생명력을 기억해낸다. 사랑니는 그 고대의 기억을 내 몸에 수혈해 주고 "꿈속 길을 더듬어 다시 돌아오"며 제 뿌리를 생각하는 것이다. 잇몸을 밀고 나오는 사랑니의 욕망을 뒤집어 시적 화자는 단단히 박혀 있는 사랑니의 뿌리에서 원시적 어금니의 힘과 생명력을 확인한다.

사랑하는 늦은 나이에 나는 이라서 우리말에서는 사랑니라 부르지만, 영어로는 성장하고 철들 무렵에 나는 이라서 Wisdom tooth(지혜로운 이)라고 부르는 것이다. 캘리포니아에서 자발적 디아스포라이자 이중 언어 생활자로서 모국어로 시를 쓰는 시인은 영어의 어원을 상기하며 새로운 상상의 틈을 벌려 언어의 힘을 극대화시킨다. 2001년에 등단하여 3권의 시집을 상재하고 올해 또 한 권의 시집을 준비하고 있는 유봉희 시인은 해외에 있음에도 불구하고 2014년에는 '시인들이 뽑는 시인상'이라는 의미 있는 상을 수상하기도 하였다. 위의 시는 앞서 말한 것처럼 존재의 탈출을 꿈꾸는 욕망이 있지만, 불가능한 한계 속에서 시원의 생명력을 복원함으로써 건강하게 귀환하는 상상력을 보여주는 시라고 할 수 있다. 이런 점에서는 이 시는 충분히 보편적으로 읽히고 언어적 위트와 시적 상상력을 매력적으로 발산한 시라고 할 수 있다. 그러나 이 시를 디아스포라인 시적 주체의 자리로 소환하여 상징적으로 읽어볼 수 있다. 시라는 것은 메꿀 수 없는 시적 욕망에서 솟아나는 언어의 장소이다. 시적 주체는 사랑과 지혜를 찾아 "먼 길 떠나는" 욕망을 가진 자이지만 ― 시인은 어쩌면 그것을 이민으로 감행해 본 자일지도 모른다 ― 진정한 지혜는 제 자신의 몸에 각인되어 있는 기억과, "갈퀴 같은 제 뿌리"를 찾는 것에 있다는 것을 깨달은 것이 아닐까? 이민자로서 고국을 떠나 모국어로 시를 쓰며 시적 욕망을 붙잡으려 애를 쓰는 이 시인의 시에서 "뿌리"에서 강한 울림을 느끼게 된다. 그런 면에서 사랑니는 디아스포라적 존재인 시인의 욕망을 상징하며, 그 욕망의 이중성과 갈등을 시원의 생명력으로 회복시키려는 시인의 대안적 지혜를 상징한다고 할 수 있다.

5. 살아있는 안개를 꿈꾸며

미국에서 보낸 1년의 연구년을 마치고 돌아올 때쯤 샌프란시스코의 안개를 너무나 사랑하게 되었다. 시시각각 나날이 변하는 안개는 도시를 감싸고 그곳의 건물 하나하나와 어울리며 살아 있는 듯 도시의 풍경을 다르게 보여 주었다. 바다가 품어내는 물과 하늘의 공기가 자아낸 이 생명 없이 살아 있는 존재는 바라보는 이들에게 꿈을 꾸게 한다.

문학이 존재하는 이유는, 인간이 가진 존재의 유한성에서 오는 비극과 무한한 욕망의 간극을 신이 인간에게 선물한 불멸의 힘을 가진 언어로 메우려는, 헛되지만 숭고한 시지프스의 노동 같은 것이라고 생각한다. 타국이라는 낯선 세계와 이방의 언어 속에서 한국인으로서의 운명과 한국어라는 모국어를 껴안는 이중의 수난을 감내하는 것이 디아스포라 문학의 힘이라고 생각한다. 미국 속의 한국문학이 이러한 시원의 힘을 회복하여 저러한 안개처럼 어울리고 스며들어 하나의 문학적 창조의 주체로 거듭나며 우뚝 서기를 바란다. 이를 위해서는 문학적인 기억과 연대의 노력이 지속되어야 할 것이다.

곽명숙

1999년 『시와시학』으로 등단. 저서로 『한국 근대시의 흐름과 고원』 등이 있음. 2016~2017년 버클리대 객원교수. 현재 아주대학교 국어국문학과 교수.

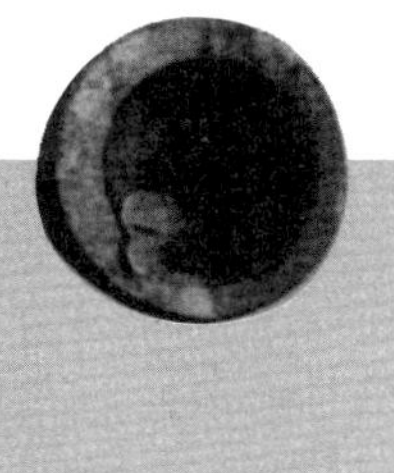

불안의 수사학

_김홍진

　시인은 세계와 갈등하고 불화한다. 근대 이후의 시인들이 너나할 것 없이 그래왔고, 또 앞으로도 그럴 것이다. 타락한 세계의 주변에 분열된 시적 주체들이 불안하게 서성거린다. 설령 분리와 소외, 결핍과 결여, 불안과 분열이 존재하지 않는 자아와 세계가 행복하게 일치하는 동일성의 세계도 따지고 보면 현실의 삶이 조화롭고 질서롭지 못하기 때문에 발생한 역작용의 결과일 수 있다. 그것은 꿈을 가로막는 결핍의 현실에 대한 반작용이다.

　불화의 관계에서 시인은 탈주와 이탈을 꿈꾸고 현실의 저 너머에 존재하는 피안을 동경한다. 미지의 꿈과 동경을 포기한 자는 진정한 시인이 아니다. 아도르노의 표현처럼 예술은 세계의 모든 어둠과 죄를 자신의 내부에서 떠맡으면서 부정적 경험세계가 변화되었으면 하는 희망을 말없이 말한다고 했을 때, 이러한 선언적 명제에서 시인도 예외일 수 없다. 이럴 때 시인은 현실로부터 탈주하여 망명정부를 차리고 새로운 세계를 탐문하기 시작한다. 지금의 공간을 지배하는 문법을 대체할 다른 문법을 찾아나서는 것이다. 지배적 문법과 체제에 저항하는 망명정부에 소속된 시인들은 그랬다.

근대 이후 시인은 늘 고통스럽고 불행한 운명을 타고난 불안하고 분열된 자아의 초상을 하고 있다. 그들의 운명은 보들레르의 알바트로스처럼 비극적이다. 시인에게 행복과 만족은 현실 저편 너머에 초월적으로 존재하는 것이며, 그것을 방해하는 현실적 조건들과 생래적으로 불화하고 갈등하도록 태어난 불행한 자아이다. 그는 자기에게 주어진 현실에 만족할 수 없는 결핍된 자아이며, 그렇기 때문에 비극적 운명의 소유자이다. 그렇지만 역설적이게도 시인에게 결핍은 창작의 밑변을 떠받치는 토대이며, 결핍과 불행의 저주받은 자리에서 시는 탄생하는 것이다. 다시 아도르노의 표현처럼 세계의 불행을 인식하는 데서 시인은 자신의 행복을 갖는다. 그들은 항상 세계와 불화하며 긴장한다. 긴장하고 고통을 느끼며 살아 있음을 확인하고, 존재의 떨림을 감각하며, 세계가 변화되었으면 하는 희망의 가능태를 넘보는 것이다. 그러나 그것이 가능하기나 한 것일까.

임신한 여자가 뒤뚱대며 수박을 끌어안고 땀을 뻘뻘 흘리며 언덕을 걸어 올라가고 있다 뱃속에 수박만한 아이가 있는지 배는 터질듯 부풀어 오르고 언덕 위엔 상점이 없다 노인들은 평상에 앉아 마늘을 깐다 여자가 잠시 기우뚱 거린다 발을 잘못디디면 여자는 언덕아래 굴러갈 것이다 차가운 수박에 맺힌 이슬이 아스팔트 바닥에 떨어진다 반쯤 쪼개진 하늘에는 태양이 빛을 내뿜고 여자가 뒤돌아 자신이 걸어온 길을 바라보며 땀을 닦는다 마을버스가 언덕길을 돌아 내려간다 태양을 보자 어지럼증이 인다 이마저도 조심조심 살았기 때문에 깨지지 않은 것이다 여자는 다시 언덕을 걸어 올라간다 수박만한 머리가 가랑이 아래로 나올 때 곰팡이 냄새를 맡으며 아이는 자신의 운명을 알게 될까 여자의 등 위에서 피자배달 오토바이가 따라 올라온다 골목에서 여자는 비켜선다 맞은편에서 용달차가 머리를 들이밀고 오토바이가 넘어진다 뒷바퀴가 여자의 종아리를 밀자 주저앉은 여자가 수박을 놓친다 언덕 아래로 수박이 굴러 내려가기 시작한다

_김성규, 「수박」 전문

바니타스(Vanitas)의 정물화를 보는 듯하다. 그것은 이를테면 시적 분위기가 삶과 세계의 숭고함 대신에 저열하고 잔혹함, 역겨움과 혐오감, 풍자와 환멸, 기형화와 괴상함, 불행과 비극, 고상하고 엄숙함 대신에 비천함과 참상, 기쁨보다는 고통과 통증, 아름답고 사랑스러운 것보다는 추악하고 흉물스럽게 여겨지는 것들의 시적 변주에서 연유한다. 생은 축복이 아니라 저주받은 운명처럼 보인다. 악화될 대로 악화되어 더 이상 악화될 여지가 없는 운명, 생의 참상과 비극의 어느 임계지점을 지시하고 있는 듯하다. 그리하여 시를 읽는 일은 악몽 속의 풍경을 거니는 것처럼 끔찍스럽고, 저주 받은 운명으로 인하여 고통스럽다. 세계는 추(醜)하고, 그 안의 생은 처참하다.

전망 없는 미래, 역사의 진보에 대한 회의와 불신으로 가득한 나머지 화자는 미래에 대한 어떠한 기대나 희망도 내비치지 않는다. 이와 같은 비극적 탐색은 결국 출구가 보이지 않는 미래를 포함한 현재적 삶의 폭력적 현주소를 보는 듯하다. "임신한 여자가 뒤뚱대며 수박을 끌어안고 땀을 뻘뻘 흘리며 언덕을 걸어 올라"간다. 언덕을 오르는 모습은 그녀의 "터질듯 부풀어 오"른 배의 이미지로 연쇄되고, 부풀어 오른 배는 '수박'의 이미지와 겹치며 그것이 터지거나 깨질지도 모른다는 불안한 분위기를 더욱 증폭한다. 아울러 위태로움은 언덕에서 뒤뚱대고 기우뚱거리며 오르는 그녀의 발걸음, "수박에 맺힌 이슬이 아스팔트 바닥에 떨어진다", "반쯤 쪼개진 하늘", "어지럼증" 등으로 연쇄되면서 파탄의 분위기는 고조되고, 참혹한 삶의 풍경은 예감된다. 이러한 불안감은 결국 "수박만한 머리가 가랑이 아래로 나올 때 곰팡이 냄새를 맡으며" 나올 아이의 운명으로 전이되면서 어미나 아이 할 것 없이 모두 굴러 떨어져 깨질 비극적 상황을 연상시킨다. 그럼으로써 처참하고 가혹한 비극적 운명은 더욱 고조된다. 그리하여 언덕을 기우뚱거리며 오른 임신한 여자나 "수박만한 머리가 가랑이 아래로 나올 때 곰팡이 냄새를 맡으며" 나온 아이의 운명은 처참하기 짝이 없다. 유전되는 위험의 증폭과 남루하고 비참한 현실의 주소는 우리의 거처로 남아 있을 것이다. 삶과 세계는 불안하고 위태로울 뿐이다.

　이와 관련하여 이성적 현실의 확실성에 대한 믿음과 미래에 대한 전망이 심각하게 훼손된 이 시대의 시적 사유의 중요한 징후 가운데 하나가 불안이라 부르는 정서적 경험들의 변주이다. 불안은 인간 실존의 가장 근원적 현상이다. 불안은 어떤 기분이나 감정으로 이성을 중심으로 하는 인식이나 지각의 정신활동에 관심을 갖는 사유의 논리 체계로는 객관화하기에 너무나 주관적인 감정에 속한다. 실존철학의 담론에서 불안의 기분이나 주관적 느낌이 중심을 차지한다는 것은 불안이 현대인에게 있어서 실존적 조건이 되었다는 점을 반증하는 것은 아닐까. 한때 삶과 세계에 의미를 주었던 최종적 권위들은 중심에서 밀려났다. 예컨대 신이나 이성, 이념이나 국가와 같은 중심은 붕괴된 지 오래이고, 그 자리에 들어선 낯선 타자들이 언설적 권력을 행사하기 시작하는데 불안도 그 한 축을 이룬다.

　시인들은 이러한 불안의 증상에 매우 민감하게 반응한다. 그런 점에서 현대시는 일종의 불안의 증상 내지는 징후에 대한 정신 병리학적 임상기록일 수 있다. 시적 주체들은 세계와의 상호작용에서 발생하는 불안의 정서적 체험을 시적 언어라는 특수한 방식으로 포착해낸다. 말하자면 정신분석학이 즉자적인 의미의 보편과학이 되는 것을 경계하지만 어쨌든 불안과 같은 비합리적 상황과 언어를 분석하면서 기본적으로는 그것을 이성적 언어로 환원하는 것에 비해서 시는 불안을 언어적으로 대상화하면서도 육체적이고 감각적인 차원에서 그 자체를 임상적으로 내재화한다. 그런 점에서 시적 불안의 언어는 이성적 언어의 논리와는 다른 논리이다.

　　　날마다 새로운 주소를 써내려간다
　　　유리 담장에 걸린 깨진 구름도 있다
　　　해지는 노인의 걸음이 푸른 신호등을 자꾸만 놓치는 사거리 길

　　　빨간 우산을 쓴 여자가 자장면 집을 스쳐 지나가는 빨간 주소

　　창틀이 없는 유리처럼

　　하늘을 잃은 새처럼

　　과꽃 앞에서 과꽃을 모른다

　　어제는 가을 셋째 주 금요일, 서쪽의 종탑을 지나서 자주 들렀던 빵가게를 돌아
익숙한 맥문동 꽃향기에 도착한다

　　노인이 저 홀로 잠이 든 지 열흘이 지나고 있다

_정운희, 「방치」 중에서

　불안이 분열과 혼돈, 강박과 도착, 정신적 공황과 발작 등의 증상인 만큼 이런 종류의 시는 매끄럽고 순하게 읽히지 않는다. 불편하다. 불온하기까지 하다. 그래서 대중 독자들은 이런 시들이 어렵다거나 난해하다고 불평할 수 있다. 이러한 혐의의 알리바이는 재래적인 서정 문법의 제도적 학습에서 온 것이다. 그것은 특수한 내면 체험을 기존의 전통적인 서정시의 문법을 따라 직조하지 않고 새로운 시적 문법에 따라 구현하고 있기 때문이다. 그것은 또한 안정되고 통일된 동일성의 조화로운 세계를 지향하기보다는 자아의 내면에서 들끓다가 느닷없이 출현하는 또 다른 자아가 분열되어 나타나는 일그러진 모습 때문이다.

　불안은 의학적으로 정신의 질병을 뜻할 수도 있지만 시에서는 그보다 하나의 수사적 은유 내지는 전략으로 보는 것이 타당하다. 우리가 흔히 비정상이라 일컫는 정신적 질병의 한 증상으로서 불안은 차라리 한 시인의 시혼(詩魂)의 극단을 보여주는 방식이다. 막연하고 모호하며 만성적이지만 그 실체가 잘 드러나지 않는 불안의 시적 묘사와 진술은 이성과 합리의 전횡에 의해 구축되는 현실원칙의 질서에 대한 부정과 반성적 사유이리라. 그것은 이상이나 전망이 사라진 현실을 쓸쓸히 확인하는 하나의 방식일 것이다. 불안은 확신에 찬 인간, 이성, 주체, 합리, 신념, 권위, 가치와 같은 중심이 흔들리며, 그 일그러진 모습을 드러내는 불쾌한 정서적 경험이다. 그것은 행복의 이데올로기가 조장하는 안정과 희망의 이데올로기가 조작 유포하는 전망에 대한 허위적 신비화를 걷어낸다.

뿌리 없이 방치된 삶의 운명, 정처 없이 떠도는 삶의 행방은 불안의 근원이기도 하면서 비극적인 것이기도 하다. "노인이 저 홀로 잠이 든 지 열흘이 지"난 채 '방치'된 죽음은 삶이 근본적으로 부조리하다는 시적 은유이다. "자꾸만 푸른 신호등을 놓치는 사거리의 길"에서 어디로 가야 할지, 어디에 있어야 할지 모르는 불가항력의 부조리한 운명에서 벗어날 수 없는 것이 존재의 전제 조건인 것이다. 그래서 삶은 "주소를 새로 써가는 개한 마리"와 다름없이 떠도는 것이며, "창틀이 없는 유리"나 "하늘을 잃은 새처럼" 존재의 기반을 잃었고, "과꽃 앞에서 과꽃을 모"르는 것처럼 자명한 사실 앞에서 자명한 확실성은 무화되어 버린다. 무엇보다도 문면에 드러나는 존재의 뿌리 없음이 우리를 고통스럽게 만든다. 어떤 안정이나 평화를 찾아보기 힘든 압도적인 불안과 상실의 분위기와 세계에 대한 불신의 태도로 인해 시는 전체적으로 우울하다. 자신의 의지와 아무 상관없이 길위에 방치된 삶과 죽음은 얼마나 부조리한가.

화자는 황량하고 피폐하기 짝이 없는 길 위의 생에 대해 쓴다. 그러나 "날마다 새로운 주소를 써내려"가는 길 위의 생은 세계를 새롭게 개시(開示)해나가는 건강한 어떤 것이 아니다. 그것은 "개 한 마리"로 의인화된 시적 대상이 "불법 쓰레기봉투에 코를 박는다"다거나 "해지는 노인의 걸음이 푸른 신호등을 자꾸만 놓치는 사거리 길"에서처럼 존재의 생성이나 트임을 지향하는 의미와는 전혀 다른 자질의 것이다. 그리고 존재의 뿌리 없음은 방치된 채 "노인이 저 홀로 잠이 든 지 열흘이 지나고 있다"는 것처럼 죽음을 바라보는 건조한 어조의 결구에 이르면 어떤 처연한 운명을 느끼게 한다. 아무렇게나 방치된 길은 실존의 불안을 더욱 확장하고, 아무렇게나 방치된 채 소멸해가는 죽음은 그렇게 비논리적으로 이루어진다. 그런데 이에 대한 냉정한 관찰은 화자의 개인적 내면의 차원에 머무는 것이 아니라 우리 시대의 보편적인 심리적 정황을 환기하는 것처럼 보인다.

사회심리학자 김태형이 우리 사회를 '불안증폭사회'라 진단한 것처럼 불안은 제도적으로 증폭 재생산되며, 우리 사회는 이른바 '위험사회'가

되었다. 앞서 불안의 정서가 현대인의 조건이 되었다는 점을 말했거니와, 특히 사회 경제적 생존이 생물학적 생존을 가늠하는 불안증폭의 위험사회에서 삶은 예측 불가능하고 통제 불가능한 것이 되어버린 시점에 이르면 불안은 인간을 지배하고 통제한다. 실제로 이러한 불안의 문화는 주지하다시피 권력이 통치의 한 수단으로 사용하기도 한다. 이러한 실존의 심각한 위기 상황은 개인은 물론이거니와 사회적 불안을 증폭하는 요인으로 작용한다. 그것이 정운희의 작품에서와 같이 한 개인이 자신의 자유로운 의지나 결단에 상관없이 실존적 운명이 방치되거나 결정되는 상황이 되었든, 아니면 사회 역사적인 것이 되었든 강박적인 불안의 증상이나 감정적 분위기, 그리고 불우하고 타락한 세계가 불러오는 공포는 이성적 주체의 의식을 분열시키고 정신을 마비시키는 불결하고 불온한 것으로 인식된다. 하지만 사실 그것은 강고한 현실원칙의 질서를 교란하고 무화시키려는 하나의 전략처럼 보인다.

> 내가 날 굽는 냄새가 피어오르자 해골과 부위 모를 뼈다귀들이 앞 다투어 모여든다. 석쇠 위에 고여 있던 핏물이 선지로 돌돌 말아 빚은 완자처럼 지져져 더욱 쫀쫀해진 내가 날 엿가위로 한 입 두 입 잘라 굽는다 따각따각 아귀 터지게 턱 벌리는 해골들에게 내가 날 잘라 구운 살점을 바삭 태워 먹여준다. 오일 바른 상아 같이 매끈매끈한 뼈다귀들의 몸에 내가 날 잘라 구운 살점을 파스처럼 붙여준다. 불가에 모여 앉은 해골들과 뼈다귀들이 내가 날 잘라 구운 살점을 먹고 입고 점점 나로 살쪄간다

_김민정, 「내가 날 잘라 굽고 있는 밤 풍경」 중에서

내가 나의 살점을 잘라 석쇠에 구워 먹고 살찌는 몸을 찰칵찰칵 기념촬영하는 이 엽기적인 풍경은 무엇인가. 시의 문면에 잔혹하고 엽기적이며 그로테스크한 악몽의 풍경 같은 이미지들이 난무한다. 마치 사지절단, 내장노출, 핏덩이가 난무하는 잔인한 하드고어(hard gore) 영화의 한 장면을 방불케 한다. 분열의 언어로 장식되는 자기혐오, 자기파괴, 신체절단의 욕

망이 들끓듯이 분출한다. 언어적 금기는 분해되고 해체된다. 종잡을 수 없이 수다스러운 분열의 언어와 펑키적이고 카니발적인 언어구사는 파괴와 혼돈 그 자체이다. 나의 몸을 잘라 구워 먹고 날로 살쪄가는 신체훼손과 자기파괴, 그것으로부터 육신의 살을 찌우는 이 해괴한 유머는 불쾌하고 불경스럽기 짝이 없다. 이렇게 느끼는 순간 우리가 경험한 서정시 고유의 규범은 산산이 분해되고 해체되고 만다. 이러한 분열과 파괴와 해체의 언어는 곧 신체를 물신화하는 시선, 그 시선을 가로지르는 상징 권력의 질서에 대한 분해이며 해체이고, 그에 대한 혐오의 발악과도 같은 표현일 것이다. 말하자면 극단적 물신화인 훼손된 신체를 보여줌으로써 상징 질서를 파괴하는 분출의 무제한적 방식은 한국 시가 이제 자명하게 여겨왔던 미학적 명제와 경계의 틀을 부수고 결별하는 지점을 지시하는 듯하다.

이제 지상의 어느 곳에도 순결한 서정의 공간은 존재하지 않는다. 지고하고 순결한 서정의 공간으로부터 추방당한 저주받은 운명의 시인들은 결핍과 분열, 불안과 공포, 혼돈과 타락의 현실로부터 벗어나 그들만의 망명정부를 세우고 새로운 세계의 도래를 탐색하고자 했던, 저항의 전선을 탄탄하게 구축했던 어떤 윤리적 목적도 시적 권위도 내세우지 않는다. 지난 시대의 선배 시인들은 자신들이 세운 망명정부가 온전하게 승인된 정부가 되기를 꿈꾸었다. 역사적 죄의식에서 비롯하는 공동체적 선에 대한 욕망은 하나의 시적 강박이었다. 그러나 이즈음의 젊은 시인들은 차라리 무정부주의적인 시적 포즈를 취한다. 그것을 가능하게 하는 상상력은 역사적 경험의 동일성을 구성하지 않는, 말하자면 역사적 경험에서 기원하는 강박으로부터 자유로운 이유 때문일 것이다. 그러나 그것이 가볍다고 오해는 말자.

저 고단했던 역사적 기억으로부터 자유롭지 못했던 이전 세대의 선배 시인들은 억압과 타락의 환멸스러운 현실 저편에서 망명정부를 차렸다. 이들이 저항과 반성의 윤리적 포즈를 취했으며, 결핍과 분열의 폭력적이며 부정적 세계에 저항하고 그것을 대체할 시적 문법을 탐색했다면, 이즈음의 젊은 시인들의 정신은 결핍과 분열, 억압과 타락, 혼돈과 불안을 그대로 육화할 뿐이며, 그것에 대해 철저히 냉소적인 시적 포즈를 취한다. 그들은 이미 우리의 사회 문화적 지형을 지배적으로 구성하는 하위 문화적 상상력을 그들만의 존재방식으로 육화한 자들이라서 역사적 인력으로부터 자유로운 무정부의자의 시적 포즈를 취한다. 그들에게 세계는 지옥의 뒷골목처럼 추(醜)하고, 그런 세계와 대면한 시적 주체의 내면은 불안하고 분열되어 있다. 그 속에서 그들은 자기들의 개체적 미학을 수립하기 희망한다.

나날이 감각의 혁명을 요구하는 시대에 시인의 운명은 더더욱 불행하며 비극적인 것처럼 보인다. 왜냐하면 결핍과 소외와 불화의 양식뿐만 아니라, 자본의 논리에 따른 상품 미학의 가치가 사랑받는 문화산업의 시대에 문화의 중심에서 밀려날지도 모른다는 절박함이 그들의 주변에 짙게 드리워져 있기 때문이다. 그래서 그들의 실존적이며 미학적인 존재방식은 불안하고 위태로워 보인다. 그럼에도 불구하고 오히려 시는 건강한 정신의 역설로서 세계에 부딪쳐나가는 응전으로서의 갈등과 불화 속에서 희망과 화해의 가능성을 절실하게 보여주었던 것이 사실이다. 불화의 관계에서 그들은 운명을 돌파하고자 했다. 그것은 현실을 탈주하여 미래를 꿈꾸는 것에 다름 아니며, 재래적 서정의 익숙한 감각과 문법을 낯설게 갱신하려는 시적 모험을 감행하는 것이다.

근대 이후 서사 장르가 자본의 논리가 지배하는 출판 시장의 요구로부터 자유로울 수 없는 상황과는 달리 이즈음의 젊은 시인들은 서정 장르가 처한 반시장적 속성이라는 약점(?)을 무기로 삼아 오히려 역설적이게도 미학적 세계의 지평을 보다 더 첨예하게 밀어붙이는 형국이다. 그들은 그러면서 서정의 육체를 탈바꿈해 나간다. 현실로부터 버림받은, 상품 미학이라는 시장의 논리로부터 소외된, 대량 생산의 장에서 상품 미학적 가치의 척도와 타협하거나 공모할 수 없는, 그래서 소수의 독자나 전문가 집단에게

만 인증된 저주받은 운명의 시인들은 자신에게 주어진 비극적인 운명을 생
산적 토양으로 삼아 시의 미학적 자율성 내지는 문학성을 새롭게 써나가는
아이러니컬한 상황에 처해 있는 셈이다.

김홍진

문학평론가. 계간 『시와정신』으로 등단. 비평집으로 『부정과 전복의
시학』, 『현대시와 도시체험의 미적 근대성』, 『풍경의 감각』 등이 있음.
2012년 UC 버클리 방문학자. 한남대학교 국어국문 · 창작학과 교수.

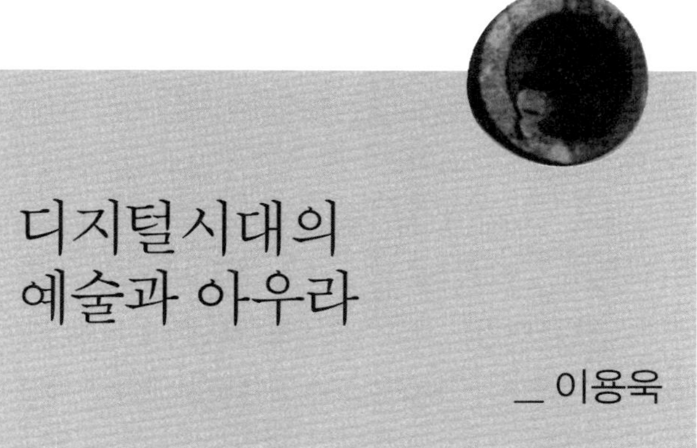

1.

　전통적인 예술은 본래 신비적 체험이나 신과의 일체감을 맛보는 데 그 목적이 있었다. 예술이 주술적이고 신비적인 힘(즉 아우라)을 가질 수 있었던 것은, 과거의 예술 작품이 복제가 불가능한 원본성(Originality)을 중요한 미적 특징으로 규정하고 있기 때문이다. 즉 '유일무이한 오리지널의 현재성과 일회성' 인 아우라 때문에 예술 작품을 대하는 수용자의 태도는 기본적으로 작품에 대한 경외감과 두려움을 갖게 되고 그것이 예술텍스트에 투사되어 신비한 힘을 형성하게 된다.

　예컨대 레오나르도 다빈치의 '모나리자' 는 전 세계에 단 하나밖에 없고 따라서 사람들은 그 앞에서 작품의 내용을 감상하기 이전에 유일무이한 진품이라는 데서 오는 신비한 경외감에 사로잡힐 수밖에 없다. 그러나 20세기 들어 예술 작품의 현재성과 일회성은 기술의 발달과 함께 대량복제가 가능해지면서 무너지기 시작한다. 사진이나 영화 같은 현대 예술에는 진품이니 오리지널이니 하는 개념 자체가 아예 존재하지 않는다. 복제 기술이 발전하면서 유일무이한 단 하나의 예술 작품이라는 개념은 사라지게 되고 그와 함께 예술에 대한 신비감도 사라지게 된다. 아우라가 사라진 것이다. 아우라의 상실과 함께 예술 작품의 기능과 대중의 수용 태도에도 커다란 변화가 생겨난다. 과거의 예술이 주술적 신비적 기능을 가진 것이었던 데 반해 복제 시대의 예술은 상품 가치와 전시 가치만을 지니게 된다.

다빈치의 '모나리자'는 프랑스 루브르 박물관에 가야 볼 수 있지만, 실제로 박물관에 가서 오리지널 '모나리자'를 감상할 수 있는 사람은 극히 드물다. 대부분의 사람들은 화첩이나 웹 상에서 사진이나 픽셀로 표시된 복제품 모나리자를 감상한다. 그러면서 오리지널 모나리자를 감상할 수 있다면 더 깊고 심오한 예술적 감동을 느낄 수 있으리라 확신한다. 실제로 오로지 모나리자를 보겠다는 일념으로 파리 여행을 계획하는 사람들도 있다. 그러나 만약 당신이 루브르 박물관에 가 오리지널 모나리자를 감상하게 된다면 두 가지에 놀랄 것이다. 첫 번째, 그림이 너무 작고 볼품없다는 것과 두 번째, 제대로 감상할 충분한 시간을 가질 수 없다는 것이다. 몇 시간을 기다려 겨우 몇 분 동안, 그것도 많은 사람들로 인해 떠밀리듯 대충 훑어보고 나올 수밖에 없다. 유리 벽 안에 답답하게 갇혀 있는, 너무 거리가 멀어 입가의 미소조차 제대로 보이지 않는 루브르 박물관의 '모나리자'는 예술 작품이 상업적인 목적으로 전시 가치를 내세울 때 발생하는 작품과 감상자 사이의 벌어진 심미적 거리를 상징적으로 보여준다. 루브르 박물관의 모나리자보다 사진이나 디지털 기술로 복제된 모나리자가 대중에게 더 친숙하다면 원본과 복제본의 예술적 차이는 약화될 수밖에 없다.

아우라의 상실로 인해 과거의 예술에 대한 대중의 수용 방식이 작품 속에 자신을 동화시키고 등장인물에 동일시함으로써 신비적 일체감을 체험하는 태도였다면, 현대의 예술에 대한 대중의 태도는 작품과 일정한 거리를 두는 비판적 수용태도를 가질 수 있게 되었다. 기술적 복제에 의해 야기된 이와 같은 예술 기능의 변화를 벤야민은 '예술의 정치화'라 말하고 있다.

벤야민의 이론은 매스미디어와 대중문화의 부정적 가능성을 인식하면서도 동시에 대중문화가 가지고 있던 진보적 가능성에 대해 이야기하고 있다. 대량 복제의 기술은 예술이 애초에 가지고 있었던 신비적인 분위기를 소멸시키면서 원본이 갖는 독창성을 붕괴시켰지만, 바로 그 때문에 대중은 경외와 숭배에서 벗어나 예술 작품에 대한 비판적 거리를 확보할 수 있었다. 예술을 둘러싸고 있던 견고한 신성(神聖)의 분위기가 사라진 대신, 쉽게 보고 즐길 수 있는 미적 대상으로 예술이 가벼워짐으로써 대중 예술의 시대가 열리게 되었다.

2.

　새로운 예술의 등장은 항상 학자들을 긴장시키고 흥분시켰다. 오랫동안 익숙했던 것들이 사라지고 그 폐허 위에 낯설고 두려운(아직 이해와 판단의 범주 밖에 존재하기에) 그러나 흥미로운 텍스트가 만들어지고 있기 때문이다.

　1800년대 중반 이후 사진과 시네마토그래프의 발명을 벤야민은 '충격체험'이라고 부르면서, "예술은 아름다움을 시간의 심연으로부터 불러내는 것이다. 이러한 일은 기술복제 시대에는 더 이상 일어나지 않는다."라고 단정하였다. 벤야민에게 있어 예술의 진보는 기술의 혁명적 발전에 좌우된다. 동료였던 아드르노는 대량생산되는 예술작품이 예술의 퇴보를 의미한다고 비판했지만 벤야민은 오히려 아우라의 상실을 유발시키는 새로운 예술로서의 대중매체의 등장을 긍정적으로 평가한다.

　예술작품에는 아우라가 숨쉬고 있는데, 예컨대 고대의 진품 비너스상은 고대 그리스의 시간과 공간의 전통을 함께 담고 있어서, 이를 응시하는 관람자에게 고대 그리스의 시간과 공간의 역사적 침전물을 되돌려준다는 것이다. 하지만 기술복제 시대에는 예술작품에서 아우라가 소멸하는데, 복제품 비너스상은 고대 그리스의 시간과 공간에서 분리되어, 아름다움과 장식성을 본질로 하는 단순한 미적 대상으로 전락하고 만다. 벤야민에 따르면 예술작품의 복제는 언제나 가능했다. 중요한 것은 그것을 인간의 손이 하느냐 아니면 기계가 하느냐에 있다. 기술의 발전은 예술작품의 내용을 바꾸어 놓는다. 예컨대 석판인쇄술의 발명은 일상생활을 담은 그림을 가능케 한다. 디지털 카메라의 등장은 사진을 기념을 위해 찍는 것이 아니라 일상을 담는 것으로 개념 자체를 바꾸어 놓았다. 스마트폰은 아예 사진 찍기 자체를 일상적 행위로 변화시켰다.

벤야민은 역사적 관점에서 아우라가 왜 붕괴될 수밖에 없는지 살핀다. 두 가지 이유가 있는데 이것들은 다 "대중의 욕구"와 관련되어 있다. 대중은 사물을 자신에게 가까이 끌어들이고자 하는 욕구가 있고, 또 사물의 일회적 성격을 극복하고자 하는 욕구가 있다. "대상을 그것을 감싸고 있는 껍질로부터 떼어내는 일, 다시 말해 분위기(아우라)를 파괴하는 일은 현대의 지각 작용이 가지고 있는 특징이다."

예술작품의 진품성은 전통과 어떤 관계를 맺느냐에 달려 있다. 벤야민은 대표적인 예로 종교의식 속의 예술작품들을 든다. 예술 작품의 아우라는 바로 여기에서 비롯되었고 유지되었다. 현대적이고 세속적인 예술작품에 대한 숭배도 역시 종교의식적인 산물이다. 그런데 사진의 등장은 이러한 "미에 대한 숭배"에 위기를 가져왔다. 벤야민은 사진과 영화의 등장으로부터 비롯된 예술의 위기, 즉 아우라의 상실을 적극적으로 받아들이고 새로운 예술로 나아가야 한다고 주장한다. 그는 아우라의 상실은 긍정적으로 해석한다. 즉 기술복제시대의 예술작품은 그동안의 종교적 의식이라는 종속에서 벗어나게 된 것이다. 진품성의 척도가 효력을 잃은 지금에는 예술의 사회적 기능도 변혁을 겪는다. 종교 의식적 근거를 둔 사회적 기능에서 정치적 이데올로기와 교환가치로서의 경제 관념에 근거를 두는 사회적 기능으로 변화하게 된다. 또한 예술작품의 기술적 복제 기능성은 예술을 대하는 대중의 태도를 변화시켰다. 대중은 아우라를 상실한 작품 앞에서 비평적 태도를 가지게 된다. 즉 감상자가 예술작품에 빨려 들어가는 게 아니라 예술작품이 감상자에게 들어오게 되는 새로운 예술 경험의 시대가 복제기술과 함께 시작된 것이다.

인문학자로서 '지금'은 축복과 저주의 시간이다. 새로운 예술의 탄생은 흥분되지만 익숙한 예술의 쇠퇴는 비극이다. 더구나 우리는 아직 새로운 예술에 대한 이해와 판단을 못하고 있다. 벤야민이 절실한 '지금'이다.

3.

인간은 늘 어떤 매(개)체를 통해 현실을 인지한다. 근대 이전에는 대체로 인간의 육체의 일부(육안)가 현실을 받아들이는 통로 역할을 했다면, 근대 이후에는 다양한 기계장치가 그 역할을 대신한다. 예컨대 불가시의 영역, 따라서 불가해의 영역으로 간주되었던 미시의 세계를 보기 위해 인간은 현미경을 발명했다. 마찬가지로 먼 곳을 바라볼 때, 우리는 더 이상 육안에 의존하지 않고, 망원경을 사용한다. 드론의 발명은 세계를 내려다보는 부감 시력을 인간에게 제공한다. 미시, 원경, 부감의 세계는 우리에게 현미경과 망원경. 드론을 통해 모습을 드러낸다. 매(개)체가 인간의 눈에서 광학 기술로 바뀜으로써 인간의 세계 인지는 기술이 지배하기 시작했다. 육안으로 바라보던 달을 이제는 망원경을 통해 관찰하게 되었고, 드론에 장착된 사진기는 새의 시선으로 우리를 내려다보게 해 주고 있다.

망원경이야말로 근대의 태동을 촉진시켰던 기술 매체였다. 육안으로 관찰한 달과 망원경으로 바라본 달의 차이점 가운데 가장 두드러진 것 가운데 하나가 후자의 경우 '시간과 공간의 거리'가 무너진다는 데에 있을 것이다. 공간의 거리가 무너지면서 달과 같이 '아무리 먼 것'도 기술 매체의 도움을 받아 지근의 거리에 놓고 볼 수 있다. 이와 동시에 달을 대하는 우리의 태도 역시 변하게 된다. 육안으로 바라보았을 때, 관찰자가 가졌던 막연한 영적인 느낌, 예컨대 '계수나무'와 '토끼'는 망원경으로 바라보았을 때는 사라지고, 그 자리에 화산 폭발로 인한 분화구가 등장한다. 인간이 다가가지 못했던 미지의 세계에 대한 신비감, 즉 영기(靈氣)가 사라지면서 달은 하나의 객관적인 사물로 전락하게 된다. 기술 매체의 지배력이 확산

되면서 대상과의 거리가 상실되는 것이다.

그렇다면 디지털 기술은 달에 대한 우리의 태도를 어떻게 변화시켰을까? 구글에서 2007년 서비스를 시작한 구글스카이(http://www.google.com/intl/ko/sky/)는 그동안 상상 혹은 관찰의 대상에 머물렀던 달을 마우스 클릭 한 번에 우리의 눈앞에 생생히 펼쳐 보인다.

달에는 토끼와 계수나무가 있다고 '귀'로 듣던 시대에서 울퉁불퉁한 달 표면의 분화구까지 천체망원경으로 확인했던 '눈'의 시대로 기술이 발전하더니, 이제는 내가 직접 보고 싶은 천체를 선택하고 마우스를 조작해 줌인과 줌아웃을 마음대로 할 수 있는 '손'의 시대로 기술은 발전했다. 디지털 기술로 인해 대상과 경험 사이에 시간적 공간적 거리가 소멸된 것은 물론 대상을 임의로 조작하는 것이 가능해졌다. 천체망원경을 통해 보는 달은 내 손이 닿지 않는 저 먼 곳에 있지만, 구글스카이로 바라보는 달은 '지금' '여기' 내 눈 앞에 있다. 객관적 사물에 주관적으로 개입하는 것이 가능해짐으로써 디지털 복제 시대에 우리는 〈디지털 아우라〉라 명명할 수 있는 새로운 아우라와 맞닥뜨리게 되었다.

디지털 아우라는 단순한 복제에 머물렀던 기계 기술에서 한걸음 더 나아가 질적인 손실이 거의 없는 무한 복제(LP 레코드와 MP3를 비교해 보라)와 임의로 형상을 왜곡할 수 있는 무한 변형(포토샵을 이용한 사진조작이 대표적이다)이 가능해짐으로써 우리의 미적 판단에 초래한 실재와 가상 사이의 '현기증'이다. 기계 기술은 원본을 복사해 원본과 구분되는 아우라가 파괴된 복제본을 만들어냈지만, 디지털 기술은 원본과 복사본, 현실과 비현실, 진실과 거짓의 빗금을 지운다. 디지털 아우라는 실재보다 더 실재 같은 '시뮬라크르'가 아니라 실재 그 자체이며, 가상현실(virtual reality)을 구축해낸다. 가상현실은 어떤 특정한 환경이나 상황을 컴퓨터로 만들어서, 그것을 사용하는 사람이 마치 실제 주변 상황·환경과 상호 작용을 하고 있는 것처럼 만들어 주는 인간-컴퓨터 사이의 인터페이스를 가리키는 용어로, 리얼리티와 대립되는 개념이 아니라 리얼리티의 확장을 표현해 준다.

디지털 아우라를 좀 더 쉽게 설명해 보자. 하나의 인간이 있다. 인간은 복제 불가능하기 때문에 그에게는 독특한 아우라가 있다. 사진을 찍거나 초상화를 그린다면 형상을 복제할 수는 있지만 아우라는 상실된다. 그런데 그가 온라인 게임의 유저고 가상 세계에서 일상을 영위하는 캐릭터가 있다면 그 게임 캐릭터는 대체 무엇인가? 그인가? 아니면 그의 형상을 본뜬 허상인가? 아니면 또 다른 그인가? 실재 인간과 그를 모사한 그림, 그리고 그가 만든 가상 세계의 캐릭터 사이의 관계는 본질과 허상의 관계로 설명하기에는 복잡한 주체의 문제가 내재돼 있다. 그림에는 아우라가 없지만 게임 캐릭터에는 아우라가 있다. 그리고 그 아우라는 실제 그의 아우라하고는 아무 상관이 없다. 전혀 새로운 아우라가 가상 세계 속에서 재창조된 것이다. 현실에서 보이는 각자의 아우라는 게임이라는 가상공간 내에서는 아무런 지시력도 갖지 못한다. 현실의 아우라는 삭제되고 게임에서 유효한 새로운 아우라가 창조된다. 이것이 디지털 아우라다. 기계 기술은 고유한 아우라를 파괴했지만 디지털 기술은 놀랍게도 육체성에서 완벽하게 벗어난 의식의 세계 속에서만 존재하는 고유한 아우라를 만들어 낸 것이다.

기술의 발전은 인간의 육체와 정신의 확장에 맞닿아 있다. 기술을 통해 육체의 확장을 시도하는 것이 자연과학이라면, 기술의 변화를 의식의 확장으로 해석해 내는 것은 인문과학의 몫이다. 벤야민이 기술복제시대 아우라의 상실에 대해 이야기했다면, 이제 우리는 기술편집시대 아우라의 확장에 대해 논의를 시작할 때이다.

이용욱

전주대학교 한국어문학과 교수. 2013년 7월~2015년 2월 UC버클리 한국학연구소 방문학자.

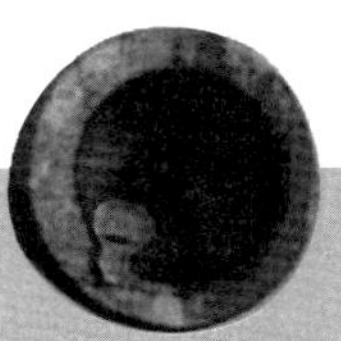

인디언 문화와
문명의 함수 관계

_송기한

　진화와 같은 문명의 담론들이 어떻게 자연을 파괴했는가를 이해하는 것은 문명과 자연의 관계에서 중요한 척도가 된다. 어느 특정 지역에 관한 것이긴 하지만, 아메리카 인디언의 문화가 그 대표적인 것이 아닌가 한다. 오늘날 아메리카 인디언은 거의 소멸된 것으로 알려져 있다. 이들이 어떤 과정을 거쳐서 소멸하게 되었나 하는 문제는 여러 이해관계가 얽혀 있고, 또 필자의 지식 범위를 초월하는 문제여서 자세히 검토될 성질의 것은 아니지만 그 붕괴과정이 쉽게 납득되지 않는 부분이 내재되어 있는 것은 분명한 사실처럼 보인다. 이들이 문명의 희생자이지 않았을까 하는 판단 때문이다.

　아메리카 인디언은 오랜 역사를 가지고 있었다. 그들이 언제 아메리카 땅으로 유입되었는지에 대한 정확한 기록이 알려진 것은 없다. 하긴 이들의 역사를 정확히 아는 것은 불가능한 일인지도 모른다. 그런데, 그들에 대한 이해불가능성은 여기서 그치는 것이 아니다. 유럽인들이 처음 아메리카 땅으로 발을 내딛던 15세기 전후에 이르기까지 이들이 변변한 통일 국가를 형성하지 못하고 있었다는 사실 또한 불가사의한 일이다. 어떻게 이런 현상이 일어날 수 있단 말인가. 만약 이들이 다른 지역의 민족들처럼 그들만의 고유한 국가를 유지하고 있었다면 이들은 유럽인들의 접근을 쉽게 허락하지 않았을 뿐만 아니라 그들 스스로에게도 명맥을 유지하는 데 별다른 어려움이 없었을 것이다. 그러나 지구의 모든 대륙들에서 강력한 전제국가가 형성되고 소위 문명이라는 것을 발전시키고, 그러한 것들을 그들 나라마다의 고유한 것으로 자기화하고 있을 때, 인디언들은 단지 자연과 더불어 사는 자족적인 삶에서 그치고 있었다.

많은 사람들은 아메리칸 인디언들의 삶이 자연과 더불어 살아간, 자연 그 자체로 이해하고 있다. 자연과 더불어 살았기에 문명도, 국가도 필요 없었다. 그러나 소위 문명으로 무장된 서구의 세력이 아메리카 땅으로 밀려 들어왔을 때, 이들에게는 침략자들을 막아낼 힘도 능력도 없었다는 것이다. 서구의 세력이 팽창할 때마다 그들의 삶 역시 정비례적으로 소멸되었던 것이다. 이들의 소멸은 오늘날 지구가 맞닥뜨리고 있는 문제의 본질을 정확히 보여주고 있다는 점에서 그 의미가 있는 경우이다. 인간의 욕망이 팽창할수록 자연이 파괴되고 소멸한 것처럼, 이들 인디언의 운명도 똑같은 길을 간 것은 아닐까. 자연에 의지하여 자연과 더불어 살았던 이들의 삶이 종언을 고하게 된 것은 오늘날 자연이 겪고 있는 위기와 거의 똑같은 것이라는 점에서 매우 흥미로운 사실이 아닐 수 없다.

근대가 가져온 자연에 대한 횡포는 이와 같은 것이었다. 따라서 근대는 인간만을 위한 것처럼 보였으나 실상은 전연 반인간적인 것이었음이 판명된 것이다. 그러한 근대의 위기를 이해한 철학자들, 문학자들은 일찍이 다양한 형태로의 반성적 과제를 모색하고 제시했다. 근대성 논쟁에서 이해되었던 그들 나름의 해결방식이 그러하고, 인간의 욕망을 보다 바람직한 방향으로 억제하고자 하는 다양한 모색들 역시 그 본보기가 될 것이다. 그 다양한 모색들이란 실상 인간적인 것들을 어떻게 축소할 것인가에 대한 것이라 해도 과언이 아닐 정도로 이에 대한 다양한 접근들이 제시돼 온 것이다. 인간이란 무엇이며, 그 유토피아는 어떻게 실현될 수 있을 것인가. 또 어떻게 인간적인 것들의 경계를 허물어갈 것인가. 그리고 그 끝은 어디에 닿아 있는 것일까. 자연과 인간의 궁극적 관계는 무엇이고, 이 둘의 관계 설정은 어떻게 할 것인가 등등. 이런 다양한 형태의 문제제기에 대해 어떤 특별한 답이 있을 수는 없을 것이다. 각각의 문화와 그 민족이 처한 경우에 따라 다양한 형태의 해결책이 제시될 수 있을 것이기 때문이다.

근대성이란 커다란 주제 속에는 각 문화마다 가지고 있는 다양한 형태의 소주제가 있을 수 있다는 뜻이다. 이를 문화의 차이에서 이해할 수 있을 것이고, 역사의 차이라 해도 좋으며, 각각의 시인마다 가지고 있는 개성의 차이라고 해도 무방할 것이다.

서구의 몇몇 국가들은 반근대성에 대한 정립테제를 주로 역사적인 것에서 찾고 있다. 중세의 천년왕국이나 영국 정교회와 같은 것들이 바로 그것이다. 그러나 실상 이러한 것들은 인간의 욕망과 분리된 자연적인 것들이 아니다. 서구인들이 반근대의 유토피아적 저장소를 문화적인 것에서 이해하는 데에는 몇 가지 이유가 있는 듯하다. 그 하나가 종교적인 것이다. 아담과 이브로 표상되는 파라다이스는 서구인들이 가장 이상으로 생각하고 있는 유토피아이다. 종교적인 전통과 그 이해의 심화정도가 다른 어느 지역보다 강하기에 그들이 생각하는 유토피아가 반자연에 가까운 것에서 찾아지는 것이 오히려 당연한 일이 아닐까.

또 하나는 그들의 체험의 영역이다. 인간들에게는 현재의 삶에서 경험하지 못하는 막연한 이상을 가지고 있다. 그런데 그것이 실제로 구현된 것이었다면 이에 대한 향수가 있는 것은 당연한 이치가 될 것이다. 서구인들의 감수성에 남아있는 실제의 유토피아는 흔히 이야기되는 것처럼 그리이스 사회이다. 동양의 경우 유토피아가 주로 무릉도원이나 청산과 같은 관념적인 영역에 위치해 있다면 서구의 경우는 이와 매우 다른 영역에 놓인다. 동양의 유토피아는 그들이 실제로 경험한 세계가 아니다. 따라서 항상

관념 속에서만 구현되고 문학 속에서 비현실적으로 이상화된다. 반면 서구는 이와 정반대의 경우이다. 그들은 계급 없는 사회, 모든 시민이 참여하는 참여민주정치를 경험했고, 그러한 사회야말로 그들이 일찍이 경험하지 못한 가장 이상화된, 실제의 사회로 보는 것이다. 이런 관점은 실상 서구 철학에 있어서 하나의 원상으로 자리잡혀 있다. 낭만적 동경의 문제가 철학이나 문학의 주제들로 현현할 때마다 그들은 실재의 이상화된 공간으로 그리이스 사회를 자신의 철학적 주제로 삼았고, 문학적 주제로 구현시켜 온 것은 여기에 그 원인이 있다.

근대에 대한 이러한 선망적 의식과 달리, 근대는 매우 큰 부정성을 담보로 한다. 그러한 부정성에 대한 안티테제가 자연적인 것과 관련되어 있음은 익히 알려진 일이다. 동양 사회가 모두 그러한 것처럼, 한국의 역사에서 유토피아라고 인식될 만한 경험적 현실이 별반 전무한 까닭이다. 일부 시인들이 특정 역사나 문화에서 근대성에 대한 반성적 과제와 그 대항담론으로서 유토피아를 제시하고 있긴 하지만, 그것이 한국인들의 정서에 하나의 대세라고 인정하기에는 많은 문제점이 있다. 그렇기에 한국 시사에서 유토피아로 구현되는 공간은 주로 역사적인 것에서 찾아지지 않고, 관념적인 것에서 사유된다. 가령, 1920년대 소월이 절창으로 노래했던 '강변' 같은 것이나 파인이 그리워했던 '산너머 남촌' 등이 그러하다. 이는 역사적 공간과는 무관할뿐더러 또 실제로 존재하는 공간과도 무관하다. 단지 시인의 의식 속에서 구현된 주관화된 공간일 뿐이다.

이런 관념화된 공간 이외에 반근대성의 사유로 제시된 것이 자연이다. 자연이 반근대성의 사유로 인식하게 된 것에 대해서는 다음 몇 가지 이유가 있었을 것이다. 하나는 한국문학사에서 뿌리깊게 자리잡고 있는 자연관이고 다른 하나는 동양철학의 근간을 이루고 있는 노장사상의 영향이다. 잘 알려진 것처럼, 자연이 한국문학사에서 등장한 것은 거의 한국문학이 시작한 초기에서부터이다. 가령, 공무도하가 같은 것, 황조가 같은 것이 그러하지 않은가. 그런 역사적 배경에다가 조선시대부터는 유교철학이 가미

되면서 자연은 성리학의 또다른 뒷면을 구성할정도로 밀접한 연관성을 갖고 있었다. 마치 자연을 알아야만 문학이 형성되는 것처럼 보였고 그 반대의 경우는 예외적인 것처럼 인식되었다.

그리고 또다른 하나는 노장사상의 영향이다. 노장사상이 하나의 강력한 철학으로 자리하게 된 이유는 그것이 정치적인 담론과 밀접한 상관관계를 갖고 있었기 때문이다. 정치로부터 외면받았던 대부분의 사람들은 그 대안으로 자연을 가까이 했다. 그런데 그러한 자연들은 자연에 대한 예찬이나 완상이 아니라 자신의 정치적 불운을 한탄하는 매개로 기능했다는 사실이다. 그러다 보니 자연은 반정치적인 것, 궁극적으로는 반인간적인 것의 상징이 되어 버렸다. 따라서 노장적 자연을 애호한다는 것은 곧 정치로부터 그 스스로가 분리되었다는 것을 의미하며, 궁극에 가서는 인간의 세계로부터 절연되었다는 것을 의미했다.

이러한 자연관을 바탕으로 한 반근대적 사유는 근대의 제반 모순과 더불어 더욱 견고한 철학적 테제가 되어 현대인의 인식론적 사유로 자리잡게 된 것이 근대 이후의 현실이다. 근대란 것이 자연을 딛고 일어섰다는 것, 자연과 모순적 길항관계에 있는 것이 자연이었기에 근대의 모순이 제기될 때마다 자연은 상대적인 우월성을 갖고 수면 위로 떠오르게 된 것이다. 한국 시사에서 반근대적 자연관의 형성은 이런 맥락에서 이해될 수 있을 것이다.

송기한

1991년 『시와시학』으로 비평 당선. 주요 저서로 『1960년대 시인 연구』, 『한국 현대시와 시정신의 행방』, 『한국 시의 근대성과 반근대성』, 『현대시의 유형과 인식의 지평』, 『정지용과 그의 세계』 등이 있음. 2011년 버클리대 객원 교수. 현재 대전대학교 국어국문학과 교수.

한류 문화의 미래

새로운 시대의 한류가 나아갈 방향은
_ 권영민

한류 브랜드의 마케팅 효과
_ 윤태일

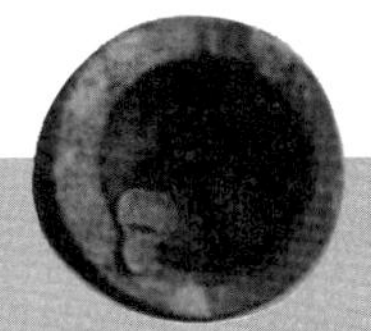

새로운 시대의 한류가
나아갈 방향은

_ 권영민

내가 알고 지내는 미국인 교수 하나는 '한류'라는 것이 하나의 환상에 불과하다고 주장한다. 어떤 지역에 근거하여 생겨난 문화적 현상이 공간적으로 확산되는 과정은 다양하다. 한때 특정 계층의 열광적 지지를 받다가도 아예 기억에서 사라지게 되는 경우도 많다. 세계화라는 이름으로 구축된 경제 시장의 통합과정에서 이색적인 문화상품이 예상 밖의 호응을 얻을 수도 있지만 그것이 새로운 문화적 현상으로 정착되는 경우는 극히 드물다.

그 미국인 교수는 '한류'라고 이름붙인 문화적 현상도 이와 비슷하다고 말한다. 그는 '싸이'라는 가수의 인기가 금방 시들해진 것을 그 구체적 사례로 지적하기도 한다. 그리고 수년전의 '대장금'이나 최근의 '태양의 후예'라는 것에 대해서도 그저 특이한 사례 하나에 불과하다고 평가절하한다. 한국 영화가 세계적인 영화제에서 거두어들인 성과에 대해서도 세계

무대의 문턱에 들어선 정도라고 말한다. 나는 그의 말을 들을 때마다 사실은 좀 기분이 좋지 않다. 이런 주장에 동의하지도 않는다.

오히려 나는 '한류'의 확산 가능성을 강조하면서 한국문화와 관련하여 세계 각지에서 일어나고 있는 아주 주목할 만한 변화가 있다는 사실을 강조하곤 한다.

한국의 생활문화 가운데 음식이라든지 패션에 대한 감각은 이미 지역적 한계를 벗어나 보편화되고 있다. 대중 매체의 확장과 멀티미디어의 발전에 힘입어 대중적 취향을 강조하는 한국 대중문화의 지구적 확산도 빠르게 이루어지고 있다. 그 결과 한국의 대중음악, 드라마, 영화 등이 다른 지역과 국가의 경계를 넘어서 빠르게 전파되고 있음은 물론이다. 한국문화는 이러한 변화 속에서 세계문화 속에서 그 위상을 재정립하게 된 것이다.

나는 특히 한국어에 대한 외국인들의 관심을 주목한다. 한국어는 지난 1990년대 초반까지만 하더라도 접촉하기 어려운 작은 언어에 불과했던 것이 사실이다. 그러나 최근 세계 각국의 중요 대학들은 한국어를 외국어의 하나로 정식 강좌로 교육한다. 미국과 유럽의 중요 대학에서의 한국어 교육은 비교적 오랜 역사와 전통을 갖고 있다. 일본이나 중국의 경우도 마찬가지다. 그런데 근래에는 동남아의 여러 나라에서도 한국어가 대학의 인기 있는 외국어 과목 중 하나로 손꼽히고 있다. 인도와 방글라데시에서도 한국어를 가르치는 대학들이 늘어가고 있다.

중동과 아프리카 지역에서도 중남미의 주요 대학들도 한국어를 정식 강좌로 가르친다. 세계 각국의 여러 대학에서 해마다 초급 한국어 과목을 수강하는 학생 수가 대략적으로 80만 명에 이른다는 통계도 있다. 이것은 한국어가 '세계어'의 하나로 당당하게 자리잡고 있음을 의미한다. 한국어 교육의 세계적 확산이 주목되는 이유는 언어 자체가 바로 그 언어로 이루어지는 문화의 근간을 이룬다는 사실 때문이다. 한국어의 세계적 확산은 한국어로 이루어지는 한국문화의 확대로 이어질 수 있다. 한국문화는 한국어의 세계적 확산에 힘입어 하나의 보편적인 문화 현상으로 세계 각국에 유포될 수 있다고 보는 것이 내 생각이다.

그렇지만 나도 역시 K팝이라든지 K드라마와 같은 대중문화 중심으로 논의되는 '한류'에 대해서는 불만이다. 한국문화의 세계화는 '한류'라는 이름으로 포장되고 있는 한국 문화산업의 해외 확대와도 같은 상업적 논리로만 이해할 수는 없는 일이다. 한국문화의 세계화는 상품의 소비와는 다른 문화의 전파와 그 수용의 확대라는 새로운 차원의 문제와 직결된다. 이것은 가격과 품질과 패션에 의해 좌우되는 상품 시장의 경쟁 원리와는 전혀 다른 요건들에 의해 지배된다.

한국문화는 이질적인 외국문화 속에 들어가 서로 충돌하기도 하고 조화롭게 만나기도 하는 과정 속에서 조금씩 그 영향력을 키워간다. 이것은 문화의 양식적 특성과 그 정신에 대한 고급한 취향과 선택의 문제에 의해 수용 여부가 결정된다. 그러므로 한국문화의 세계화를 위해서는 이 같은 문화적 접촉을 가능하게 하는 여러 요소들을 어떻게 구성하고 조직하느냐가 중요한 문제가 된다.

한국문화는 산업화 과정에서 이룩해낸 경제 발전과 사회 정치적 민주화의 실현을 기반으로 개인과 사회의 관계에 새로운 의미와 생명력을 부여하면서 그 창조적 힘을 발휘하고 있다. 한국 민족의 고유한 삶의 방식으로서의 한국문화라는 개념은 민족의 역사성과 특수성을 강조할 필요가 있었던 민족사의 변혁 시대의 산물이었다. 세계화 시대의 한국문화는 민족이라는 좁은 울타리 속에 갇혀 있을 수는 없는 일이다. 민족적 특수성을 바탕으로 새로운 삶의 가치를 추구하면서 세계적인 보편성을 확보해야 한다.

그렇게 될 때, 한국문화는 독창성을 지닌 고유한 민족문화로 발전하면서 차원 높은 세계문화의 대열에 함께 동참할 수 있다. 한국문화의 세계화는 한국문화가 지켜온 문화적 고유성에 대하여 외국인들이 어떤 자세로 이를 받아들이게 되는지에 대한 고급한 취향과 관심에 의해 그 성패가 좌우된다.

한국문화의 세계화는 한국문화의 방향을 시대적 순서 개념에 의해서가 아니라, 공간적인 본질 개념으로 바꾸어 놓고 보는 새로운 개념이다. 이 경우에 가장 중요한 것은 한국문화에 대한 인식의 관점에 대한 일대 전환이다. 한국문화가 지켜온 문화적 자기 정체성을 지켜 나가면서도 한국적 특수성에 대한 논의에서 벗어나 어떻게 공간적으로 확장된 세계적 보편성으로 관심의 방향을 전환할 수 있는가 하는 것이 문제다. 한국적인 것에서 세계적인 것으로의 확대, 특수성에서 보편성으로의 전환, 이것이 바로 한국문화의 세계화가 직면하고 있는 선결과제이다.

권영민

1948년 충남 보령 출생. 1971년 《중앙일보》 신춘문예 평론 등단. 저서 『한국 현대소설의 이해』, 『한국 현대 문학의 이해』, 『이상 텍스트 연구』 등. 단국대학교 석좌교수, 『문학사상』 주간. 현재 버클리대 초빙교수.

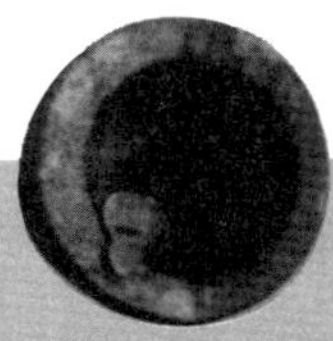

한류 브랜드의 마케팅 효과

_ 윤태일

한류 열기가 쉽게 사그라지지 않을 기세다. 한류의 주요 시장인 중국이 사드 배치 문제로 우리와 갈등을 빚으면서 한류를 규제하는 한한령(限韓令)을 발표함에 따라, 2016년에는 한류가 타격을 입을 것으로 우려했다. 하지만 한국문화산업교류재단의 집계에 따르면, 문화콘텐츠 상품의 2016년 수출액은 전년과 대비해서 11.3%나 증가한 32억 1,000만 달러(약 3조 6619억원)에 이르렀고, 이것은 3년 전과 비교하면 14억 달러나 급증한 수준이다. 여기서 문화콘텐츠 상품은 방송, 음악, 영화, 애니메이션, 캐릭터, 게임, 출판 등을 포괄하는 범주이다. 일본이나 미국에서의 한류도 다시 재점화할 조짐이 보인다. 싸이의 〈강남스타일〉이 빌보드차트에서 2위를 한 이후 잠잠했던 미국에서의 케이팝(K-pop)이 2017년 빌보드 음악상의 톱 소셜 아티스트(Top Social Artist) 부문에서 방탄소년단이 수상하면서 다시 주목받고 있다. CJ E&M이 주최하는 케이콘(KCON)이 2017년 3월 멕시코에 이어 5월에 일본에서 열려 4만 8000여 명 이상이 운집했고, 6월에 뉴욕에서도 역시 4만 3000여 명이 모여 성황을 이루었다. 이 행사는 케이팝 뿐 아니라, 케이 뷰티(K-beauty), 케이 푸드(K-food), 케이 댄스(K-dance) 등을 모두 합쳐 케이 컬쳐(K-culture)로 명명하면서, 케이 컬쳐를 선보이고 체험하게 하는 최대의 한류축제다.

한류는 본래 한국의 대중문화에서 출발한 것이기에 문화적인 현상이다. 하지만 이제 문화산업이라는 용어가 본래의 비판적 함의 없이 광범위하게 사용되는 것에서 보듯, 한류라는 문화현상은 경제적 측면에서도 막대한 의의와 영향력을 갖게 되었다. 그래서 한류의 경제학을 뜻하는 한류노믹스라는 용어까지 등장했다. 국제적 맥락의 경제 경영적 관점에서 볼 때 한류는 그 범주 안에 방송, 영화, 가요, 게임, 패션, 웹툰, 화장품, 패션 등 다양한 분야를 아우르는, 일종의 거대한 우산 같은 브랜드(umbrella brand)라 할 수 있다. 마치 삼성이라는 기업이 그 하위에 가전제품, 스마트폰, 보험, 아파트, 자동차, 반도체 등 여러 분야에서 제품의 마케팅 효과를 극대화시키는 우산 브랜드로서 그 역할을 수행하는 것과 비슷하다. 이제는 개별 상품 뿐 아니라 기업, 장소, 개인 심지어는 국가도 브랜드로 간주하고 브랜드 자산을 극대화하기 위해 전략적 접근을 시도하고 있다. 브랜드 자산가치를 평가하는 방법에는 여러 가지가 있지만, 흔히 브랜드 인지도나 호의도 그리고 브랜드 이미지 등으로 구성된다고 본다. 영국의 브랜드 평가기관인 브랜드 파이낸스의 2016년 보고서에 의하면, 삼성의 브랜드 가치는 99조원으로 애플과 구글에 이어서 세계 3위로 평가되었다. 과연 브랜드로서의 한류가 어느 정도의 인지도와 호감도 및 이미지를 가지고 있고, 그 브랜드 자산가치가 어느 수준인가에 대해 국제적으로 정확하게 비교 평가한 사례는 아직 없다. 하지만 한류가 한국문화를 대표하는 브랜드로서 막대한 마케팅 효과를 창출하고 있는 것은 사실이다. 그동안 언론 등을 통해 산발적으로 제시된 한류라는 브랜드의 마케팅 효과는 3가지 층위로 구분해 볼 수 있다.

첫째는 1차 효과로서, 한류라는 문화상품 자체가 해외 시장에서 직접적으로 창출하는 수출효과이다. 방송 콘텐츠의 경우 여러 형태로 수출이 이루어진다. 예를 들어 완성된 방송 프로그램 판매, 프로그램 포맷 판매, 타임블록 판매(외국 방송사에서 특정 시간대에 한국 방송 프로그램만 방송할 수 있게 방송시간대를 판매하는 것), DVD/ 비디오 판매, 해외교포방송 지원 등이다. 이중에서 완성품 판매가 전체 수출액의 80%를 차지하고 있고 타임블록이 그 뒤를 따르며, 최근에는 인터넷동영상 서비스 OTT(Over The Top)를 통한 한국 콘텐츠 이용이 늘고 있다. 방송콘텐츠 수출 중에서는 드라마 수출이 전체의 90%에 육박하며, 오락, 다큐멘터리, 보도, 교양의 순으로 비중이 높다.

방송콘텐츠 수출을 주도하는 드라마는 일본에서 히트를 친 〈겨울연가〉나 중화권에서 인기를 얻은 〈대장금〉 등에서 보듯 한류 1.0을 이끌었던 장르다. 중국에서 〈대장금〉 이후 〈별에서 온 그대〉나 〈해를 품은 달〉 등 이전의 모든 한류드라마 기록을 단숨에 뛰어넘은 최대의 히트작은 2016년 한국과 중국에서 동시 방영된 〈태양의 후예〉이다. 이 작품은 중국(회당 25만 달러)과 일본(회당 10만 달러)을 비롯하여 영국, 프랑스, 독일 등 전세계 30여개 국에 판매되어, 그 어떤 수출품보다 엄청난 수익을 창출한 문화상품이다. 한국콘텐츠진흥원의 집계에 따르면, 〈태양의 후예〉 그 자체의 매출액은 국내외를 합쳐서 3,000억 원 이상이고 예상 순수익은 500~1,000억 원 이상이며, 광고 등을 통한 부차적인 수익까지 감안하면 경제적 파급효과는 1조에서 3조 원에 이르는 것으로 추정한다. 그 이후 다시 국내외에 인기를 얻은 드라마 〈도깨비〉 역시 일본의 Mnet에서 성황리에 방영되었는데, 1회 당 20만 달러에 수출되어 화제가 되었다.

최근에는 완성된 드라마를 수출할 뿐 아니라 외국에서 한국 드라마를 리메이크할 수 있도록 드라마의 판권을 수출하는 경우도 늘고 있다. 2004년 한국에서 크게 인기를 끌었던 드라마 〈미안하다 사랑한다〉는 일본에 판권을 수출하여 2017년 7월부터 일본 TBS 방송국에서 리메이크되어 일요일 황금시간대에 방영했다. 드라마의 판권을 수출하는 것과 비슷하게, 예능 프로그램은 포맷을 수출하여 공동제작하는 형식으로 수익을 창출하고 있다. 그동안 한국은 미국이나 유럽의 프로그램 포맷을 일방적으로 수입하여 제작해 왔다. 하지만 한류가 인기를 얻으면서 우리나라 방송국에서 개발한 예능 프로그램 포맷을 외국에 수출하기에 이르렀다. 2015년 중국에 그 포맷을 수출하여 공동제작한 프로그램이 20개가 넘는 것으로 집계되었다. SBS 〈런닝맨〉은 중국에 그 포맷을 수출하여 〈달려라 형제〉라는 프로그램으로 제작되었는데, 중국에서는 경이적이라 할 수 있는 시청률 5%를 달성하여 한 시즌에서만 얻은 부가수입이 한화로 3600억 원에 이른다.

흔히 자동차 못지 않은 수익을 창출하는 콘텐츠상품으로 거론되는 영화도 꾸준히 수출이 증가하고 있다. 2016년도에는 해외 매출액이 전년 대비 82%나 증가하여 1억 109만 달러에 이르렀다. 특히 칸느영화제에서 호평받은 영화 〈부산행〉은 아시아 전역은 물론 미국과 유럽 남미 등 전세계 156개 국에서 수출되어 한류영화 수익창출의 일익을 담당했다.

드라마와 함께 한류의 또 다른 한축을 형성하는 케이팝은 음원 수입과 공연활동을 통해 해외에서 수익을 창출하는 문화상품이다. 싸이 〈강남스타일〉의 국내 저작권 수입은 불과 3500만 원 수준이지만 해외에서의 수입은 1,000억 원대에 이르는 것으로 알려졌다. 방탄소년단이 올해 일본에서 발매한 싱글은 첫 주에 24만 장 가까이 팔리면서 주간 차트에서 1위를 차지했다. 이러한 활약에 힘입어 방탄소년단이 소속한 기획사 빅히트는 2016년 350억 원이 넘는 매출액을 올렸다.

흔히 한류 콘텐츠 상품 수출은 그동안 언급한 드라마나 예능 같은 방송 프로그램, 대중음악, 영화 등이 주도할 것으로 짐작한다. 하지만 한류콘텐츠의 수출을 견인하는 문화상품은 게임이다. 한국콘텐츠진흥원의 2017년도 보고서에 의하면, 2016년도 게임의 수출액은 34억 5천만 달러로 전체 한류콘텐츠산업 수출액의 54.6%나 차지하고 있다. 이것은 영화의 30배, 방송 콘텐츠의 8배, 음악의 10배에 해당하는 규모다. 중국 시장에서는 넥슨의 〈던전 앤 파이터〉와 스마일게이트의 〈크로스 파이어〉가, 북미 유럽

시장에서는 펄어비스 〈검은 사막〉과 블루홀 〈플레이어 언노운스 배틀그라운드〉가 게임한류를 이끌고 있다.

웹툰 역시 그 자체로 적지 않은 수익을 창출하는 한류 콘텐츠이다. 2016년 전체 웹툰의 매출규모가 500억 원 수준에 이르렀고, 영화, 드라마, 게임 등으로 가공되어 2차 수익을 낳으면서 2020년경에는 1조 원 규모로 급성장할 것으로 전망하고 있다. 네이버는 해외 웹툰 플랫폼 '라인 웹툰'을 영어·중국어·태국어·인도네시아어 등 6개 언어로 만들어 100국에서 서비스하고 있다. NHN 엔터테인먼트는 매일 1억 명이 들어오는 중국 최대 포털업체 바이두에 웹툰을 수출하기 시작했다. 이러한 웹툰의 수출로 외국에서 벌어들이는 수익이 수년 내에 1000억 원에 이를 것으로 기대한다.

둘째는 2차 효과로, 드라마나 영화, 예능프로그램, 음악공연 등의 한류콘텐츠를 통해 특정 브랜드를 노출시킴으로써 홍보하는 효과다. 이것은 흔히 PPL(Product Placement)이라 부르는 제품배치 기법을 통해서 창출되는 마케팅 효과다. PPL은 드라마나 영화, 예능 프로그램은 물론 게임이나 만화, 공연, 전시 등에 홍보하고자 하는 제품을 적절하게 배치하여 자연스럽게 노출시킴으로써 사람들의 관심을 끌고 호감도를 증대시켜 홍보하는 방법이다. 영화나 드라마 속에 배치되어 홍보되는 대상이 제품이 아니고 라이프 스타일일 때 새로운 트랜드로 유행시킬 수 있다. 또 특정의 장소일 때는 장소 마케팅의 중요한 수단이 되어 관광객 유치 등에 큰 도움이 된다. 일찍이 로마 관광청이 후원을 했다고 알려진 영화 〈로마의 휴일〉은 제2차 대전 직후에 어수선하고 지저분한 도시 로마를 더할 나위 없이 매력적인 도시로 그리고 있어서 로마의 곳곳을 홍보하는 역할을 톡톡히 수행했다.

한류콘텐츠를 통해서도 특정 브랜드의 제품이나 서비스, 장소, 패션, 라이프 스타일 등이 자연스럽게 홍보되어 매출로 연결되는 PPL효과가 발생한다. 일찍이 드라마 〈대장금〉이 중화권에서 선풍적인 인기를 끌면서 한국음식에 대한 관심도 덩달아 뜨거워졌다. 〈별에서 온 그대〉가 중국대륙에서 히트를 하자 여주인공 전지현(천송이 역)이 입었던 이른바 천송이 코트가 불티나게 팔리고, 치킨 안주에 시원한 맥주를 마시는 이른바 치맥의 라이프 스타일이 중국에서 유행되었다. 〈태양의 후예〉 역시 드라마 자체의 수익 창출은 물론 드라마에서 홍보된 많은 브랜드의 인지도와 호감도가 높아지고 매출이 급증하는 효과를 나타냈다. 여주인공 송혜교(강모연 역)가 극중에 사용한 라네즈 투톤 립바는 이른바 강모연 립스틱이라는 이름으로 불티나게 팔려, 한창 드라마가 인기를 끌던 2016년 3월 판매량이 그 전달 대비 556%나 급증했다. 남자 주인공 송중기가 몰고 다니던 현대 자동차의 투싼과 싼타페도 20% 내외로 증가했다. 자동차는 드라마 등에 의해서 쉽게 영향을 받지 않는 고관여 제품임을 감안하면 매우 놀라운 PPL 효과라 할 수 있으며, 현대자동차는 〈태양의 후예〉를 통해 얻은 마케팅 효과가 1,100억 원에 이르는 것으로 추산했다. 그동안 주로 중장년층이나 먹는 것으로 간주되던 홍삼정의 에브리 타임이라는 제품도 이 드라마를 통해 매력 있는 젊은이들이 먹는 브랜드로 이미지가 좋아지면서 전년도 동기 대비 190%나 매출이 증가했다. 아이돌 스타의 공연이나 뮤직비디오 등을 통해 그들의 패션이나 화장법, 관련 용품 등이 인기를 얻는 경우도 많다. 방탄소년단이 빌보드 음악상을 받던 2017년 5월에 응원봉 판매가 전월 대비 130% 급증했다.

한류의 케이 드라마를 통한 PPL이 브랜드 이미지와 매출 향상에 엄청난 효과를 발휘한다는 사실이 확인되면서, 한류 드라마에 한국 브랜드 뿐 아니라 중국의 브랜드나 글로벌 브랜드도 PPL을 시도하고 있다. 한류 콘텐츠가 브랜드 마케팅의 국제적인 각축장이 된 것이다. 또 중국에서 인기를 끈 한국 드라마의 출연배우를 광고모델로 활용하기도 한다. 이것은 모두 한류 콘텐츠와 한류 스타의 인기를 활용하여 브랜드 이미지를 높이고 매출 향상으로 연결하려는, 한류브랜드의 후광효과 혹은 전이효과를 노린 전략이다.

한류 콘텐츠 속에 등장하는 장소 역시 관광 마케팅의 효과적인 수단으로 활용되고 있다. 제품 배치(product placement)라기보다는 장소 배치

(place placement)라고 할 만하다. 이미 2000년대 초반 〈겨울연가〉의 배경이 된 춘천에 일본 및 동남아 관광객이 몰려드는 것을 목격하면서, 한류 콘텐츠가 관광마케팅의 효과적인 수단이 될 수 있음을 확인했다. 그 결과 각 지방자치단체에서는 흥행이 될만한 영화나 드라마를 유치하여 세트장 건설 등을 지원하고 그 세트장을 관광명소로 만들려고 노력한다. 서울브랜드 마케팅 전략의 일환으로 서울시는 한류 콘텐츠는 아니지만 할리우드 영화를 적극 유치하여 〈본 레거시〉, 〈어벤져스 : 에이지 오브 울트론〉 등에서 일부 장면을 서울에서 촬영하도록 지원했다. 한류 드라마 〈태양의 후예〉가 중국에서 인기를 얻자 경기도는 중국의 상하이와 우한 등에서 드라마 촬영지를 홍보하는 경기도 관광로드쇼를 개최하여 중국인 관광객 유커 6만 명을 유치했다고 밝혔다. 그 뒤를 이어 드라마 〈도깨비〉가 동남아와 일본 등에서 인기를 얻자, 그 드라마를 후원했던 인천시는 송도국제도시와 청라호스공원 등을 연계하여 도깨비 원조코스와 도깨비 로맨틱코스 등 관광상품을 개발하여 관광객 유치에 열을 올렸다. 케이 팝 같은 경우에는 공연이나 팬미팅 행사 등을 관광상품과 결합하여 장소마케팅의 수단으로 활용한다. 이효리 등이 소속된 키위미디어그룹은 일본의 여행사 킨키닛폰 투어리스트와 한류스타 국내 이벤트 여행사업 계약을 체결하여 한류와 연계한 이벤트, 공연, 여행사업을 펼친다.

마지막은 3차 효과로서, 한류 콘텐츠에 직접 소개된 것은 아니지만 한류를 통해서 한국이라는 국가이미지가 높아짐으로써 한국상품의 브랜드 가치가 전반적으로 상승하는 효과이다. 2차 효과가 PPL 효과라면 3차 효과는 원산지 효과(country-of-origin effect)이다. 특히 감각적 경험을 통해서 그 품질을 쉽게 구분하기 어려운 제품이나 서비스인 경우 국가브랜드가 품질 평가의 중요한 단서로 활용될 때 원산지 효과가 나타난다. 이것은 실증연구를 통해서도 입증된 사실이다. 똑같은 제품에 하나는 미국 제품(made in USA)이라 표기하고 다른 하나는 아프리카 수리남 제품(made in Surinam)이라고 표기하면, 소비자는 미국 제품의 품질이 더 우수하다고 평가한다.

이는 기업이미지가 좋으면 해당 기업의 제품에 대해서 더 좋은 태도를 보이는 것과 비슷하다. 어떤 나라에 대한 이미지가 좋으면 해당 국가의 제품에 더 좋은 태도를 보이는 것이다. 원산지 효과는 국가브랜드의 가치가 얼마나 막강한가를 나타낸다.

　한류 콘텐츠를 통해서 직접적으로 특정 브랜드를 PPL하지 않더라도, 한류는 한국의 국가이미지에 영향을 미쳐서 간접적으로 한국상품의 브랜드 자산가치를 높여주는 원산지 효과를 창출한다. 이것은 그동안의 연구를 통해서 많이 입증되었다. 예를 들어 중국 대학생을 대상으로 한 설문조사 결과 케이 팝에 대해 전반적으로 만족할수록 그에 대한 선호도가 높았고, 케이 팝을 선호할수록 한류 선호도, 한국 호감도, 한국문화상품 구매의도가 높았다. 한류의 원산지 효과가 도드라지게 나타나는 분야는 화장품이나 패션 같은 뷰티 제품군이다. 이제 아시아에서 한국식 화장법과 패션 헤어스타일 등이 유행을 하면서, 화장품을 포함한 케이 뷰티가 또 하나의 한류로 자리 잡았다. 2016년 일본의 한국화장품 수입액은 전년 대비 50%나 증가한 145억 엔이었다. 더욱 고무적인 것은 한국 화장품의 브랜드 파워가 만만치 않음이 드러났다는 점이다. 1691명의 일본 여성을 대상으로 한 설문조사 결과, 패션에서 참고하는 국가가 한국이라고 답한 여성의 비율이 20대는 26%, 10대는 48%에 달했다. 프랑스 등 구미 국가를 제치고 1위를 차지한 것이다. 일본경제신문에서 10대 청소년 1000여 명을 대상으로 실시한 2016년 히트상품에서도 메이크업 분야 1위는 한국의 틴트가 차지했다.

　한류의 원산지 효과는 화장품 뿐 아니라 다른 브랜드에도 나타난다. 일본에서 걸그룹 카라가 한창 인기 있을 때, 먹으면 그들처럼 예쁘고 날씬해질 수 있다고 홍보한 홍초는 매출액이 9배나 뛰었다. 장근석이 광고했던 서울 막걸리는 2011년 일본 30대 히트상품 7위에 선정될 정도로 인기를 끌었다. 특히 일본에서 소비재는 한류의 브랜드 마케팅 효과가 많이 나타나는 품목으로 이해된다. 대일본 소비재 수출규모가 2008년 25억 달러에서

2011년 37억 달러로 늘어났고, 대일 수출에서 소비재가 차지하는 비중이 2011년 9.4%에서 2016년에는 13.1%까지 확대되었다. 이것은 한류를 통한 국가브랜드 가치가 높아지면서 원산지효과가 작동한 결과로 해석된다.

일본에서뿐 아니라 여러 나라에서 한류가 국가이미지를 드높여서 한국 브랜드에 대해 간접적인 원산지효과를 창출한다는 사실은 여러 자료를 통해 확인할 수 있다. 대한상공회의소에서 2011년 국내 기업을 대상으로 한 설문조사 결과, 한류 덕분에 한국제품이나 기업에 대한 선호도가 높아져서 매출이 늘었다고 대답한 기업은 51.9%나 되었다. 한류의 간접적인 영향을 받는 소비재 수출과 관광수입액은 2016년에 전년 대비 6.4% 증가하여 5조 2933억 원에 이르렀다. 한국문화산업교류재단은 한류가 국민경제에 미치는 생산유발효과는 약 17조 8493억 원, 부가가치 유발효과는 6조 7618억 원, 취업유발효과 12만 8300여 명 등으로 집계했다. 다소 과장된 감이 없지 않지만 한류 브랜드의 간접적인 마케팅효과가 적지 않다는 것을 단적으로 말해준다.

이제 문화는 중요한 경제영역 중 하나가 되었다. 한류를 너무 경제 논리만으로 앞세워 접근하는 것은 위험하지만, 단순히 우리의 문화적 자긍심 고취만으로 한류의 가치를 한정할 필요는 없다. 한류 자체를 대한민국이라는 국가브랜드의 중요한 구성요소로 인식하고 브랜드 전략의 관점에서 접근하는 자세가 필요하다. 즉 한류라는 브랜드의 인지도와 호감도를 증진시키며, 한류만의 독특한 이미지를 강력하게 구축하여 한류의 브랜드 자산 가치를 구축하고 잘 관리해야 한다. 그러할 때 한류가 일시적인 유행이 아니라 지속가능한 문화적 전통으로 단단하게 뿌리를 내려 인류문화의 다양성이라는 꽃을 피우는 데 일조할 수 있다.

윤태일

저서 『한국광고회사의 형성』, 『국제마케팅커뮤니케이션』, 『신명 커뮤니케이션』 외. 한림대 언론정보학과 교수로 2016년 UC 버클리 객원교수.

세계문학사에 전례 없는 기념비적인 역작!

25년의 집필, 전30권 4001편으로 완성한 만인과 시대에 바치는 연작시편

고은은 현존하는 한반도의 가장 위대한 시인이다. – *Time*

『만인보』는 오늘날의 문학에서 가장 비범한 기획의 하나이다. 영어판 독자들을 감동시키고 흥분하게 만드는 『만인보』의 작품들은 세계에 주는 선물이며, 20세기의 그 모든 인간성과 폭력에 대한 기막힌 초상이며, 한국 국민의 생명력에 바치는 찬사이다.
– 미국 계관시인 **로버트 하스**

놀라운 작품들이다. 몇천개의 삶을 시 속에 새겨서 보여주는 에끄프라시스들이다. 고은은 아케론강을 열 번이나 승자로 건넜다.
– 프랑스 시인 **미셸 드기**

완간된 『만인보』는 그 자체로 충분히 경이로운 향연이다. 이제 독자들이 즐길 일만 남았다. – **백낙청** 문학평론가, 서울대 명예교수

시인이 그려준 거대한 벽화를 보며 운명과 사랑이 점철된 '역사'를 듣고 오늘의 삶을 생각한다. – **김병익** 문학평론가

시의 형식을 빌린 우리 민족사의 애환이 농축된 이 작품을 통하여 많은 인물들을 만나는 즐거움에 도취합니다. 내가 익히 아는 인물들, 존경과 우의를 가진 인물도 있지만 비판의 대상이 된 인물도 있습니다. 고은 시인의 안경을 통하여 나는 경이감을 느끼며 그 많은 인물들과 역사를 봅니다. – **리영희** 언론인

1~30권

각권 값 25,000원~35,000원(합본 11권 세트 값 350,000원)

고 은

오세영

강은교

나태주
김승희

김광규

함성호

김옥교
길상호

정은숙

노금선

유봉희

강학희

엔젤라 정

손 미
강은미
성은주
버클리문학 | 4
시
박송이
김복숙
윤영숙
하종순
김중애
존 허

직유에 대하여 외 1편

_고 은

똥이다 할 때
똥에게 죄송하다
여우 같은 할 때
여우에게 죄송하다
독사의 자식 할 때
독사와
독사 조상에게 죄송하다
개 같은 할 때
개들에게
태어날 개들에게 죄송하다
쥐새끼 같은 할 때
김재규가
차지철에게 버러지 같은 할 때
쥐새끼에게
버러지에게 죄송하다
하이에나
늑대 할 때
그들에게
그들의 탄자니아 초원에게 죄송하다
소위 잡초들에게 죄송하다
옥에 대한
돌에게 바위에게 죄송하다

지옥이라니 이글이글 지옥 유황불이라니
지하에게 죄송하다

언어는 이미 언어의 죄악인 것

나의 행복

개에게 말하다 책에게 말하다
첫가을 된장잠자리에게 말하다
나무에게 말하다
이슬에게
일몰의 침묵에게 말하다
아이들에게 오해 말하다
세상의 저녁 독창으로 말하다
세상의 아침 합창으로 말하다
지는 꽃에게 말하다
오랜만의 벗에게 말하다
누구의 무덤에게 말하다
섬에게 말하다
한밤중 추운 별들에게 말하다
아내에게 말하다

미래에 옛날이여 여기 오라

고 은

시인 생활 59년.
시집 여럿.

겨울 아침 외 1편

_ 오세영

마음이 가난한 자는
천국이 저희 것이라고 했던가.

비록 강퍅한 시대와 맞서
서릿발 사나운 동토(凍土)로 내몰렸다 하나
의식은
추위와 고독의 절정에서 가장 명징하게
맑아질지니

이성(理性)이
빙벽(氷壁)의 저 불타는 이마에서
반짝 빛나는 이 겨울 아침에 일어나 나는
먼저
시를 쓰리라.

밤새 하얗게 내린 눈밭에서 종종거리는
산새들의 그 정갈한
발놀림.

철새

가서 많이 배우고 돌아오라는 당신의 말씀.

한 생은 공부라는데
스승 찾아 구만리 산 넘고 물 건너
숱한 배움터를 떠돌아다녀도
말로서 말은
아직 깨우침이 없다.

나는 누구인가,
지식은 많으나 진리가 없는
내 영원은
굽이치는 저녁 물안개.

벌써 가을,
당신께 돌아가야 할 날은
다가왔는데
그 숱한 세상의 말씀은 아무 쓸모가 없어

백로 한 마리
해 저무는 강가에 홀로 서서
물끄러미

강물 소리를 듣고 있다.

오세영

전남 영광 출생. 전남의 장성, 잔북의 전주에서 성장. 1965~68년 『현대문학』 추천으로 등단. 시집으로 『바람의 아들들』, 『별밭의 도소리』 등. 학술 서적으로 『시론』, 『한국현대시인연구』 등 수십 권이 있음. 예술원 회원.

창의 이쪽 외 1편

_ 강은교

사과 한 알이 허공에 떨어진다.
사과는 그러나
마을까지 오지 않는다.
마을에는 빈 꽃밭이 있고
빈 꽃그늘 가에 앉아
쉬엄쉬엄 잠이 드는 사내들
잘 닦은 유리창 너머
남루한 길이 흐느낀다.

비와 햇빛과 함께
허공에는
사내들의 흰 수염만이
천천히 나부끼고 있었다.

*

햇빛이여
마을을 닫기 전의
햇빛 하나여
이쪽에서 보면
그대의 머리맡에는
늘 밝은 하늘이 가리고

운명적으로 오르는 연기
달콤한 자정의 병
아직 만나지 않은 새벽이
개나리꽃 잠 위에서 놀고 있다.

그대에게 응큼한 편지를 쓰리라.
파도인
1분간의 내 심금을 보내리라.

그러나 햇빛이여
방에는 벌써
생각보다도 많은 죽음이
기다리고 있다.

*

문을 열다가
바람을 만났다.
바람은 바다로 가고 있었다.
내가 따라가려고 하였을 때
누군가 뒤에서
내 이름을 불렀다.

그것은 맨발
흔들리는 모래의 우주
그리고 나는 문 안에 있었다.
아무것도
변한 것은 없었다.

아벨 서점

아마도 너는 거기서
희푸른 나무 간판에 生이라는 글자가 발돋움하고 서서 저녁 별빛을 만지는 것을 볼 것이다

글자 뒤에선 비탈이 빼꼼히 입술을 내밀 것이다
혹은 꿈길이 금빛 머리칼을 팔락일 것이다

잘 안 열리는 문을 두 손으로 밀고 들어서면
헌 책들을 밟고 선 문턱이 세상의 온갖 무게를 받아안고 낑낑거리고 있는 것을 볼 것이다

구불거리는 계단으로 다가서면
눈시울들이 너를 향해 쭈뼛쭈뼛 내려올 것이다

그 꼭대기에서 겁에 질린 듯 새하얘진 얼굴로 밑을 내려다보고 있는 철쭉 한 그루

아마도 너는 그때
사람들이 수첩처럼 조심히 벼랑들을 꺼내 탁자에 얹는 것을 볼 것이다
꽃잎 밑 다 닳은 의자 위엔 연분홍 그늘들이 웅성이며 내려앉을 것이고,

아, 거길 아는가

꿈길이 벼랑의 속마음에 깃을 대고
가슴이 진자줏빛 오미자차처럼 끓고 있는 그곳을
남몰래 눈시울을 닦는, 너울대는 옷소매들을, 돛들을, 떠 있는 배들을
배들은 오늘 어딘가 아름다운 항구로 떠날 것이다

강은교

1945년 함경남도 출생. 1968년 『사상계』 신인상으로 등단. 시집 『허무집』, 『풀잎』, 『빈자일기』, 『소리집』, 『우리가 물이 되어』, 『바람노래』 등. 한국문학작가상, 현대문학상, 정지용문학상 등 수상. 동아대 명예교수.

가지 않는 봄 외 1편

_ 나태주

이 사람을 생각하고서도
울먹울먹
저 사람을 생각하고서도
울먹울먹

꽃을 보고서도
글썽
나무 보고서도
글썽

글쎄 오늘 아침엔
세수를 하다가 그만
소리 내어 울었지 뭐냐

빨리 이 울먹임이
지나갔으면 좋겠다
빨리 이 안타까움이
사라졌으면 좋겠다

나의 봄은 아직도 이렇게
울먹이면서 울렁이면서
천천히 지나가고 있단다.

바람 부는 날

휘날리는 치맛자락을
주체하지 못한다
나부끼는 블라우스 깃을
어찌하지 못한다

다만 향기로운 산 봉우리
봉우리
아슴아슴한 골짜기
그 위로 두둥실
떠오르는 흰구름

덩달아 부풀어 오르는 마음을
나는 또 어찌하지 못한다.

나태주

1971년 《서울신문》 신춘문예 시 당선으로 등단. 시집 『대숲 아래서』부
터 『꽃 장엄』까지 37권 출간. 현재 공주에서 살며 공주문화원장으로
일하였음.

작년의 달력 외 1편

_ 김승희

12장의 그림 달력을 다 넘겼을 때
그 순간
속수무책이다
손써 볼 도리가 없다
지구를 들어 올리고 있던 힘줄이 일시에 다 끊어졌다

마지막 달력엔 이방의 성당 그림이 있었다
성당 안에는 가느다란 촛불들이 자작자작 타오르고 있었다
촛불 하나에 천사 하나씩
흰 뼈가 다 드러난 양초의 향기와 반짝임이 가득했다
그 많은 촛불은 무슨 기도를 올리고 있었을까

단 한 개의 숫자만으로도 가슴을 깨뜨릴 수가 있는 곳
속수무책인 곳
지상의 모든 악기의 줄이 일시에 다 끊어지고
심장을 포함한 모든 악기소리가 금지된 한 순간
화들짝 가슴을 깨뜨리는
작년의 달력

인간의 눈물이 있었고
아름다운 호소로 가득 찬 호수가 있었고
다친 손이 있었고
그림 속에 날개 달린 천사도 있었다

전망

신의 절개지가 눈앞에 펼쳐져 있다
바로 눈앞은 아니고 저기 저 앞이다
그러니까 나의 전망은 신의 절개지다
생살이 찢어진 붉은 절개지에도 사계절이 오고
나무뿌리가 지하수를 끌어올리고
새순이 돋아나고 꽃도 피고 열매도 열린다
절개지는 절개의 상처를 치료하려고 사계절 내내
저렇게 노력하고 있다
태초에 그리움은 그렇게 만들어진 것이다
다음에 무엇이 올지 모르면서
저단치
절개지 너머의 반쪽 산은 절개지 너머의 이쪽 산을 바라본다
장다철이면 또 생살이 찢어지던
절개지의 아픔이 시뻘겋게 되살아나 흙탕을 치고 내려온다
지금도 펄펄 살아있는 저 붉은 아픔은
절개지의 절벽 위에 피어난
한 움큼의 야생화로 스스로 치료하려는 듯
갈 봄 여름 없이 조촐한 꽃들이 피었다 진다

김승희

1973년 《경향신문》 신춘문예 당선. 시집 『태양 미사』, 『왼손을 위한 협주곡』, 『미완성을 위한 연가』, 『달걀 속의 생』, 『희망이 외롭다』 외. 서강대학교 명예교수.

효자손 외 1편

_ 김광규

우체국 앞 가로수 곁에
아낙네가 죽제품 좌판을
벌여 놓았다 대나무로 만든
광주리와 키와 죽침 따위에 섞여
효자손도 눈에 띄었다 건널목
신호등이 황급하게 깜빡이지 않았더라면
그 조그만 대나무 등긁이를 하나
사 왔을지도 모른다
노인성 소양증만 남고
물기 말라버려 가려운 등을
시계방향으로 돌아가며 장난삼아
간질간질 긁어주던
고사리 같은 손
이 작은 효자손이 어느새 자라서 군대에 갔다
옆에는 나직한 숨결마저 빈자리
어둔 창밖으로 누군가 지나가며
빨리 떠나라고
핸드폰 거는 소리
뒤에서 슬며시 등을 떠미는 손
보이지 않는 손
벽오동 잎보다 훨씬
커다란 손

되돌릴 수 없는 시간의
부드러운 손

바다의 통곡

이리호 호반에서 혹시
존 메이나드[1]를 만나보았나
디트로이트와 버팔로를 왕복하는 페리선
조타수 존은 갑자기 화염에 휩싸인 배를
죽음 무릅쓰고 호반에 안착시켜 승객들
모두 구하고 자신은 조타실에서 탈출하지 못했다
그의 몸은 백여 년 전에 연기로 사라졌으나
그의 혼은 지금도 청동 기념판 속에 살아 있다
치욕스럽구나 영혼을 잃고 육신만 남은 무리들
진도 앞바다에서 세월호 침몰했을 때
삼백여 승객 물결 사나운 맹골수로에 버려둔 채
자기들만 구명정 타고 육지로 도망친 선원 팀
승객의 귀중한 목숨보다 선주의 검은 돈을 위하여
선박의 평형수와 무게중심을 팔아먹고
가라앉는 배 속에 아이들 가두어 죽이고
침묵의 장막 뒤로 숨어버린 무리들
도저히 인간으로 용납할 수 없어
분노와 절망이 온 땅을 뒤덮었다
하지만 살아남은 우리 모두를 면목없게 만든
그들이 우리의 동포가 아니라고
짐승만도 못한 어른들이라고
욕설만 퍼부을 수도 없지 않은가

---

1) 영역 졸시선 《The Depths of A Clam》(Buffallo 2005) 출판기념 행사로 미국 낭독여행을 갔을 때 (2006년 4월), 바다처럼 큰 5대호의 Erie호 호반에서 John Maynard 기념판을 보았다.

그 많은 스마트폰으로 교신도 제대로 못해 보고
목숨 잃은 어린 영혼들 너무 불쌍해
실종된 육신이라도 어서 돌아오라고 우리는
목메어 절규하는 수밖에 없는가
조금 사리 때맞춰 아무 일도 없었다는 듯
밀려왔다 물러가는 파도 앞에서
통곡하는 수밖에 없는가[2]

2) 2014년 5월 5일에 탈고한 졸시를 격월간 『시사사』 편집부로 전송하는 오늘(2014.8.31.)까지도 이 둘음에 대한 대답은 "그렇다" 한 마디 뿐이다.

김광규

1941년 서울 출생. 1975년 계간 『문학과지성』을 통하여 등단. 1979년 첫 시집 『우리를 적시는 마지막 꿈』을 시작으로, 『아니다 그렇지 않다』, 『크낙산의 마음』, 『좀팽이처럼』, 『아니리』, 『물길』, 『가진 것 하나도 없지만』, 『처음 만나던 때』, 『시간의 부드러운 손』, 『하루 또 하루』 등 11권의 시집과 『대장간의 유혹』, 『희미한 옛 사랑의 그림자』 등 시선집을 출간.

해변의 당나귀 외 1편

_ 함성호

오늘은 아라크도 다 마셔서, 없어서
아주 오래 전부터 이곳에 살았던 불교도들처럼
무릎까지 그늘을 덮고 턱을 괴고 앉아, 일없이
남아 있는 취기로 담장 밖을 지나는 이들에게
인사를 한다

(긴 인생입니다)—세상이 더 나빠지기 전에, 멀지 않을 날에 다가올 전
쟁을 예감하며
너무 오래고 느린 평화가—, 우리 뜨거운 피로 새 기록을 적어 나가기
전에
인생이 왜—였다는 인사를 하자

마을의 당나귀가 사람의 짐을 지고 괴로워하듯
자유의 짐을 지고 소금밭을 떠나지 못하는 야생이여, 해변에서
왜, 있는 게 있다면, 없는 게 있어야 할까?
생각한다

이 날은
북쪽 해변에 앉아
원숭이 장군이 바다에 놓은 징검다리 너머
저기,
남쪽 해변에서

두 바다에 한 손씩 담궈
모래를 씻는

오래 전―왜, 라는 질문보다는 그리움으로 마주하고 있는
나와 나

(긴 인생입니다)―꿈이 아니라면, 시간이 어떻게 이 좁은 다리를 건너
취기와 예감을 상징으로 우리의 노래를 건축할 수 있었겠는가?

까닭없이
꼭 불러야 할 이름인데도
망고나무 우거진 바다로 가는 버스를 몇 차례나 보내며, 우리는
어떤 사건을 기다리는 중이거나, 피하는 중일 것이다
칠 것인가?
아닌가?

바닷가― 마지막 역사로 들어오는 삼등칸 열차처럼
해변의 당나귀는 덜컹덜컹 울고 있다

(어떻게 될 것인가?)

영랑호 푸른 바람

예감도 없이 아버지가 죽었다
설밑이면 어김없이 불어오던 영북의 바람이
그 날도

먼 데 사람들이 밤낚시를 하며 흘끗 자신의 운명을 훔쳐보고 가곤 했던
짙푸른 호수
짙푸른 호수를 뒤집는 묵묵부답을 바라보는
입관 전의 장례식장에는
오지 않는 그의 처와
올 수 없는 그의 첩이
어쩌면 똑같이 화투패를 섞고 있을지도 모른다는
생각
(섣달 비에 손님이 오니
정월 송학이면 소식이 오리라)

그런,
예감도 없이 아버지가 죽었다

첩과 살던 아버지는 여름철의 별자리가 마당을 채 메우기도 전에 누군가
버리고 간 아이를 길렀다—두 사람에겐 선물 같았던 업둥이 여동생은
간질이었다

이 민물호수는 바다와 이마를 맞대고 있다

그믐의 낮과 밤 동안

낚시에 걸린 곤(鯤)의 비늘을 이어 식구들의 옷을 짓던 어머니와 누이들은

이 푸른 호수에

어떤 눈물을 보탠 것일까?

바람이 막고 나선 갈매기의 길

기억하니?

이 북항(北港)의 어판장에는 동전이 아니면 받지 않았던 모자란 일꾼이 살았다 판장에 사람들은 그에게 일값을 치르기 위해 매번 은행에 들러 동전을 바꿨지

아버지는 아침마다 구걸 온 거지들을 한 밥상에 앉히곤 했다

누이는 그 이율배반에 치를 떨었다; 어머니는 아버지가 갈아 입을 속옷을 어린 누이에게 들려 여관방으로 심부름 보냈다―어머나, 세상에! 열린 문틈으로 동산(東山)이가 아버지 등 뒤에서 내다보고 있는 거야!

(어머니는 왜 그랬을까?)―여진족의 딸이 방바닥에 쭈그리고 앉아 재수표를 떼고 있다

그 때부터

누이의 삶은 아름답게 금이 간 걸까?

(얼어붙은 두만강에서 스케이트를 신고 막 결혼식을 끝낸 북쪽의 신랑과 신부가

이쪽을 보며 웃고 있다)
그런,
예감도 없이 그가 죽던 날이었다

―그래도 너는 사랑 받았잖니
간질의 누이가 큰누이 앞에서 울고 있다
괜찮은 걸까?
우리 모두

함성호

1990년 『문학과사회』 여름호에 시를 발표. 1991년 『공간』 건축평론 신인상. 시집으로 『56억 7천만년의 고독』, 『성타즈마할』, 『너무 아름다운 병』, 『키르티무카』, 티베트 기행산문집 『허무의 기록』, 만화비평집 『만화당 인생』, 건축평론집 『건축의 스트레스』, 『당신을 위해 지은 집』, 『철학으로 읽는 옛집』, 『반하는 건축』, 『아무것도 하지 않는 즐거움』을 썼다. 현재 건축실험집단 〈EON〉 대표.

인연 외 1편

_ 김옥교

내가 아직 한 송이 꽃이었을 때
우리들은 삶의 한 모퉁이에서 만나고 말았지
사람들은 저마다 바쁘고 무심하게 길 옆을 비켜갔지만
어쩔 수 없이 당신과 나는 인연이란 이름으로 부닥치고 말았지
지금 생각해 보면 그 시간들은 젊음으로 인해 태양처럼 눈부시게 빛났고
또 생각해 보면 사랑은 봇물처럼 가슴을 터지게 했던 그날
그리고 수십 년이 흐른 뒤
우리들은 또 우연히 서울의 한 거리에서 만나고 말았지
이제 내가 쓸쓸한 것은 아무리 서로를 쳐다봐도
그리움 같은 건 조금도 남아있지 않은 것이지
목구멍이 싸아하고 막혔던 애달픔 같은 것도
멀리 멀리 사라져 버린 것이지
그냥 거기엔 세월이 지나간 낯설고 늙은 얼굴 하나가 있을 뿐이었지
우리들은 결국 안녕히! 하면서 덤덤히 악수만 하고 헤어지고 말았지
그렇다고 불행한 것은 아니었지
내가 아직 한 송이 꽃이었을때
그대는 내게 환한 등불이었지만
지금은 시간이라는 강물 속으로 흘러가 버린
우주 속의 한 점 티끌과도 같은 것
나도 언젠가는 그 하나의 티끌이 되어 땅으로 돌아가고
세상에선 자꾸만 한 송이 꽃들이 피어날 것이다.

목련꽃

내가 날마다 걷는 언덕길 옆
오늘 아침 자목련이 활짝 피었다.
한번 떠나간 님
다시는 소식 없고
어느날 나도 이 세상 하직하면
하늘에 흰구름 한 점 되어
꽃잎 위에 잠시 머물겠지.

김옥교

1938년 출생. 『현대문학』에 박두진 시인의 추천. 1970년 『여성중앙』 창간호에 「데니의 영가」로 입선. 1994년 『월간중앙』에 논픽션 「장군 식당에서 있었던 일」로 입선. 『현대문학』, 『예술세계』, 『동서문화』 등 다수의 잡지를 통해 수필 실림. 1970년 미국으로 이주. 시집 『빨간 촛불 하나 가슴에 켜고』와 『다시 만난 연인들』, 『재미 있는 지옥 재미 없는 천국』, 『영혼의 도시락』, 『성경속의 여인들』이 있음.

책등에 기대 잠이 들었지 외 1편

_ 길상호

1.

쌓아둔 책들은
모두들 등 돌린 애인처럼 서늘하다
무심하게 바라보면 가끔
다시 읽어야 할 간절한 구절이 스쳐갔다

2.

잠에서 깬 고양이들이 발톱을 꺼내 책등을 긁는다
장판에 떨어져 쌓이는 살비듬,
죽은 아버지는 시원하다 하실까?

3.

다음 생이 오면 또 아프겠지요,
전생에 했던 말을 다시 중얼거리며 귀신들은
책갈피마다 담배연기처럼 스며들었다

4.

나무가 그러하듯이 책은 계절을 다 보내고서야
비로소 한 줄의 기록을 남겼다
읽지도 못할 거면서 책을 톱질하는 사람이 있다

5.

갈비뼈 사이에 꽂아둔 책들은 습기에 취약해서
울음이 지나간 뒤에는 반드시
한 장씩 펼쳐 말려야 했다

그로기

숙취로 일어날 수 없던 일요일
텅 빈 고양이 밥그릇을 늦게야 발견했다

사료포대는 꺼내놓기 무섭게 연타를 허용하더니
옆구리가 무너진 선수처럼 주저앉았다

살아있는 것들에게 허기는
가장 위험한 급소이자 또 강력한 펀치

널브러진 물그릇에 물을 갈아주고
포대의 상처마다 테이프를 붙이는 동안에도

마우스피스를 잃어버린 헐렁한 입 안에
고양이는 사료 알갱이를 꾹꾹 채워 넣었다

사각의 링에 펼쳐놓은 이불을 걷으니
내가 흘린 이름들이 어지럽게 흩어져 있었다

헛스윙만 날리며 간신히 버텨온 인연들
그때서야 뜯겨 있는 옆구리가 시렸다

길상호

1973년 충남 논산 출생. 2001년 《한국일보》 신춘문예 등단. 시집 『우리의 죄는 야옹』 외 3권, 사진에세이 『한 사람을 건너왔다』 출간. 현대시동인상, 천상병 시상, 한국시인협회 젊은시인상 등 수상.

오월 외 1편

_ 노금선

여린 새순과 고목나무가 만났다
나비처럼 나풀거리며 뛰어오르는 어린것들 쳐다보며
고목나무는 어린 새순이었던 옛날을 기억한다
죽음을 모르는 아이들 맑은 영혼이 햇살처럼 투명하다
뛰어노는 아이들 머리 위로 흔들거리던 햇살

창을 따라 요양원 안으로 들어간다
누워있는 할머니 손에 햇살 한 줌 내려앉는다
죽음이 마실 나간 고요한 시간
생의 바깥으로 밀려나간 고목나무는
하루를 천년인 듯 살았던 옛날이 그립다

텅 비어버린 제 속을 들여다보며
하얗고 예쁜 손 하나 카네이션을 달아준다
감각 없는 눈동자와 마주치자 아이는 울며 도망친다
순간 고목나무에 파란 잎이 돋는다
시간 잃은 눈동자가 아이를 쫓아간다

작은 풀꽃

가파른 암벽 사이 작은 풀꽃 피듯
어렵고 힘든 생활 속에
희망의 꽃나무를 심었습니다
사랑과 봉사 나눔이라는
올곧은 마음도 함께 묻었습니다

기쁨과 희망 보람의 나무들 자라
안식과 평화의 그늘 만들었지요
때로 이별의 아픔도 있었지만
슬플 때나 기쁠 때 함께 했고
가진 것 없이 서로 나누며 행복했습니다

사랑은 누군가를 위해
기꺼이 생명의 심지를 태우는 일
소외된 이웃 보듬어 안고
서로의 가슴에 모닥불 피워온 강물

못다한 사랑 있다면 지금 하십시오
베풀지 못한 손길이 있다면
지금 손들어 바로 전하세요
섭섭한 말 있다면 이제 곧 잊으세요

서로의 부족한 가슴에
사랑의 촛불 밝혀두고
닫힌 마음의 문 활짝 열어두고

노금선

2001년 『오늘의문학』으로 등단. 시집으로 『꽃멀미』, 『그대 얼굴이 봄을
닮아서』가 있음. 선아복지재단 이사.

그해 4월, 어머니는 모르실 거예요 외 1편

_ 정은숙

엘리엇의 노래가 아니어도 그해 4월은 충분히 잔인했다

적막의 틈새로 저문 햇살이 떨어져 내리는 4월의 늦은 오후

동백이 마지막 남은 꽃잎을 떨쳐내며 낙하하는 창가엔 침묵의 두께가 황사 두께보다 더 짙어

햇살은 창안으로 스며들지 못했고 몇 방울의 수증기 속으로 떠다니는 다향 속엔 다기 스치는 소리만 깨어 있었다

-박근혜가 저만 좋다고…-

-차 맛을 느껴보면서 천천히 마셔요. 마음이 편안해진답니다. 그래요…요새도 박근혜가 따라다녀요-

-어머니는 모르실 거예요…-

-좋으시겠네…-

-…자꾸 저만 좋다고… 날마다 보고 싶다고……-

-얼마나 좋을까. …장미같이 이쁜 여자가 따라다니니-

다기를 든 손끝이 미세하게 떨리고 허공에 떠 있던 눈빛 속에 안개같은 미소가 떠오른다

-……어머니는 모르실 거예요……-

낯설고 쓸쓸한 이 별에서 그는 변함없이 장미와 여우와 보아뱀의 어린 왕자였다

다도를 가르치는 의사가 내민 찻잔 위로 툭- 적막을 깨고 떨어진 눈물 한 방울

-어머니는 모르실 거예요… 장미가 기다리고 있는 별로 돌아가야 하는데…-

극한을 건너온 겨울나무처럼 메마른 행복이 첨벙 첨벙 다기에 넘쳐 흐르

고 푸른 환자복 솔깃을 만지작거리던 손등 푸르스름한 정맥 아래로 슬픔이 몰래 돋아 나오는데 어린왕자는 맑고 순정했다
　사랑하는 장미가 먼 별에서 영어의 몸이 된 것을 어린왕자는 언제쯤 알게 될까
　절명한 동백이 점점히 붉은 선혈로 물들어 가는 창 너머로 4월은 저물어 가고 있는데

날개, 그 적멸의 쓸쓸함이여

끝없는 자유을 찾아 청춘의 요절을 꿈꾸며
진창을 떠돌던 짧은 생의 절창들을 각혈처럼 남겨두고
어둠에서도 빛으로 떠오르는 찬란한 날개로 날아오른 그대여

붉게 터지는 오얏나무 속살에서 발원한 분열의 불협화음
눈물진 생의 혹한을 치열하게 받아내며 비상과 추락의 굴곡을 건너
건축무한육면각체의사막보다도정밀한절망*을 남기고 아득히 날아오른
그대여

한평생 차마 잊을수 없었던 내내 어여쁜 사랑 금홍*아 금홍아
덧나고 헤집어진 사랑의 상흔도 오감도* 그늘 아래 적멸의 회환으로 남
겨두고
이 생의 한가운데 가장 맑고 순연한 빛의 날개로 눈부시게 날아오른 그
대여 그대여

때때로깊이를가늠할수도없이간절하게그대를 그리워함으로쓸쓸해 진다
쓸쓸해 진다

* 건축무한육면각체/사막보다도정밀한절망 : 이상의 시, 건축무한육면각체/且8씨의 출발 중에서.
* 1933년 이상이 폐결핵 요양차 황해도 배천온천으로 요양을 갔을때 만나 사랑한 기생 신분의 여인.
* 오감도 : 1934년 7월 조선 중앙일보에 발표되었던 이상의 연작시 15편 중 첫 작품.

정은숙

부산 출생, 1979년 도미, 2001년 『문예운동』으로 시 등단. 2003년 시집 『당
신의 빛 그 투명함으로』. 미셸린 3 Star "BENU" Chef 팀 역임, 한식당 "수
라" 운영. 『버클리문학』 편집위원, 버클리문학협회 총무.

몇 만년의 걸음 외 1편

_ 유봉희

저 산의 높이가 허공의 손짓만은 아니다
잉걸불로 솟던 한때
이제 오랜 멈춤인 저 높이가
어느 서늘한 열정의 발원지를 건드렸는지
눈발, 무진무진 쏟아진다

우리는 문득 별처럼 어둠 속에 멈추어서
손바닥에 눈을 받는다
먼길 돌아온 숫눈의 반짝임을 지켜본다
이제 물방울로 떨어져
기나긴 회로를 다시 시작하겠지만
아무도 그 아득한 길을 말로 하지 않는다

발아래 고즈넉이 앉아 있는 돌
둔덕에 구르는 뿌리 없는 나무통도
몇 만년의 걸음이라니
우리는 일 초마다 눈을 깜박거리며
그 걸음에 발을 얹었다
눈은 나리고 또 나려
몇 만년의 걸음을
반짝이는 숨죽임으로 만들고 있다

포인트 메이크업

새 식구 열대어 한 마리
가로줄 몇 가락
머리에서 몸통으로
검은색 붓으로 그리다가
급하게 놓아 버린 것 같네
다시 보아도 서툰 솜씨

하지만 저 꼬리
진노랑 물감에 흠뻑
흔들어도 풀어지지 않게
하얀 레이스 하늘하늘
실밥도 보이지 않게 달았네
특별히 정성 쏟은 뒷모습
노래가락 없어도
신명나는 어항 속 부채 춤

뒷모습 더 예쁜
뒷모습이 포인트인
그대

유봉희

수원 출생. 1972년 도미. 2002년 『문학과창작』 신인상 등단. 시집 『소금화석』, 『몇 만년의 걸음』, 『잠깐 시간의 발을 보았다』. 『버클리문학』 편집위원. 2014년 시인들이 뽑는 시인상 수상.

어딘가에 문신 하나가 외 2편

_ 강학희

젊은 연인들 두 손을 꼭 잡고 걸어간다
용트림 문신 그려넣은 팔뚝을 흔들며 당당히 지나간다

쯧.쯧. 고개돌리다 아니, 너까지도?
나풀대는 꺼풀 사이로 선명한 나비 한 마리
자작님 은빛 몸통에 마음이 그려졌는지
우리 손녀 몽골 반점 같은 오리지널 문신이다
얼마나 바래이고 바래이면
저토록 오롯 내비치는 걸까? 똑.똑. 자작님! 나풀 나풀
나비이고 싶은가요 발을 풀어 가로수 너머 하늘로 날고 싶은가요

가만, 나도 어느 곳에 문신 하나 있으려나?
그대만이 볼 수 있는 그 곳, 훤칠한 나무 한 그루가… 아, 꿈이란
얼마나 아이러니인가, 있는 네 것이 없는 내 것에 대하여,
쯧쯧거리던 젊은 애들 인조 문신도
밉던 아들애 어깻죽지 별새도 나쁘지 않다 가여웁다
오래 기억되고 싶은 그 마음 자리 한결 눈에 집힌다

어디, 어떤 문신 하나 찾아질까 심어질까 몸도 궁금한지
전신이 근질근질하다

그대여, 빛살 테라피 받아보시라

그대여 불타는 사막으로 한번 가보시라

선인장 가시보다 따가운 아리조나 금빛 태양, 나바호 황토를 밟아 보시라

억만 년 목마름 불태운 붉은 동굴 겨우 몸 한 칸 부릴 만한 공실에서는

쌓인 지식의 무게 필히 고개 숙여지리라

한두 발짝 쪽 길 걸어내면 문득 빗물처럼 쏟아드는 빛줄기

전신을 오색 볕으로 바르고

빛 물결 틈틈이 한 뜸 한 뜸 온기로 수를 놓으리니

세상 언어는 먼 말, 빛과의 대화는 차라리 벽에 기대어

온몸을 쓰다듬는 빛의 춤사위나 묵시默視할 일이다.

흙벽의 붉은 머리털 한 올 한 올 쓰담는 빛의 손길에서

빛은 어둠을 어찌 섬기는지 암영의 그림이 읽혀지리

어느덧 억만 년 전 숨결과 대화도 가능한지 그 세상 속내도 읽히고

둥. 둥. 둥둥둥 어딘가 잠재했던 인디오 리듬

심혈을 휩쓸어 느닷없는 글썽임마저 솟으리니 그대여,

가슴 시린 날은 하운*처럼 검붉은 사막 황톳길 투덕투덕 걸어

빛나는 어둠과 포옹해 보시라. 엔텔롭 캐넌의 빛살 테라피 한번 받아보시라

앓는 줄 모르던 나병도 절로 나으리니

죽어가던 그대의 심 박동마저 벌떡벌떡 살아 숨을 내쉬려니,

* 한하운(1920-1975) : 17세에 한센병 발병. 1949년 『신천지』에 「전라도 길」 외 12편으로 등단. 1973년 소록도에 시비 세워짐. 저서 『한하운 시초』, 『보리피리』, 『나의 슬픈 반생기』 외.

밥 짓다 그리움이 타네

쌀 씻다
달각 달그락 말 걸어오는 소리
하얀 이밥 좋아하던 울 언니인가
얼른 전화기 찾다 그만 서버린다

번호는 있어도
받을 리 없는 서러운 전화 대신 창문 열고
"밥 됐어, 누룽밥 불기 전에 와"
뽀얀 언니
뭉게뭉게 한술 뜰지 몰라

강학희

서울 출생. 1976년 도미, 샌프란시스코 거주. 2003년 『순수문학』, 2010
년 『시와정신』 시부문 신인상 당선. 시집 『오늘도 나는 알맞게 떠 있
다』. 《시와 사람들》 동인, 『버클리문학』 편집위원.

달팽이 외 2편

_ 엔젤라 정

무언가 집착이 되어
지구 목덜미까지 기어 올라온
달팽이…
절박한 벽을 혓바닥으로
얼마나 먼 꿈길 향한 몸부림이었나
죽음 예고한 고행을
사람은 왜 신산을 타려는 걸까
몸의 무게를 하나씩 벗고도
무소유마저 무거워
영혼 하나만 의지한 채
홀로서기를 꿈꾸는 이여
모두를 버려도 버거운 인생
허공을 비집고 홀로
외로운 길 가는 달팽이
꼼짝도 하지 않고
고집스런 점 하나 절벽에 박혀 있다
히말라야 산맥 같은 꼭대기를 향해

숙성

부엌 난간에 하룻밤
잠 재웠다는 배추김치
우리집에 배달 왔다
뻣뻣한 교만 소금에 절이고
투명한 유리병 속
겸허히 틀어앉아
자아도 숨 내려놓고
겸손히 곰삭은 마음의 줄기
사랑으로 푹 절어진 순정
환골탈태한 배추김치
이빨 사이 마주하는
정겨운 협주곡 켜고
야성 터지는 환상의 나래
인생 월척이 김치맛이다

오월의 장미

작열하는 태양 아래
꽃 중에 꽃이라
미풍 흔들리는 들창가
요염히 피워올린 장미
유혹에 눈이 먼 당신을 위한
가시 무장이
나는 너를 찌를 것이야… 한다

보라빛 장미;
그대는
아름다운 여왕이여
금빛 의자에 앉아
천하를 호령하누나.

핑크빛 장미;
가녀린 순정
그리움에 사무친
소녀의 내음 가슴에 꽂힌다
어여쁜, 내 아가.

노랑 장미;
그대여
내 과거를 묻지 말아요

우리 사랑은 찬란했으니까요.
그대 사랑에 눈이 부십니다

빨강 장미;
목숨만큼 붉게 타는 마음
오직 당신만을 사랑합니다.
내 마음을 아시나요?

흰 장미;
그대 발 아래 엎디어
입맞춤을…
내 영혼을 당신께 바치나이다

엔젤라 정

충남 공주 출생. 2003년 『자유문학』으로 등단. 시집 『룰루가 뿔났다』. 한국문인협회 회원. Member of California Federation of Chaparral Poets, Inc 회원이며 『미주시학』 편집간사로 미국 시인들을 인터뷰하고 현재 PRODENTAL LAB를 운영하고 있음. 『버클리문학』 편집위원.

문 외 1편

_ 손 미

문이 열린다 네가 닫힌다
따라 나가던 내가 닫힌다

우리는 무수히 많은 문을 열고 들어가
무수히 많은 의자에 앉았었지만

벌컥 열고 들어와
누군가 너를 훔쳐갈까 두려웠다

비밀이었던 문이 삭제된다
힘주어 문고리를 물고 있던 복도도 사라진다

더는 애쓰지 말자

손잡이 떨어진 문을 사이에 두고
우리는 참 오래도 서 있었다

어쩌면 문 같은 건 아예 없었던 거다
나는 이제 니가 궁금하지 않다

편두통

어떤 여름
야구장에 앉아 땀을 뻘뻘 흘렸지
도루, 도루, 머리를 찍어대며
햇빛이 타들어 왔지

우리는 외야를 향해 박수를 쳤지
도망갈 수 있을 것처럼

못 참겠다
너는 일어서서 쿵쿵쿵 걸어갔지
그쪽으로 야구장이 기울었지

미지근한 맥주와 너의 스위스 칼과 나의 흰 팔이 한쪽으로 쏟아졌지

어? 반칙 같은데?
뒤집힌 곤충은
곧 먹힐 텐데

나는 자주 엎드려 울었지

함께 누우면
너의 몸에만 빛이 쌓여

네가 금방이라도
빨려 올라갈 것 같았지

손 미

1982년 대전 출생. 2009년 『문학사상』 신인문학상 당선. 2013년 김수영
문학상. 시집 『양파 공동체』. 한남대학교 문예창작학과 강사.

감꽃, 눈에 익다 외 1편

_ 강은미

바람이 손끝마저 놓아버린 입하 무렵
'곱은다리' 감나무도 겨운 듯이 굽은 저녁
아기 새 노란 부리로 감꽃들을 쪼았지

감꽃에 허기 달래던 내 아우가 생각난다
비 오면 빗길에서 고무신 접어 배를 띄우던
그 어느 감꽃 지는 밤 그 배 타고 떠났지

사람은 다 떠나도 감나무는 거기 있었네
이십 리 등하굣길 먼발치 눈인사처럼
귀 밝은 감꽃 하나가 손금 위에 놓이네

통리역에서

태백고개 넘어 도계로 향하던 길
바위산 너와집이 비늘을 벗는 그 길
검버섯 자작나무가 막 스치고 지났다

저 멀리 연화반점 간판불이 켜질 때
앉은 채 졸고 있는 간이역 의자 위로
폐광촌 검은 단풍이 하나둘씩 내리고

어디서 본 것 같은, 꼭 어디서 만날 것 같은
협곡 사이사이 스위치백 멎는 지점
벌겋게 녹이 슨 시간도 함께 멎어 있었다.

강은미

2010년 『현대시학』으로 등단. 2013년 시집 『자벌레 보폭으로』 출간.
제주대학교 강사.

물이라는 시간 외 1편

_ 성은주

길게 누운 계단에 앉아 물의 지문을 읽는다

진흙 구름이 차례차례 고요하게 흩어질 때
물속에서 이름 없는 조약돌이 희미하게 흔들리고
우린 물결처럼 웃었다

서로의 얼굴을 뚜벅뚜벅 서성이다가
나뭇가지 같은 발목에 둥근 물선이 생기고
젖은 살갗 위로 한 방울씩 태양이 흘러내렸다

게으른 자세로 검은 바위에 신발을 벗어놓았다

뜨거운 맨발을 오래 바라보며
우리가 걷던 백사장
푹푹 파이던 서러움을 걷던 시절이 있다

거품에 대하여

사람들은 가까이 터지는 소리를 삼킨다
그거 알아?
바나나처럼 휘어 있는 소문이 돌고 있대
돌고 돌아 동그란 소문이 된
보글보글 거품은 무서운 속도로 길을 달리지
가짜보다 진짜 같은 거품이 퍼지는 방식은
더 가볍고 촉촉한 음모를 미끄럽게 담고 있어
아무도 거짓말이라고 생각하지 않아

잠든 사이 만들어진 맞춤형 거품이야
원하는 게 뭐야 누구를 위한 거냐고?
여긴 사실 여부와 관계없이 죄를 만드는 현장이야
거품 터트리는 재미가 방울방울 반짝거리지
아무 반응 없는 사람에게 끈끈한 세계를 만들어줄까
축축한 한 덩어리 거품이면 충분해
상대에게 흉터를 보일수록 가까워지니까

누군가의 손끝에서 거품의 흐름이 거세질 때
거품이 그리는 무늬가 화려해질 때
거품 속에 머물러 누구를 이해하고 싶니?
희한한 일이 계속 부풀 때마다
점점 괴물이 되어가는 거품들
그 안에서 허우적대는 사람들

그 속으로 떠밀리는 사람들
소처럼 이빨을 보이며 혀에 닿지 않은 말을 꺼내
거품이 생길 때까지 길게 씹어댄다

성은주

1979년 충남 공주에서 출생. 2010년 《조선일보》 신춘문예를 통해 등단.
한남대학교 문예창작학과 강사.

소녀와 과학실 외 1편

_ 박송이

과학실에 남아 양파와 말벌과 놀았다
아세트산카민을 양파세포에 떨어뜨리면
양파는 아주 작은 육각형의 건축물이었다
세포 속에는 까만 핵들이 전구처럼 반짝였는데
거기 문고릴 걸어 잠그는 소리가 들렸다
손잡이를 열고 싶었던 것뿐인데
양파 속 남모를 작은 뜰을 기록했을 뿐인데
해 갇힌 과학실은 오래 비었고
이빨 나간 창문에 말벌만 머리를 박고 있었다
황금박쥐를 닮은 담임은 과학실에 출몰하곤 했다

세포 속에 움츠려 방 한 칸 마련한 나는
알코올 속에서 참붕어와 실뱀과 박제된 채
아가미를 퍼덕이며 놀았다
복순이가 지 얼굴에 알코올을 쏟아 붓고
가까운 보건소로 실려 간 날
눈동자가 멀어 있는 두꺼비의
죽은 몸뚱이를 보았다
침독이 올라 입주변이 시꺼멓던 규남이를
이유 없이 미워하면서
청소를 마친 과학실에 남아
나는 먹지 못할 양파를 깠다

현미경대에 누우면 사지를 감출 수 없다
초점이 맞춰진 찬 유리대에서
나는 캄캄한 건축물로 기록되고 있다
양파의 피부는 투명하고
이른 새벽 지하 술집의 노래는 아름답다

머리카락

꽃이 피고 꽃이 지고 연잎이 돋아
다 아는 눈빛으로 봄이여, 세상을
바라보지 마라 뒤돌아 아무도 희망치 마라
어차피 밑지는 사랑을 할 시간
무심결에 무심코 떠난다 할지라도
천둥번개의 마음으로
이제 아픈데 한 군데는 콕 찍어 말할 나이
잃을 게 없는 가로수는 더디 자란다

아주 지독한 냄새를 맡으며 오래된 동굴로 울며
한나절 한 개 상처를 반반 나눌 수 있을까
너의 발자국과 나의 발을 창에 걸어 놓고
너의 시를 나의 노트에 베껴 쓴다

언제쯤 나는 천둥처럼 울 수 있을까
중이 되고 싶다
말하면 중이 될 수 있을까

검은 눈물 흘리는 한 사내를 사랑했었다
아픈 데 모르고 아프던 네 아픔조차 새파랗게 질투하며
내 꿈에 너라는 방 하나를 집짓던 그 거짓 같던,
내 그림의 주인공이 너였던 적 있니?
우리가 오래 입 맞추던

비린내 같았던 그날들이
거짓말처럼 죽지도 않는다

박송이

1981년 인천 출생. 2011년 《한국일보》 신춘문예 당선. 2013년 버클리
문학 초청으로 버클리에서 버클리문학강좌 진행.

바다의 눈빛 외 2편

_ 김복숙

바닷가 물살 위
가득 내리는 햇빛은
물꽃으로 눈부시게 어물거리고
듬성듬성 구멍진 돌멩이 하나
손바닥에서 숨 쉬고 있다

곁으로 홀연히 걸어오는 여인
손에 든 조그만 비닐봉지에는
말갛게 비추는 조각의 생김새
강물의 깊이와 겨눌 수 없는
보석 닮은 색상으로 빛을 발한다

주위 생각으로 살피며
깨진 유리조각 주워 담는 장면이
모래 속 고립되어 맴도는 순간처럼
한 줄기 빛으로 스치는 만남이다

우주의 모든 이들이 모여
수천수만 년 흘러야 나올 법
이토록 요망진* 발상 없을 것 같다

물결에 밀려 부딪친 햇수만큼

나의 질기고 깊어가는 집착이
고갈된 자아를 벗어나
어설픈 모습으로 분개하여
삶은 시선의 높이 따라 움직이고

채워지기 전이라 잃은 게 아니지만
잃은 것 하나로 채울 수 있는
바다는 말없이 낮게 낮게 스며든다

모래톱 사이 늘어선 조약돌은
그곳에 언제까지라도
그대로 있기를 바라듯 눈짓한다

* 요망지다 : 똑똑하다/야무지다라는 뜻의 제주도 사투리

순간의 무늬

난(蘭) 있는 방
향기로운 내음
은빛으로 내리고

꼿꼿하게 올라
꽃잎처럼 열린
마음을 모으면
시간 흐를수록
진한 숨결 뿜어
햇살 다독거리고

그 빛
따라 나서면
나누는 눈빛에서
일구어 낸 들길

줄기마다 피워내는
풋풋한 이야기
가슴 깊이 묻어
내 안의 등대에 밝힌 방

그늘

갈피 속 남은
연필로 적은 흔적

뒤적여 만난 메모는
심술궂은 추억
그대,
마음의 쪽지인가
침묵의 애교인가

어느 부분 남기고
어떤 모습 접을까

홀로의 공간
지난 시절 그늘 만나네

김복숙

서울 출생. 1977년 도미. 월간 『한맥문학』 신인상 수상. 시집 『푸른 세
상 키운다』. 샌프란시스코 한국문학인협회 회원, 미주 한국문인협회 회
원, 버클리문학협회 회원. 산호세, 알마덴 한국학교 교장 역임.

세차 외 2편

_ 윤영숙

차를 씻는다
속이 시끄러워
커다란 물통에 비누를 풀고
부글 거리는 마음도 함께 버무려

스펀지로 벅벅 문지른다

마당 한가운데 차를 세워놓고
뺑 뺑 돌아가며 물총을 쏘아댄다
사격장에 온 것처럼

뽀오얀 모습 드러낸 차
마알간 얼굴 들어밀고 따진다
더러워진 모습이 내 탓인가
온 세상 넘실대는 먼지 탓이지

그래
네 탓 아니지, 내 탓이지
시끌대던 불평 불만
덩달아 말끔이 씻어내려
따갑던 햇살도 쿨하게 가라앉은

어느날 오후

공항에서

짐을 내려주어야 할 그 사람
차문 열고 내리더니 무작정 앞으로 달려간다
빵! 크라숀 울리고 소리쳐 부른다
혼자 어디로 가시는 건데?

10년 후쯤 나도 저렇게 되려나
비행기 안에서 곰곰히 마음을 정리해본다
나는
지금 어디로 가고 있는지 알고 있을까

올바른 판단을 할 수 있는 **머리**
현재를 바로 볼 수 있고, 세상을 깊이 들여다볼 수 있는 **눈**
올바른 소리를 들을 수 있는 **귀**
무엇보다도
이해할 수 없어도 수용하는 너그러운 마음
주세요
저 위에 계신 분에게 기도한다

월요일 아침

출근 길
앞에 가는 차 심상치 않다
머리, 어깨 온몸을 흔들면서 춤추는 저 사람
차가 술 취한 듯 비틀거린다

무슨 신명난 세상 만난 것일까
바로 지척에서 달려가는 차

세상 들려오는 소식 답답하고
머리 속 천근
생각들이 갈 길 몰라 해매고 있는데

산을 몇 개 넘고
바다를 몇 개나 건너야
저 사람 살고 있는 세상에 도착하려나

신명나는
월요일 출근 길
나도 살고 싶다

윤영숙

서울 출생. 1965년 3월 도미. 버클리문학협회 회원. 현재 Bay Area ENT
Medical Group 근무.

샌프란시스코 외 1편

_ 하종순

굽이굽이 흘러 내려간 언덕들
끝마다 닿아 있는 초록바다
저녁의 노을빛에
금빛다리 출렁이는 듯
안개가 바람을 안고 춤도 추는 이곳

산 넘고 바다 건너
두고 온 순간들이
흐르는 세월 속에 한 송이 꽃이 되어
가슴에 그 꽃 하나
저마다들 품고 사네
꽃들의 피고 지는 향기는 다르지만
허공에 뿌리 내리는 모습들은 같아라
어느 꽃가슴 위에 귀 대어 들어 보면
골짜기 메아리 치던 뻐꾹새 울음소리
태평양 파도 소리 함께 섞여 뻐꾹 철석 들리네

비탈진 길 위에선
빅토리안 건물들 사이로
달리는 케이블카 종소리
하얀소리 갈색소리 검은소리 붉은소리 노란소리

층계

단풍으로 물들어 가는 그대
바람결에 흔들리고 싶은 날
가방에는 연필과 흰 종이뿐
희어진 머리카락 당당히 휘날리며
그 옛날 어느 날처럼 대학로를 걸어가네
수많은 간판들 지나
피아노 소리 나는 층계를 올라가면
낡은 책상과 의자들의 잊었던 미소
조그만 다락방이 달빛으로 더워지면
그곳은 커다란 배 우리를 싣고 가는
때로는 어느 먼 옛날 또 때로는 어느 먼 미래로

옛날은 그곳에서 노래로 깨어나고
미래는 춤을 추며 상상을 넘나들고
겨울에 진달래꽃이 한여름에 흰 눈이

아직은 살아있는 기억을 간직하며
뿌리들 파란 새싹 저마다 움틔우던
버클리 텔레그라프 수라 이름 다락방

하종순

1948년 서울 출생. 1976년 도미. 제1회 『버클리문학』 신인상 시 당선.
버클리문학협회 회원. 서양화가.

아내의 그림자

_ 존 허

출근길에만 피는 줄 알았던
나의 그림자
퇴근길에도 피어 있네
왜 그렇게
나만 미처 몰랐을까

알고도 모르는 척
아니면, 모르고도 아는 척
그림자는 그렇게 피어왔었네

진달래 산천으로
꼬불 길만 걷던 그림자
이제 시원한 코스모스 달빛에도
함께 걷고 있네
뜨겁거나 차갑지 않으니
분명 정 깊은 내 그림자

존 허

경남 김해 출신. 미시간대학 지질학박사, 택사코석유탐사연구소장, 인
도네시아 석유탐사 부사장, 석유공대 교수, 마이크로네시아 경제고문,
인도네시아 명예대사, 샌프란시스코 박물관위원, 한글학교 이사. 버클
리문학협회 회원.

전설 외 1편

_ 김중애

언제 시작됐는가
만남인지 보냄인지
한참을 휘청였지, 질긴 인연
이제는 아득한

더 바랄 것 없이
따뜻하고 고왔던 시간
비워내고 흔적까지 지워버린 지 언젠데

꿈인가 생시인가
저 혼자 잠 못 이뤄 뒤척이는

어쩌다 마주치면
환하게 웃어줘야지
잘 살고 있노라고
이제는 정말 괜찮다고

진작부터 작정하고 있어도
돌아서며 기어이 눈물이 난다면
미완으로 두 동강나 버린 나의 전설이
한 번쯤 울고 싶었던 게지
눈치 안 보고

초대장

나 이세상 떠날 때 초대장 하나 남기렵니다.
잔치 음식을 마련할 수 있으면 좋으련만,
그럴 수 없으니 잔치 비용을 넉넉히 준비해둬야지요
수의 대신 식탁보와 냅킨을 마련해 둔다면
이 땅에서 제 삶이 얼마나 유쾌했는지
짐작하실 수 있겠지요?
식탁보에는 수를 놓을 거예요
잔잔한 들꽃이나
사랑, 기쁨, 감사, 웃음, 용서, 영생, 천국 이런 글일 수도 있구요
잔치가 끝나고 돌아가는 길에 뭐 하나 가져가도 좋아요
책이나, 촛대나 찻잔이라도
볼 때마다 얼마나 복된 삶이었는지 기억해주신다면
내 서투른 여정을 무사히 마치고, 마침내 천국에 갔으니
초대장을 받으시면, 한껏 멋을 내고 오세요
음식도 푸짐하게 마련하고요
식탁에는 꽃도 장식하고
그리고 촛불을 켜는 것도 잊지 마세요
모년 모월 모일 몰이란 부고 대신
나는 초대장을 보내려구요
언제나 생일 잔치가 민망하고 불편했지만
마음껏 축하받고 싶어요
서투른 여정을 무사히 마치고

천국으로 이주했으니
이 땅에서의 제 삶이 축하받을 자격이 있지 않겠어요

김중애

1987년 도미. 성경교사로 사역. 버클리문학협회 회원.

제 4회 『버클리문학』 신인상

- **시 당선**

김미라 | 산 속의 여름
　　　　소금꽃
　　　　석류
　　　　거울

- **에세이 당선**

최민애 | 달빛 소나타
　　　　가을여행

- **심사평**

심사위원 – 김완하, 송기한, 김홍진

산 속의 여름 외 3편

김미라

꽃으로,
꽃으로만 가득했다
만발한 7월이었다

잎으로,
잎으로만 한창이었다
푸르름 따위는
거침없는 몸 사위
쭉 뻗은 가지들

마음과 마음이 행복했다
아름드리 편백나무 담장 삼았다

아침 잎새에 앉아 새들은
이슬과 구름과 합창하였다

소금꽃

불 쬐다 졸았다
불 보다 불났다
널 만나 불 붙었다
널 보고 날 잊었다

반짝
햇살이 살 찌운다
뭉클
바람이 몸 만든다

바다가 몸 내주고
햇살이 옷 입히고
바람이 향기 뿌리니
시간이 꽃 피운다
아, 꽃이다 꽃.

석류

덥석 끌어안았지
와락 달려들었어

핑,
날개 달고 날았지 내 것인지 네 것인지

수줍은 고백
당돌하게 돌진

튕겨 나온 자존심
다시 한 번 전력 돌진

꽈당
나인지 너인지 넉 다운

이제부터
카운트 다운

거울

문득
떠돌다 떠돌다가 내가 당신 앞에
황급해진 마음을 추스르지도 못한 채
면목 없이 섰습니다

두 다리와
두 팔이
있어도 없습니다

단지 내가 가진 건
더욱 선명해진 내 기억 속의 당신
그래서 면목 없지만 섰습니다

똑같은 모습
똑같은 체온
하지만
두 팔과 두 다리는
있어도 없습니다

아쉽게도
내 뻔뻔스런 자존심은

기억 저편에 서성이고
이젠
내게 남은 나 마저 당신에게 묻고 싶습니다

그대는
바로 나였습니다.

"The night before first grade"

문득 늘 곁에 있던 어린이 동화책이었는데 새삼 오늘 아침 내 이야기였다
새내기인 내가 시인이 되었다니 감사와 각오가 새롭다
있어도 없었던 내 오른팔 이젠 없어도 있을 때보다 더 빛난다
사실 1년 6개월 전 나는 오른쪽 팔과 다리를 전혀 움직이지 못했다
갑자기 잃어버린 반쪽 슬프기보다 오른손에 제일 미안했다
얼마나 많은 시간을 나와 함께 했던가 얼마나 많이 기다렸을까
"미안해 오른손" 사고 후 제일 먼저 내 스스로를 다독이며 한 말이다
　이젠 조금은 불편한 오른손이지만 더욱 사랑하고 아끼며 가슴 깊이 묻
어두었던 수많은 언어들을 예쁘게 아주 아름답게 사뿐히 자근 자근 두드
리렵니다
　어설픈 초년생 다독이듯 부족하지만 선정해 주심에 새삼 감사드리며,
늘 "행복한 『버클리문학』"은 나를 낳아 주시고 이만큼 키워 주셨습니다
　꽁꽁 묶였던 내 시어들이 맘껏 뛰놀고 마냥 살찌운 곳 『버클리문학』
　특히 김완하 교수님의 시 특강 간간이 가진 초빙 교수님들의 특강들…

The night before first grade
I kissed my 버클리가족

김미라

1958년 대전 출생. 『버클리문학』 회원.

달빛 소나타 외 1편

최민애

유난히 잠 못 드는 밤이 있다.

오늘이 바로 그런 날이다. 쓸쓸하기도 하고 외롭기도 한 이런 날에 전 같으면 깔끔하게 소주 한 잔으로 고독을 마셔버렸다. 그러나 지금은 그런 일도 없다. 알코올이 나를 거부하기도 하고 생각을 마비시키는 거짓 음료가 완전 싫어졌기 때문이다. 보름날이 가까운 밤 하늘은 금빛과 회색의 중간이다. 그 빛이 창문 밖의 아름드리 나무에 스며들어 해리포터 영화의 한 장면처럼 이상야릇한 장엄한 분위기 속으로 나를 이끈다. 뭔지 모를 그 느낌은 점점 소나타의 악장으로 연결되어 내 마음을 몰입시키려 한다.

그러나 잠시 잊고 있었던 직장에서의 일이 갑자기 떠오른다. 환상이 깨지고 말았다. 오늘 스테파니와 다퉜던 일로 마음이 영 찜찜하다. 의견 충돌의 원인제공은 그녀가 먼저 시작했지만 단어 선택을 잘못해 소견머리 없음을 보인 것은 참을성 없는 나의 부족한 처사였음이 후회된다. 이제는 웬만큼 이방인의 삶에 익숙해질 때도 됐건만 여전히 이곳 이민의 땅에서 다른 민족과 겨루어 살아가는 일이 왜 그리 고달픈지. 그러나 애써 마음을 추스르고 내일의 출근을 위해 잠을 청하기로 했다.

그런데 창문의 커튼을 닫으려는 순간 달빛 사이로 옆집에 사는 ‘챙’의 자동차 문이 열리고 있음이 눈에 들어왔다. 컴퓨터 부품 사업을 하는 그가 출장을 다녀온 듯하나 자동차에서 물품을 꺼내고 있는 모습은 왜소한 그와 많이 다르다. 스포츠 머리에 울퉁불퉁 건장한 몸집을 가진 사람들이 여러 개의 박스를 바닥에 내려 놓는 것으로 보아 밤손님이 침범한 것으로 판단된다. 두 다리가 후들거리고 심장이 벌렁벌렁 뛴다. 착하고 부지런한 챙의 가족들에게 이 사실을 알려야만 하는데 내 몸은 그만 얼어버렸다. 그때 작업을 끝낸 듯 그 중에 한 사람이 우리 집 쪽으로 성큼성큼 다가오고 있는 것이 보였다. 그 때에야 절대 절명의 위급한 사태임을 파악한 나는 이미 중국배우 성룡처럼 순식간에 허공을 날라서 현관문을 열어젖히고 있었다.

"야, 이 도둑놈아. 꼼짝 마."

전혀 예기치 않은 나의 출현에 놀란 녀석은 자동차 문을 열려다가 그대로 땅바닥에 주저앉아 버렸다. 이때였다. 순발력 빠른 나는 날렵한 동작으로 잔디용 수도를 틀어 세찬 물줄기를 녀석에게 마구 쏟아부었다. 물 벼락을 맞은 그가 일어나 뒤뚱거리며 도망치기 시작했다. 나도 그의 뒤를 발빠르게 쫓아가며 있는 힘을 다해 고함을 질렀다.

"거기 서. 당장 서란 말이야, 이 못된 도둑놈아."

고요한 밤에 적막을 깨고 있는 천둥 같은 소리에 그들은 정말 죽을 힘을 다해 달아나고 있었다. 그런데 이상한 일이다. 나는 단 한 명만을 쫓고 있었는데 도망치고 있는 녀석은 도합 네 명이었다. 아! 그때서야 제 정신으로 돌아온 나는 등골이 오싹했다. 곧 방향을 바꾸어 집을 향해 뛰었지만 야속하게도 발바닥은 제자리 걸음이다. 이후 어떻게 집까지 돌아왔는지 나는 정말 모르겠다. 문을 굳게 닫아 걸고서야 내 모습을 살펴보니 가관이 아니다. 맨발은 찢겨져 피가 흐르고 풀어 헤쳐진 잠옷은 온통 땀에 절었다. 긴 파마머리는 산발해 얼굴을 뒤덮었고 손에는 몽당 빗자루가 들려 있었으니 그들이 혼비백산 줄행랑을 친 것은 당연한 일일 게다. 한국 말을 전혀 알 리 없는 그들은 방금 무덤을 열고 나온 동양귀신에게 잡혀 먹히지 않기 위해 목숨 걸고 뛰었을 게다.

잠시 후 신고를 받고 달려온 경찰차는 무려 다섯 대나 되었다. 리포터를 작성하던 경찰이 진지한 어조로 나에게 묻는다.

"혹시 우리와 손잡고 일해보진 않겠소?"

잠시 후 소나타의 연주가 다시 흐르기 시작했고 달빛은 더욱 총총해졌다.

가을여행

　금요일 오후 하이웨이 4번을 타고 동쪽으로 향했다.

　초행길이라 심히 불안했으나 충성스런 나의 안내자 네비게이션을 굳게 믿고 마음 편히 여행길에 올랐다. 프리웨이 4번 끝에서 북쪽의 89번 도로를 타다가 88번의 서쪽을 지나 49번 남쪽으로 향하는 대장정의 여행을 마침내 실행에 옮긴 것이다. 하늘과 맞닿아 보인다는 Hope Valley에 도착해 찬란한 황금빛의 은사시나무를 꼭 보고야 말겠다는 열망이 가득했었다. 그 곳 숲 속의 작은 카페 Sorenson's Resort의 향 짙은 커피가 목마르게 그리웠고 길가에 가득히 피어 있을 키 큰 엉겅퀴와 세이지 국화도 못 견디게 보고 싶었다. 또 하늘을 닮은 호수에서 무지개 송어를 낚아 올리는 그림 같은 낚시꾼의 모습과 9,800피트 높이에서 볼 수 있을 하얀 눈을 상상하며 나는 이 가을에 홀로 길을 떠나고 있는 것이다.

　얼마 후 도심을 벗어나자 우거진 갈대 숲이 나타났고 일차선 도로로 좁혀진 시골길로 들어섰다. 등선 아래로 한가로이 풀을 뜯고 있는 블랙 엥거스와 양 무리가 눈에 보였다. 저 멀리 넓은 들녘 시골집 어딘가에서 빨갛게 익은 감을 따고 있을 할머니의 모습이 보이는 것 같아 불현듯 고향집이 그리워졌다. 갑자기 여러 대의 오토바이가 우당탕 요란한 소리를 내며 지나간 후 다시 평온이 이어졌다. 이쯤에서 다소 마음에 여유가 생기자 긴장을 풀고 클래식에서 신나는 트로트 음악으로 바꾸었다. 그리고 챙겨 온 구운 오징어랑 과자를 집어 먹기 시작하니 눈과 귀가 즐거워 세상에 부러울 것이 하나도 없다. 하늘을 훨훨 날 것만 같은 이 자유로움을 왜 그리 망설였던고, 살짝 후회하면서 엔젤캠프를 향해 엑셀을 힘주어 밟았다. 앞뒤 차량이 거의 없는 시골 길은 내 마음만큼이나 홀가분했다. 무심코 방금 달려온 길을 백미러를 통해 뒤돌아본다. S자로 구부러진 길을 용케 잘 달려왔다는 기특함에 기쁨이 일었다.

"그래, 잘 한 거야. 내 험난한 인생 길도 아주 잘 달려 왔잖아. 우하하하."

그러나 만족한 웃음이 끝나기도 전에 황당한 일이 발생했다. 왼쪽 운전석 유리에 단단히 부착했던 네비게이션이 발 아래로 툭 떨어지더니 작동을 멈추고 만 것이다. 화면이 까맣게 죽어버린 녀석을 이리저리 만져보았지만 살아날 기미는 전혀 보이지 않는다. 이제 곧 날이 어두워질 것이고 인적도 없는 산 중턱에서 어찌해야 할지 식은땀만 줄줄 흐른다. 무작정 기분만 가지고 훌쩍 떠나온 여행을 깊이 후회하며 진작에 스마트 폰으로 바꾸지 않은 똥고집과 게으름을 한탄했다. 그리고 여행을 떠나오면서 지도 한 장 챙겨오지 않은 무지함과 다급한 상황에 전화를 건다 한들 달려 와줄 사람이 전혀 없다는 사실이 무척 서러웠다.

"내가 뭐 별 수 있겠어…. 하여튼 되는 게 없어. 왜 하필 갈림길에서 고장이 나는 거냐고."

좀 전의 의기 충전했던 마음은 온데간데 없고 동서남북 갈 바를 알지 못하고 있는 자신을 한없이 비통해했다. 갓길에 자동차를 세우고 한참을 투덜거리고 있는 동안 가을해는 이미 기울어 어둠이 깔리고 있었다. 어디선가 숨어 있는 짐승이라도 달려 나올 것만 같은 두려움으로 가슴은 자꾸만 졸아 들었다. 문득 웬일인지 살아오는 동안 잘못 판단했던 일들이 DVD영상을 보듯 줄줄이 떠올랐다. 이런 일 저런 일 모두가 욕심 많고 이기적인 나의 실수였다는 생각에 마음이 아팠다. 그나마 지금까지 살아온 것은 보이지 않은 신의 은총이었다는 것을 자각하는 동안 방향을 알 수 없는 곳으로부터 경찰차 한 대가 소리 없이 다가왔다.

무슨 일이냐고 묻는 그의 풍채는 황소만큼이나 컸다. 울먹이면서 떠듬거리고 있는 내 말을 듣는 둥 마는 둥 그는 무릎을 꿇더니 커다란 몸집을 자동차 운전석 밑으로 구겨 넣었다. 그리고 이내 네비에서 떨어져 나간 작은 부품 한 개를 찾아냈다. 곧 살아난 네비가 안내를 다시 시작하겠다는 소식을 알리자 그는 어린아이처럼 기쁨의 환호성을 터트렸다. 그리곤 싱그러운 웃음을 남긴 채 산 모퉁이를 돌아 유유히 사라져갔다.

경찰 제복을 입고 찾아왔던 천사가 떠난 후 나는 생각에 잠겼다. 평소 인생이 영화처럼 예고편을 볼 수 있다면 얼마나 좋을까 생각했었다. 그러나 눈 깜짝할 사이조차 알 수 없게 만든 인생 속에는 하늘이 감춰 놓은 놀라운 섭리가 있음을 깨닫는다. 지나온 삶의 여정 속에서 탁월한 변장술로 다가왔던 달갑지 않은 나의 많은 이웃들! 오늘 이후 나는 변장된 축복을 절대 놓치지 않으리라 마음 먹는다.

● 당선소감 – 최민애

　신인상 당선 소식을 전해 듣자마자 문득 세계 오지여행가였던 한비야 씨가 월드비전 긴급 구호팀에서 활약했을 당시 기자가 던진 질문이 떠올랐습니다.
　"당신은 많은 일들 중에서 왜 그처럼 힘든 일을 자처해서 하시는지요?"
　그녀의 대답은 간단했습니다.
　"이 일이 제 가슴을 마구 뛰게 하니까요."
　이처럼 저에게 돈도 안 생기는 글쓰기에 왜 그토록 열심이냐고 물어온다면 나는 한마디로 뛰는 가슴으로 쓴 글이 누군가의 관점을 바꾸어 줄 것이라 믿기 때문입니다. 바꾸어진 관점에 따라 인생의 해석도 달라져 어떠한 상황에서도 살 만한 세상으로 보는 새로운 안목을 갖게 되는 것이 저의 소명입니다.
　유난히도 더운 올 여름 저는 'Heel spur'이라는 발병에 시달려 심한 고생을 했습니다. 멀쩡하던 발 뒤꿈치에 갑자기 불필요한 뼈가 생겨서 발바닥의 신경을 누르는 고통으로 잘 걷지도 못한 채 대부분 앉아 있어야만 했습니다. 옛 말에 넘어진 김에 쉬어간다는 말이 있듯이 아픈 발로 인해 꼼짝없이 글쓰기에 전념할 수밖에 없었던 것은 오늘의 기쁨을 준비케 하려는 시발점이었나 봅니다.
　제가 지금껏 살면서 가장 잘 하는 일 한 가지가 있는데 다름아닌 된장찌개와 김치만큼은 손맛이 특별합니다. 앞으로의 제 바람은 무방부제 된장찌개처럼 그리고 땅 속 항아리에서 꺼낸 묵은지처럼 사람의 마음을 건강하고 시원케 하는 글이 되었으면 좋겠습니다.
　오늘의 신인상을 받게 되기까지 은혜로 함께 하신 하나님께 먼저 감사드리고 또 인내심이 부족한 저를 위해 당근과 채찍으로 이끌어 주신 김희봉 회장님께 감사를 드립니다. 아울러 버클리 문학의 무궁한 발전과 한국에 계신 여러 편집 고문님과 편집자문님의 건강을 기도하며 감사함을 전합니다.

최민애

서울 출생. 1999년 도미. 샌프란시스코 KTVN 방송기자 역임. 샌프란시스코 《중앙일보》 기자 역임. 수필 다수 《위클리중앙》에 게재. 버클리문학 회원. 현재 S. F 저널 칼럼니스트.

<h1 align="center">심사평</h1>

『버클리문학』 제4집을 내며 제4회 신인상을 발표한다. 이미 수년 전부터 『버클리문학』 활동을 해오고 있는 터라, 굳이 신인상에 얼굴을 보이는 게 의미가 있을까 한다. 그러나 문학은 항상 새로운 계기를 만들어 나아가야 하기에 올해도 두 명의 당선작을 결정하였다. 그들은 시 부문에 김미라의 「산 속의 여름」 외 3편과, 에세이 부문에 최민애의 「달빛 소나타」 외 1편이다.

시 부문에 당선한 김미라는 언어 표현과 감각의 측면을 주목하기로 하였다. 그의 시는 재주 부리지 않고 전통적인 시적 형상화로 가능성 있는 언어 구사력을 보여 앞으로 활동에 기대를 걸게 한다. 가령 "툭 불거진 햇살/ 뾰로통 야물어진 아침/ 방글 방글 웃어주는 새들", "울울창창 숲에 숲으로/ 통나무 우주선 하나로/ 햇살에 매달려 있고"(「산 속의 여름」), "불 쬐다 졸았다/ 불 보다 불났다/ 널 만나 불 붙었다", "반짝/ 햇살이 살 찌운다"(「소금꽃」), "덥석 끌어안았지/ 와락 달려들었어"(「석류」), "아쉽게도/ 내 뻔뻔스런 자존심은/ 기억 저편에 서성이고"(「거울」) 등의 표현에서 그 점을 발견할 수 있다. 좀더 시에 몰입하기 바란다.

에세이 부문에 당선한 최민애의 글은 우선 정확하고 단정한 문장으로 주목을 끈다. 아울러 그의 글은 이민의 삶에서 경험한 절박한 순간들을 위트와 재치로 감싸 안는 삶의 여유를 통해 글을 재미있게 전달해주고 있다. 삶의 경험을 객관적 거리에 두고 그것을 바라보는 입장에서 삶을 감싸 안는 힘과 교훈을 얻고 있다, 삶의 경험을 진솔하게 제시하면서 후반에 반전으로 보여주는 통찰력은 그의 글이 가지고 있는 장점이라고 말할 수 있다. 그는 짧은 글임에도 독특한 글의 구성으로 긴 여운을 주는데, 그것은 그가 많은 글쓰기를 통해 획득한 역량을 지니고 있다는 반증이다. 좀더 활달한 글쓰기를 보여주기 바란다.

두 신인 당선자의 출발을 축하하며 앞날의 문학 발전에 큰 기대를 건다.

심사위원 : 김완하, 송기한, 김홍진

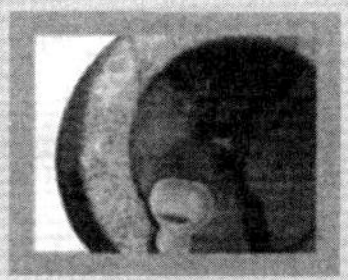

■ 단 곡예사의 나루터_ 이동휘

단 곡예사의 나루터

이동휘

나는 '현 화실'이라고 궁서체로 쓴 글씨를 한동안 응시하다 문을 열고 들어섰다. 사람은 안 보이고 맞은편 벽에 걸린 그림이 먼저 눈에 들어왔다. 코발트 색감으로 원이 그려져 있고, 그 앞 유리컵에는 핑크색과 붉은 장미 두 송이가 금방 꺾어 놓은 것처럼 꽂혀 있다. 장미 향기가 풍겨나는 것 같아 코를 홈홈거리며 그림 앞으로 가까이 다가섰다. 'Run at world' 그림과 제목의 모호함에 팔짱을 끼고 바라봤다.

"안녕하세요?"

부드러운 음성에 돌아보니 중키에 생머리를 한 오십대 초반의 여성이 서 있다. 흰 블라우스에 청바지를 입었고 한국 여자로서 키도 크고 맑은 눈빛에 호감이 가는 인상이다.

"어제 전화한 한수길입니다."

"와주셔서 반가워요. 원장 송현입니다."

원장이 손을 내밀어 어정쩡한 자세로 악수를 했다.

"이리 앉으세요."

테이블을 사이에 놓고 마주 앉았다.

"그림을 배워보시겠다고 하셨죠? 그런데 전에 그림을 그려본 적이 있나요?"

"학교 다닐 때 미술 시간에 그려본 것밖에 없습니다."

"그러세요."

밝은 미소 속에 있던 원장의 입매가 살짝 비틀려졌다. 저 표정은 무슨 의미일까. 경험도 없고 전공도 못한 주제에 예술을 하겠다고 하는 자에게 베풀어 주는 미소일까. 원장의 말에 여기 오게 된 동기를 말할까 하고 원장을 바라보는 순간 입을 다물고 마른침을 삼켰다. 조금 전 밝은 표정에서 굳어 있는 표정을 보는 순간 주눅이 들어 말을 못하고 테이블 밑으로 눈길을 주고 손바닥만 만지작거렸다.

"그림은 자신과의 힘겨루기인 인내가 필요한 일이예요."

원장은 싸늘하게 말한다. 그래 삶의 길에서 누구나 당할 수 있는 장애물 하나도 넘어갈 능력이 없어 죽음의 강을 건너려고 한 자신이 붓을 들고 험난한 예술의 길을 갈 수 있을까 하는 생각이 속에서 그냥 일어날까 하는데 문득 조금 전 본 그림 생각이 났다.

"저 벽에 있는 그림처럼 저도 세계로 향해 한번 나가고 싶습니다."

원장도 벽의 그림을 힐끗 쳐다본다.

"그림을 취미로 하시든 전공을 하든 단순한 길이 아닙니다. 이 길은 인내와 시간의 싸움 속에서 작품이 나오는 것입니다. 그리고 화가가 되려고 하면 먼저 마음의 눈으로 사물을 보고 감각으로 그림을 그려야 해요. 그런 끈질긴 자신과의 대화 속에서 창작을 할 때 작품이 되는 것입니다. 보통 늦게 시작한 분들이 기초과정을 견디지 못하고 그만들 두고 있어요."

전화벨이 울렸다. 원장은 말을 멈추고 일어나 책상으로 가 전화를 받는다. 그림을 다시 쳐다봤다. 둥근 것은 지구를 표현하고, 푸른색은 생명, 장미꽃은 우리가 아닐까. 저 푸르고 맑은 생수가 있으므로 장미의 아름다운 향기가 멀리 퍼져나가고 있을 것이다. 저 장미꽃처럼 자신의 내면으로 생수가 흐르지 못해 어렵고 힘든 길을 걸어온 것 같다. 이제 붓을 잡으면 나란 존재가 있을 수 있고, 그 속에 삶의 가치가 있지 않을까.

1.

　꿈과 희망을 가지고 이 땅으로 이민 보따리를 싸들고 건너왔다. 남들처럼 새로운 아이디어를 생산해낼 책 높이도 없고, 그렇다고 황금알을 많이 가지지도 못했다. 맨주먹에 불알 두 쪽 달고 강철 같은 몸뚱이 하나 믿고 두 자식과 아내를 데리고 왔다. 그러니 당장 입에 풀칠하기 위해 다음날부터 직장으로 출근하였다. 펜대를 잡고 의자에 앉아 일하는 것도 아니고 생산 공장도 더욱 아니었다. 올빼미처럼 텅 빈 사무실 청소를 했다. 다른 사람들은 사업을 하고, 새 직장을 찾아 아이들을 좋은 학교에 보내어 아메리카 드림을 실천해 가고 있었다. 그렇게 다들 꿈을 실천해 가고 있었지만 나는 반갑지 못한 바퀴벌레와 동거하는 그런 환경 속에서도 쉽게 벗어나지 못했다. 부부가 일을 했지만 두 아이 뒤치다꺼리하기도 힘들었다. 아내는 이런 거지 같은 생활을 하려고 미국 왔느냐고 불만을 쏟아내기 시작했다. 아내의 불만스러운 소리에 자신의 무능함을 탓하면서 묵묵히 있는 자신이 미웠고 싫었지만 어떤 묘책이 없었다. 그런 어느 날 아내는 두 아이를 두고 집을 나갔다. 집 나간 아내를 찾기보다 두 아이의 앞길이 먼저 걱정이 되었다. 이들에게 아메리카 드림을 실천시켜 주고 자기의 뿌리를 내리기 위해선 자신이 더 노력하고 희생해야겠다는 생각이 들었다. 그러기 위해선 주말이면 페인트칠도 하고, 간단한 집수리 일로 아이들 공부를 계속할 수 있도록 일을 했다. 원장은 전화를 받고 다시 의자로 와 앉았다.

　"화실에 그림 배우겠다고 오면 돈 받고 가르쳐주면 되지 않느냐는 생각을 하실 겁니다. 저는 그림을 가르친다는 것이 꼭 돈만을 위한 것이 아닙니다."

　원장은 말을 하다 말고 나를 빤히 쳐다본다. 예술을 돈 몇 푼에 파는 그런 사이비 화실이 아니란 듯이 두 눈을 크게 뜨고 말한다.

　"보통 늦게 그림을 그리는 분들의 공통점이 있어요. 그동안 살아온 연륜을 믿고 사물을 있는 그대로 받아들이지 않고 자기의 경험과 고집, 아집만 내세워 그림 속에 표현하려고 해요. 그림은 사물을 바라보고 그 속에 인간의 고뇌와 자연의 미를 표현해야 하는데 그렇지가 못해요. 그런 그림을 보면 화가 나고 그림이 싫어져요. 그렇기 때문에 상당한 시간과 인내가 필요하고 또한 하고자 하는 열의가 있어야 해요. 다시 한 번 생각해 보세요.”

나를 쳐다보는 순간 원장의 눈에서 빛이 번쩍하였다. 저 강하고 강력한 빛 속에 내가 닫아온 영감을 접목하면 좋은 작품이 나오지 않을까 하는 의욕이 쓰나미처럼 가슴 속으로 밀고 들어왔다.

“저도 이 자리에 앉기까지 많은 시간이 걸렸습니다.”

나는 의욕에 찬 대답을 하고 주먹을 불끈 쥐면서 내가 겪은 이야기를 하면 원장이 쉽게 받아주지 않을까 하는 생각이었지만 그만두었다. 말보다 직접 행동으로 보여주고 싶었다. 원장은 희귀한 동물을 관찰하듯이 빤히 쳐다본다. 그 눈빛이 나의 인내력을 시험하는 것 같아 나도 원장을 똑바로 쳐다보았다. 원장은 잠시 그렇게 않았다 허리를 세우면서 입을 열었다.

“색채의 화가 샤갈이 되든지 피카소 같은 화가가 한번 되어 봐요.”

원장은 내가 쉽게 포기하지 않을 것을 알았는지 엷은 미소를 흘리면서 말했다.

“고맙습니다. 열심히 하겠습니다.”

나는 엉덩이를 들고 고개 숙여 인사를 했다.

“준비물 리스트예요. 물품 구입하는 것도 기초 공부예요. 서니 벨일 애부뉴와 엘 카미노 코너에 미술 재료상이 있어요. 연필 HB, 1B에서 8B까지와 스케치북, 펜, 파스텔을 먼저 구입하세요.”

2.

원장이 말한 준비물에 펜으로 하나하나 표시를 하고 화실을 나왔다. 차 있

는 곳으로 걸어가면서 하늘을 올려다보았다. 밤하늘에는 많은 별이 밝은 빛
으로 반짝거리고 있었다. 저 별들의 아름다운 빛을 캔버스 위에 마음껏 선을
횟횟 굴려 나의 실체를 표현해 보고 싶었다.

　내가 세탁소 일을 시작하는 날 오랜 경험이 있다는 엘사바도가 프레스하
는 모습을 보고 설명을 들었을 때는 쉽게 할 수 있을 것 같았다. 그런데 막상
일을 하고 보니 쉽지가 않았다. 그가 바지 열다섯 개를 다려 놓을 때 나는 여
섯이나 일곱 개를 다렸다. 그 중에서도 두서너 개만 손님이 찾아갈 수 있고
그 외의 것은 다시 머신에 넣어 빨아야만 했다. 오늘도 주인 여자가 그런 것
을 보고 한마디 하였다.
　"장사도 안 되는데 물 값, 전기료는 누가 공짜로 줘요? 내 처음부터 뭐라
고 했어요."
　여우같은 부인의 앙칼진 소리에도 송 사장은 아무 말 없이 자기 일만 하고
있다. 주인 여자는 화가 안 풀리는지 옷 찾는 척 안으로 들어와 사람 업신여
기는 눈초리로 흘낏흘낏 나를 쳐다본다. 주인 여자의 소리에 자신의 무능함
을 탓하기 전 당장 그만 두겠다는 말이 목구멍으로 올라오는 것을 억누르면
서 나는 둔한 척 다리미질만 했다.
　힘들게 생활하는 나에게 새로운 환경을 만들어 보라고 동생이 몇 사람에
게 부탁해 들어온 곳이다. 그러니 중간에서 소개해 준 사람들을 생각해서라
도 저런 소리를 듣지 않도록 해야겠다는 생각이 들었다. 며칠간 생각 끝에 엘
사바도한테 다리미질하는 요령을 다시 가르쳐 달라고 사정을 했다. 매일 주
인 여자한테 잔소리를 듣는 것이 측은했는지 그는 일찍 자기 할 일을 끝내고
설명을 해 주었다. 엘사바도의 말을 듣고 보니 간단했지만 다리미질에 익숙
하지 못한 나로서는 말처럼 쉽게 잘 되지 않았다. 그렇다고 여기서 물러설 수
없었다. 적지에 떨어진 군인이 살아 나오기 위해 사생결단하는 심정으로 다
리미와 더운 열기 속에서 투쟁을 했다. 그렇게 땀 흘린 보람으로 다리미질을
한 바지가 머신 속으로 들어가는 양이 줄어들어 얼마 후부터 재킷과 블라우

스도 다리기 시작했다.

　때 묻고 얼룩져 들어온 옷을 볼 때 꼭 나의 모습을 보는 것 같았다. 한때 깨끗하고 모양이 있었지만 환경과 주인의 부주의로 얼룩이 묻고 구겨져 옷 통에 담겨져 있는 꼴이나, 그동안 내가 걸어온 삶이나 별반 다른 것 같지 않았다. 그렇게 구겨진 옷이 머신에 들어갔다 나온 후 다리미질을 해 옷걸이에 걸어놓고 보면 구김살도 없고 반듯이 주름이 잡혀 옷다워 보였다. 그동안 내 마음속에 쌓여 있던 찌꺼기와 상처를 씻어낸 것 같아 흐뭇했다. 또한 손님들이 옷을 찾아가면서 얼룩을 제거한 것을 보고 깨끗이 잘 되었다는 말을 남기면 땀 흘리면서 일한 보람을 느끼기도 하였다.

　화실 문을 열고 들어가니 한 젊은 여자가 소파에 앉아 스케치북을 넘기고 있었다.

　"원장 선생님, 안 계십니까?"

　책장을 넘기던 여자는 인기척을 못 느꼈는지 깜짝 놀라는 표정으로 나를 쳐다보면서 자리에서 일어났다.

　"어떻게 오셨습니까?"

　"그림을 그리러 왔는데요."

　"새로 등록하신 한수길 씨?"

　"네."

　"원장님께서는 작업실에 계십니다. 전 아동부를 지도하고 있는 오영숙이에요. 만나서 반가워요. 저리로 가요."

3.

　오영숙은 스케치북을 들고 앞서 걷는다. 작업실 방엔 십여 명의 남녀 학생들이 모여 앉아 열심히 그림을 그리고 있다. 오영숙은 몇 개의 방을 지나 걸음을 멈추고 문기둥에 몸을 붙이고 안을 들여다본다. 원장은 이젤에 있는 그림을 대학생들에게 설명을 해주다 옆방으로 들어가라는 손짓을 한다.

오영숙이 안내한 작업실은 넓었다. 벽엔 정물화, 초상화, 풍경화, 추상화들이 붙어 있었고, 그 밑 선반 위엔 비너스 석고상이 놓여 있고, 그 옆으로 유리컵, 주전자, 각종 병들, 조각돌, 과일, 꽃들이 놓여 있다. 이런 것이 그림의 기초가 되는 것일까. 학교 다닐 때 미술 시간에 저런 물건을 놓고 그리고 또 엄지를 세우고 검지를 펴고 그 다음 손가락을 접은 손 모양을 연필로 그린 내 그림이 언제나 교실 벽 환경미화 게시판에 붙여졌다.

"오셨어요?"

원장의 음성에 돌아섰다.

"안녕하십니까?"

"중간 빈 자리에 앉으세요."

원장은 캔버스가 없는 의자를 가리켰다. 바인더를 들고 그 쪽으로 가 의자를 당겨 놓고 앉았다.

"여기는 책도 없고 강의가 별로 없어요. 그러나 처음이니까 그림 그릴 때의 자세와 순서 몇 가지는 기록해 두는 것이 좋을 거예요."

원장은 다시 나를 쳐다보고 말을 했다.

"먼저 그림을 그릴 때의 자세를 알아야 해요. 첫째 내가 사용하는 종이 위아래 부분 1인치 양 옆 1/2인치의 간격을 떼어놓고 그림을 그려야 하고, 연필로 스케치하기 전 머릿속에 내가 그리려고 하는 데생을 그려보아야 해요. 즉 어떤 사물을 어떻게 그려볼까 하는 구도입니다. 색채를 머릿속으로 구상해서 완성해야 해요. 그림에서 이 구상이 가장 중요한 부분이 되죠. 내가 저기 있는 주전자를 캔버스에 옮기려고 하면 미와 색 구조가 잘 조화되었을 때 작품이라고 할 수 있지 않을까요?"

원장은 나를 쳐다보면서 물었다. 내가 미처 대답을 하기 전 말을 이어갔다.

"먼저 어느 쪽에서 바라보고 그려야겠다는 구도가 확실히 정리가 되었을 때 펜을 잡아야 해요. 그런데 막연히 주전자하고 일상에서 사용하던 것을 그리고 있어요. 이 과정을 연습할 때 보통 그만 두는 일이 많이 일어나요. 연필로 그림을 그릴 때는 글 쓸 때와 다른 형태로 연필을 잡습니다. 연필을 옆으로 누이고 엄지손가락을 연필 옆 부분에 대고 다른 네 손가락으로 받쳐서 잡아주어야 해요.”

원장은 말을 잠깐 멈추고 옆 선반에서 연필 한 자루를 들고 잡는 모습을 보여준다. 나도 연필을 그렇게 잡아본다. 손가락이 잘 움직이지 않는다.

“이렇게 잡아야 캔버스 위에서 자연스럽고 넓은 범위까지 그림을 그릴 수 있어요. 붓을 사용할 때는 여러 가지 방법으로 할 수 있어요. 한번 연습해 보세요.”

오랜 세월 노동현장에서 마구 사용했던 손이라 그런지 잘 안 되었다. 원장의 말대로 움직이려고 하니 잘 되지 않는다.

“당분간 연필 잡고 선 긋는 연습을 해야겠어요.”

원장은 앞으로 걸어가 계속 그림에 대한 말을 한다. 원장의 말을 듣고 있으니까 내가 한 폭의 그림을 완성하기란 먼 훗날의 일같이 느껴졌다. 이런 어렵고 힘든 일을 내가 해낼 수 있을까. 보통 사람들보다 책 높이도 낮은 내가 예술작품을 창작한다는 것이 가능할까. 손놀림을 멈추고 캔버스 위에 그려져 있는 선을 보는 순간 꼭 술에 만취되어 걸어간 모습 같았다.

4.

여기서 물러서면 다시 올 수 없는 멀고 먼 길을 가야 한다. 한 번의 실수는 했지만 자식과 주위 사람들을 위해서라도 다시 일어나야겠다는 생각에 연필을 잡고 선 긋는 일에만 열중을 했다.

그동안 살아오면서 보지 말고 듣지 말아야 할 일들이 뜬금없이 떠올라 사람을 당황스럽게 만들고 붓을 멈추게 하였다. 지금까지 마음속에서 자라고 있던 잡초들을 다 뽑아내고 흙을 파 엎고 거름을 주고 새 씨앗을 뿌리는 심정으로 붓을 잡아야겠다.

원장은 그동안 스케치한 것을 보고 풍부한 삶의 경험과 잠재력 속에서 나오는 그림이라고 지나가는 말처럼 했다. 그리고는 연필을 놓고 붓을 들고 수채화를 한번 그려보라는 말을 남기고 작업실을 나갔다.

일 주 동안에 그린 수채화를 한참 보고 있던 원장은 이렇다 저렇다는 말 없이 나가면서 한마디 했다.

"언제 시간을 내어 풍경화를 한 번 그려봐요."

주말엔 다른 날보다 일찍 일어났다. 낯선 사람들 앞에서 익숙하지 못한 붓을 놀린다는 것에 겁도 나고 긴장이 되었지만 한 번은 겪어야 할 일 같아 차를 몰았다.

가끔 찾아가는 태평양 연안길에 있는 페스 카데로 비치에 차를 세웠다. 아침 안개가 완전히 걷히지 않는 바닷가의 풍경은 또 다른 풍경으로 다가왔다. 파도가 밀려오는 바위 위에선 서너 사람이 아침 낚시를 즐기고 있다.

차 트렁크를 열어 이젤과 캔버스를 들고 나와 북쪽 방향을 향해 세웠다. 물감을 풀고 13호짜리 붓에 푸른 물감을 찍어 캔버스에 칠해 나갔다. 야외에 나오니 시야가 넓고 사물이 청명하게 보여 붓질하는 촉감이 유연하였다. 큰 붓, 작은 붓으로 흰색, 푸른색을 찍어 가늘게 또는 굵직한 선과 선명한 부분과 흐린 부분을 잘 융화시키고 있는데 산책 나온 사람들이 한마디씩 하였다.

"그림의 색채가 아름답고 캔버스 위에서도 물결이 부딪쳐 물방울이 여기까지 튀는 것 같은데."

그 말에 놀리던 붓을 멈추고 먼 뒤안길로 걸어간다.

나무 한 그릇 없는 산과 계곡. 메마르고 건조한 바람만이 길손을 맞이하는 공원이었다. 그런 죽음의 계곡에서 죽으려고 했지만 신이 만들어 놓은 색채와 무늬를 보는 순간 눈이 떠지고 닫혀있던 가슴이 활짝 열렸다. 아름다운 색채를 캔버스 위에 표현하면서 새로운 삶을 살아보라는 뜻이 아닐까 하는 느낌이 드는 순간 그동안 걸치고 있던 남루하고 구차한 변명의 보따리를 사막 한가운데 내려놓았다. 모든 것을 내려놓고 보니 마음도 홀가분하고 집으로 돌아오는 발걸음도 새로운 세계로 향하는 것 같았다. 인간은 사람을 속이고 배반하지만 자연과 예술은 그런 행위를 하지 않는다는 진리를 깨달았다. 지난 시간들은 먼지알처럼 바람결에 날려 보냈지만 남은 시간을 그림에 몰두함으로 지난날을 보상받을 수 있고, 무능한 애비의 위상을 찾을 수 있을 것 같았다. 화실에서 붓을 잡고 선과 색감에 열중하면서 캔버스를 메워나가는 나의 모습을 바라본 원장의 말이 생각났다.

"수길 씨는 세밀한 솜씨로 선을 길고 짧게, 굵고 가늘게 그려가는 손놀림을 보면 오랫동안 붓을 잡았던 사람 같아요."

"원장님의 예술혼을 받아 그런 것 같습니다."

"그리고 이젤 앞에 서 있는 모습을 모면 무아경 속에 빠져 있는 것 같아요."

5.

"전 그냥 열심히 할 뿐입니다." "좋은 작품이 나오도록 열심히 해 봐요."

원장의 말에 정신이 번쩍 들어 고개를 흔들면서 앞에 놓여있는 그림과 풍경을 번갈아 쳐다봤다. 팔 호짜리 붓을 들어 하얀색과 노란 색을 풀어 캔버스 한 쪽을 아주 연하게 칠을 했다. 그 주위의 색채가 맑아 보였다. 잠시 붓을 멈추고 커피를 마시면서 그림을 유심히 바라본다.

"색상이 좋습니다."

걸렁한 음성이 그림 속으로 빠져들고 있는 나를 뒤돌아보게 하였다. 육십 중반쯤 된 남자가 그림에 눈을 두고 있다. 그는 그림을 한참 들여다보다 나를 쳐다본다.

"그림 그린 지 오래 되었소?"

"얼마 안 되었습니다."

"저도 그림을 해볼까 하고 화실을 찾아 한 이 개월 다니다 그만 두었죠."

이분도 연필 잡는 과정과 사물 속에 있는 미를 표현하지 못해 그만 두었을까?

"왜 그만 두셨는데요?"

"생각보다 너무 힘들어."

"남이 하는 것은 쉬워 보이지만 내가 직접 하면 힘들고 어려운 일이지요."

"그래도 젊으니까 낫지."

"나이보다 마음가짐이 아닐까요. 할 수 있을 것 같은데요."

"아마 소질이 없는 것 같아."

남자는 힘없는 말을 하고는 수평선을 바라본다. 끼룩끼룩 자기들만의 언어로 갈매기들이 한가롭게 물 위를 비행하고 있다. 남자는 무슨 사연이 있는 것 같아 보였다. 그의 표정을 살피면서 말을 했다.

"소질보다 하고자 하는 마음이 아닐까요? 다시 시작해 보세요."

"글쎄. 그런데 어느 화실에 나가고 있어요?"

"현 화실이라고 로스 알토스에 있어요."

"내가 나가던 곳이 아니군. 아, 글쎄, 젊은 여자가 글 쓰는 것같이 연필을 잡지 말라고 하는데 어디 그 일이 쉽게 되어야 말이지. 여자가 차분하지 못하고 잔소리만 하니 그만 울화통이 터져 나와 버렸지."

그 말을 하고는 무안한지 얼굴이 붉어졌다. 나도 연필 잡는 일이 힘들었다는 말을 하려다 그만 두었다. 그는 오른손으로 입가를 한번 스치고 숨을 크게 쉬고는 묻지도 않는 자신의 지나온 이야기를 말한다.

구십 년에 미국에 건너와 친구 소개로 카페테리아에서 부부가 일을 했다고 했다. 계속 남의 집에서 일할 수 없어 사업을 찾고 있을 때 마침 그 가게를 판다고 해 인수했다고 했다. 장사가 잘 되어 이민생활에서 딸 하나 공부시켜 결혼해 지금은 뉴욕에 살고 있다고 했다. 부부가 은퇴하면 유럽으로 여행갈 꿈을 가지고 하루하루 기다리고 있었는데 그만 교통사고로 먼저 떠났다고 하였다.

"지지리 복도 없는 여편네."

먼저 간 부인 생각을 하는지 눈을 감는다.

6.

그 후 카페테리아를 정리하고 친구들과 골프도 치고, 낚시, 바둑으로 소일했지만 어느 하나에도 취미를 붙이지 못했다고 한다. 오늘도 답답한 마음을 달래볼까 하고 드라이브 나왔다고 했다. 취미는 전문성이 아니고 자신이 하고자 하는 마음에서 하는 것이다. 부인이 일찍 떠나가 마음의 안정을 찾지 못하는 샌님, 그렇지 않으면 형광등 같은 스타일.

"서로 이름이나 알고 지내요. 박신범이라고 해요."

그가 손을 내밀어 잡았다.

"한수길입니다. 말씀 낮추세요."

"아직 무엇을 한참 할 나이 같은데 이렇게 한가한 생활을 즐기고 있어요?"

박신범의 말에 들고 있던 컵을 이젤 옆에 놓았다.

"저도 힘든 길을 걷고 있습니다."

"이민자의 길이 다 힘들고 고달픈 삶이지. 어디 한번 들어볼 수 있을까?"

"자랑할 일도 아니고, 오히려 흉이 될 일입니다."

심호흡을 한 번 하고 바다를 쳐다봤다. 파도는 끝없이 밀려와 바위에 부딪치면서 철석 철석 소리를 지르고 물방울이 높이 솟구쳐 올라 사방으로 날리면서 무지갯빛이 반짝거린다. 박신범을 보면서 말을 했다.

"아이들 교육도 시키고 잘 살아볼까 하고 왔습니다."

"그럼 아이들은?"

"큰아들은 졸업하고 LA에 있는 아놀드 법률사무실에서 근무하고, 작은 아이는 내년에 졸업합니다."

"자식 농사는 잘한 셈이군. 사업은 안 하고?"

"맨주먹으로 들어와 동생한테 신세지고 살다, 겨우 자립해 두 자식 키우고 힘들게 살았습니다. 그러니 사업은 생각도 못해 봤죠."

"그래도 자식 키워놓고 부인 곁에 두고, 그림 그리고 있으니 참 부럽군."

"그런 환경이면 얼마나 좋겠습니까. 이 낯선 땅에서 자식들이 뿌리를 내리기 위해선 먼저 대학을 나와야 된다는 생각에 눈 가린 경주마처럼 두 곳 세 곳에서 쉬는 날 없이 일했습니다. 부부가 일을 했지만 생활은 넉넉하지 못했어요. 어느 날부터 아내는 불평을 하는데 제가 할 말이 없어 묵묵히 있었죠. 그러다 어느 날 요 모양 요 꼴로 살기 위해 이곳까지 왔느냐고 하면서 자기는 더 이상 이런 생활을 못하겠다는 말을 남기고 외국남자와 눈이 맞아 줄행랑을 했어요. 그때 당장 찾아 요절을 내주고 싶었지만 아이들 앞에서 험한 꼴을 보여서는 안 된다는 생각에 참았죠. 시간이 약이라고 이젠 미운 감정보다 잘 살아주기를 바라는 마음이 앞서고 있습니다."

"그런 일이 있었군. 이민 온 여자들 고생도 많지만, 왜 그런 허망한 꿈 속을 헤매고 있는지 모르겠단 말이야. 하여튼 여자들은 문제야."

"전 그때 죽고 싶다는 마음밖에 없었습니다."

"마누라 도망갔다고 죽으려고 했어. 사랑했는가 보군."

"사랑보다. 현실이 싫었던 것이죠. 다들 어렵게 살면서도 가정을 지키고 있는데 난 뭐야? 하는 자학 속에서 삶의 의욕을 상실한 것이죠."

"그런데 어찌 그림을 그리고 있을까?"

박신범은 의아스럽다는 듯이 나를 빤히 쳐다본다.

"그렇게 말입니다. 죽는 것도 아무나 하는 것이 아닌 것 같아요."

7.

"그래서 인명재천이란 말이 있잖아."

"죽어야겠다는 마음으로 무작정 차를 몰고 바다 쪽으로 가다 문득 그곳으로 가 내 뼈를 묻어야겠다는 생각이 들었어요. 묻고 물어 찾아간 곳이 데스밸리였습니다."

"그 먼 곳까지. 저기 저 바위도 있는데."

"글쎄 말입니다. 그런데 어찌 그곳을 생각했는지 지금도 알 수 없어요."

"그러니까 왜 그곳을 찾았는지 모르겠다. 그럼 그냥 돌아오게 된 동기가 있을 것이 아니야. 그 속에 답이 있을 것 같은데. 한번 이야기해 봐요."

풀지 못한 답을 얻을 수 있을까 하는 생각에서 말을 했다.

"4956피트. 다운 패스 위에 차를 세워놓고 내려 주위를 봤을 때 실망했어요. 산에 나무 한 그릇 없고 푸른 풀 한 포기 보이지 않는 건조하고 텁텁한 바람만 움직이고 있었어요. 내가 어쩌다 이런 황막한 곳을 찾아왔을까 하는 생각이 들었어요."

"죽을 사람이 주위 환경까지 생각했나. 역시 젊고, 예술의 혼이 잠재해 있었군."

"이왕 죽으려고 한 몸. 지갑과 차키를 시트 위에 놓고 절벽 끝으로 걸어갔죠. 막상 절벽 아래를 내려다보니 발이 떨리고 무서워 돌아서고 싶었어요. 눈을 감고 잠시 생각을 했죠. 이 세상에 태어나 부모의 사랑도 받아보지 못했고, 결혼을 했지만 아내마저 저를 버리고 떠나 버리고 이제 자식들도 자기들 둥지를 찾아갈 것이 아니겠어요. 그러니 혼자서 구차한 생활을 지속하느니 저 깊은 계곡 속으로 떨어져 편히 눈을 감는 것이 편할 것 같았어요. 내 몸뚱이가 공기를 가르고 떨어지는 순간 의식 속으로 지난 일들이 망막에 나타났다 흙 위에 꽝 하는 소리와 함께 현실의 문이 닫히고 육신은 떠나고 혼은 건조한 사막 위를 배회할 것이고 육신은 들판에 흩어져 있는 날짐승과 벌레들의 먹이가 되었겠죠."

“당신 이야기를 듣고 있으니 어느 자살자의 혼이 들려주는 것 같아 아주 긴 박감이 있는데. 문학에도 관심이 있는 것 같아.”

“그럼 그만두죠.”

“더 계속 해봐요. 그런 이야기는 자꾸 해야 생활하는 데 더 굳은 마음이 생기는 거야.”

그는 내 이야기를 더 듣고 싶어해 숨을 한 번 몰아쉬고 그때의 일을 회상하였다.

“주위가 너무 고요하고 적막감에 무의식 상태에서 발뒤꿈치를 드는 순간 아버지! 하는 소리에 놀라 뒤로 물러서면서 주위를 둘러봤어요. 텁텁한 바람만 지나갈 뿐 주위에 아무도 없고 공중에서 까마귀 두 바리가 카악- 카악- 소리를 지르면서 내 머리 위를 선회하고 있었어요. 순간 온몸에 식은땀이 쫙 흘러내리면서 그만 풀석 주저앉았어요. 저는 무서워 고개를 사타구니에 파묻고 조금 전 일어났던 일을 생각해 봤어요. 어찌 까마귀의 울음소리가 아들의 음성으로 들렸을까. 비록 멀리 떨어져 있지만 못난 애비를 걱정하고 있구나! 하는 생각에 저의 행동이 너무 경솔했구나. 못난 애비지만 그래도 그들 곁에 있어야겠다는 생각에 자리에서 벌떡 일어났죠. 그런데 무엇이라고 형용할 수 없는 싸늘함이 제 몸속으로 밀려들면서 몸이 오싹했어요. 두 팔로 몸을 감싸 안으면서 다시 주저앉았어요. 조금 전까지 생각한 모든 잡념들이 온데간데없고 머릿속이 멍멍했어요. 그렇게 한참을 있었던 같아요. 다시 까마귀의 소리에 정신을 가다듬고 일어났어요.”

나는 숨을 내쉬었다. 다시 생각하고 싶지 않았지만 이렇게 이야기를 하고 나니 마음이 한층 후련하였다.

“당신이 부모한데 효자 노릇을 많이 했군.”

“하여튼 기이한 현상이었습니다.”

8.

　"당신 부모가 그동안의 생활을 흘러 보내고 새롭게 한번 살아보라고 영감을 주었군."

　"그래서 늦었지만 새롭게 무엇을 배운다는 것은 밝은 미래가 있기에 붓을 잡았습니다."

　나의 말에 박신범은 무엇인가 결심을 하는 것 같았다.

　"현 화실이라고 했지? 우리 다음에 소주나 한잔 해. 좋은 이야기 듣고 그림도 잘 봤어."

　박신범은 나에게 악수를 하고는 발걸음을 돌려 차 있는 쪽으로 갔다.

　지난 주말 해변에서 그린 그림을 이젤에 올려놓고 어디 더 손질할 곳이 없나하고 있을 때 원장이 들어왔다.

　"이 그림이 첫 야외 그림이에요?"

　원장은 눈을 크게 뜨고 날카로운 시선으로 화폭의 이곳저곳을 살피다가 가까이 다가가서도 본다.

　"좁은 화폭 안이지만 끝없이 파도가 밀려오고, 힘찬 선과 섬세한 색조와 강약 톤을 잘 표현했어요. 처음에는 푸른색으로만 봤는데 여러 가지 색감이 입체적으로 보여 사실화 같은데요."

　원장의 음성에는 아주 만족스러움이 배어 있었지만 좋다, 멋있다는 말은 하지 않았다. 원장은 뒤로 한 걸음 물러서면서 나를 쳐다본다.

　"그런데 제목이 뭐죠?"

　"아직 안 정했습니다. 하나 붙여주세요."

　"해변 하면 너무 정적이고 파도 하면 동적이고, 본인이 결정해 봐요. 그리고 지난 주 그리던 것 끝내도록 해봐요. 마감이 한 주 남았어요."

　원장은 작업실을 나갔다. 나는 전번 그리던 그림을 이젤 위에 올려놓고 물감을 풀고 붓을 들었다.

“수길 씨, 전시회 팸플릿 나왔어요.”

원장실 앞을 막 지났을 때 소리가 들려 사무실로 들어갔다.

“이거예요. 주위 사람한테 연락해 많이 참석하도록 해요.”

팸플릿은 연한 푸른색 바탕에 검은 활자로 인쇄되어 있었다. [The Community Group Artists Exhibition] 그 밑으로 참가자 열 사람의 이름이 있고, 날짜. 전시장소가 인쇄되어 있었다. 표지 뒷면으로 출품한 화가의 사진과 약력, 그리고 명함판 크기의 그림이 인쇄되어 있었다. 내 사진과 이름을 보는 순간 가슴이 뿌듯해지면서 눈시울이 뜨거워졌다. 이 순간을 위해 멀고 먼 길을 힘들고 험난한 길을 걸어왔구나 하는 생각이 들어 주저앉아 울고 싶었다.

“아주 잘 나왔습니다.”

“자신의 이름을 보는 기분이 어떠세요.”

“말로 표현할 수 없는 기쁨과 두려운 마음이 드는데요.”

“수길 씨는 세월이 말하는 것 같네요. 처음 당선된 젊은 사람들은 흥분해서 껑충껑충 뛰고 이 안이 떠들썩했는데.”

“저도 그렇게 해볼까요.”

원장은 빙긋이 웃는다. 그동안 살아오면서 이런 기쁜 일이 있었던가. 춤이라도 둥실둥실 추고 싶은 마음을 억제하면서 이제 시작이니 더 열심히 하자는 다짐을 했다.

“이제 시작입니다. 그림 전시회는 누구의 평을 받는다는 게 중요한 것이 아니고, 작가의 감정을 얼마만큼 잘 표현했느냐에 따라 많은 사람들한테서 평가받는 것이에요.”

9.

그때 오영숙이 들어왔다.

“수길 씨. 당선 축하합니다. 많은 작품들 속에서 뽑힌 그림을 빨리 보고 싶어요. 원장님, 이번에 열 명만 선정했다고 하셨죠?”

“지금까지 십오 명 뽑았는데. 출품 작품도 많았지만 작품에 비중을 둔 것 같아요.”

“개인적으로 좋은 일이고, 우리 학원도 큰 자랑이 되었네요.”

원장과 오영숙이 대화할 때 팸플릿을 들고 나왔다. 작업실로 들어왔지만 붓을 들 기분이 아니었다. 들뜬 감정과 지나온 일들이 교차되었다. 반세기 동안 걸어온 일들이 파노라마처럼 시야를 스치고 있다. 오늘의 이런 영광스러운 순간을 위해 그렇게도 모질고 험난한 길을 걸어 왔을까.

이번 전시회가 내 인생 여정에서 한 획을 긋는 시점이 된 것 같다. 고통과 환희가 겹쳐 있고, 슬픔에 짓눌려 있을 때 주위에서 기괴하게 웃는 소리에 방황하면서 느릿느릿 걸어온 세월이 이런 결과를 만들게 한 것이 아닐까. 늦은 감은 있지만 아집 하나로 시작했는데 전시회까지 가다니 자신이 생각해도 대견해 보였다. 잠시 앉았다 일어나 나왔다.

전시장에 가니 원장이 나와 있었다. 그는 이 지역의 원로 작가들을 나에게 인사시켜 주었다. 또한 출품한 화가들은 중년이 많았고, 그 중엔 삼십대의 스페인 여자도 있었다. 육십이 넘어 보이는 백인 노인을 바라보면서 저 사람에 비해 아직 젊음이 있구나 하는 생각이 들었다. 리셉션 시간이 가까워지자 초대인들이 모여들고, 오영숙이 다른 선생과 학부형 몇 사람과 함께 들어와 그림을 구경한다. 오십대 후반으로 보이는 백인 여자 두 사람이 ‘기도’를 한참 보고 있다 말을 한다.

“기도자의 표정이 아주 진지해 화폭 속에 사람이 있는 것 같아. 그리고 빛의 광도와 색감도 연하고 참 좋은데.”

“붓을 오랫동안 잡은 사람 같아.”

“새로운 사람이 많아.”

그렇게 말하고 두 여자는 옆 그림으로 발을 옮겨놓는다.

"한 선생 축하합니다. 저의 안사람입니다."

한 아파트에 살고 있는 장기현이 언제 왔는지 나의 앞으로 서면서 손을 내밀었다. 그 옆엔 검은머리에 꾸밈없는 미소를 가진 여인이 서 있었다.

"안녕하세요. 말씀은 많이 들었습니다. 전시회 축하합니다."

"와 주서서 감사합니다."

"여보, 그림부터 먼저 보고 이야기해요."

장기현은 부인과 함께 그림 앞으로 갔다. 사람들이 모여들었다. 한국 사람은 몇 명 안 보였다. 시간이 되었는지 주최 측에서 한 사람이 홀 가운데로 나와 장내를 정리한다. 그림을 구경하던 사람들은 그 자리에서 중앙으로 시선을 집중하면서 자연 원으로 형성되었다. 이번 전시회를 주관한 커뮤니티 사람이 나와 인사말을 하고 출품화가 열 사람을 소개시켰다. 내 이름이 호명되었을 때 박수 소리가 나왔다. 그쪽을 바라보니 '기도' 앞에 있던 두 여자였다.

"형! 축하해. 이런 재능이 있는 줄 몰랐어. 처음 이야기했을 때 그냥 그런 줄 알았는데 막상 보니 보통이 아니고 많은 사람들이 형 그림만 칭찬하고 있어."

동생의 손을 꼭 잡고 그의 손등을 토닥거렸다. 이곳까지 불러주고 자신도 힘든 생활을 하면서 못난 형을 도와주던 동생. 이 세상에 오직 한 핏줄인 혈육의 뜨겁고 끈끈한 정이 가슴을 뭉클하게 하였다. 이런 뜨거움이 한 핏줄의 가치를 강하게 해주는 것 같다.

10.

"고맙다. 너의 도움이 많았다."

호주머니에 있던 셀 폰이 진동을 일으켰다. 큰아들 전화였다.

"아버지. 우리를 이렇게 잘 키워주시고, 그림 전시회까지 하는 아버지가 존경스러워요."

그 말을 듣는 순간 눈시울이 뜨거워져 긴 말을 못하고 끊었다.

"큰애 전화네."

"형. 오랫동안 돛도 없이 넓은 바다를 떠돌아다닌 생활을 접고 이제 가정을 꾸려 봐요."

참 긴 시간 중심을 잡지 못한 생활을 해왔다. 내가 곡예사 같은 생활을 한 것도 운명이란 우산이 덮고 있었던 것 같다. 이제 그 우산을 접어볼 수 있을까.

"그래, 네 말대로 하고 싶다."

다시 전화가 진동되어 받았다.

"막내가 다음 주에 형하고 전시회 보러 오겠다고 하네."

장기현 부부가 만족스러운 미소로 다가왔다.

"형. 저녁에 집으로 와요. 먼저 갈게요."

동생은 그렇게 말하고 발걸음을 옮겼다.

"보통 실력이 아니군요."

정기현 씨는 아주 만족스럽다는 듯이 말했다.

"잘 봐줘서 고맙습니다."

"난 그림엔 맹물이지만 당신, 선배로서 한마디 해 줘요."

부인은 남편을 힐긋 쳐다본다. 싱거운 소리 한다는 것 같았다.

"동양화를 하셨다는 말씀을 들었습니다. 선배로서 조언을 해 주세요. 그래야 다음 작품에 도움이 될 것 같습니다."

"그저 늙은이의 넋두리로 들으세요."

부인은 옆에 걸려있는 그림을 쳐다본다.

"그림들이 대체로 다 좋아요. 기교를 부린 작품들이 없어요. 특히 수길 씨의 작품은 사물을 있는 그대로 잘 표현이 되었고, 선에 힘이 들어 있어요. 섬세하며 색채의 톤이 잘 되었다는 느낌이 들었어요. 그림을 그릴 때 혼신을 다해 붓을 움직이고 있는 것 같아요. 참 좋아요."

"감사합니다. 말씀 잘 기억하겠습니다."

나는 고개를 숙여 감사의 뜻을 전하였다.

"우린 갑시다. 너무 오래 붙잡고 있으면 실례예요. 우리 주말에 한번 만나요."

"네. 제가 찾아뵙겠습니다."

장기현은 나에게 악수를 청하고 부인과 함께 입구 쪽으로 다정스럽게 걸어간다.

"미스터 한?"

돌아보니 얼마 전 해변에서 본 박신범이 밝은 표정으로 다가왔다.

"전시 축하해요."

"감사합니다. 여기는 어떻게 알고 오셨습니까?"

"원장의 칭찬이 대단했지. 역시 당신은 타고난 환쟁이야."

"별 말씀을, 이제 시작입니다. 그림을 다시 시작했어요?"

"자네처럼 되어볼까 하고 했지."

"잘 하셨습니다."

박신범은 그림 앞으로 간다.

11.

이 주일이 금방 지나갔다. 전시 기간 동안 한 번 더 가보지 못했는데 끝났다. 같이 일하는 사람 아버지가 돌아가셨다는 연락을 받고 그가 멕시코 고향 집으로 가는 바람에 내가 시간을 낼 수가 없었다. 오늘 낮에 원장한테서 전화를 받았다. 언제나 날카로운 눈으로 작품을 보던 원장. 이번에는 무슨 말을 하려고 호출을 했을까. 작품 전시회에 무관심했다고 호통을 치겠지 하는 마음으로 원장실로 들어섰다. 원장은 나를 보는 순간 그동안 한 번도 느끼지 못한 훈훈한 웃음으로 나를 맞아주었다.

"죄송합니다. 매인 몸이라 전시장에 못 가보고."

"괜찮아요. 그동안 열심히 했어요. 이번 전시 작품 중 일곱 점이 팔렸는데 그중 두 점이 수길 씨 작품이었어요. 어떻게 그림을 계속할 생각이세요?"

원장은 처음으로 여러 가지 말을 하였다. 그 중 끝말이 나의 마음을 흔들어 놓고 말았다. 나는 항의라도 할 듯이 눈을 크게 뜨고 원장을 쳐다보자 원장은 정색을 하면서 말을 했다.

"제 말 오해하지 말아요. 보통 처음 심혈을 쏟아 전시회를 하고 나면 붓을 잘 잡지 않아요. 특히 그림을 하다 보면 그런 현상이 가끔 나타죠. 수길 씨는 그동안 짧은 기간에 정말 많은 시간을 투자했어요. 그래서 물어봤어요."

"전 기억력이 있을 때까지 화필을 잡고 싶어요."

"아주 대단한 각오입니다. 그리고 몇 군데 그룹전에 출품할 수 있느냐 물어왔어요."

"언제입니까?"

"날짜는 아직 결정 안 되었어요. 아마 가을쯤이 아닐까 생각해요."

"출품하겠습니다."

나는 의욕에 찬 대답을 하고 원장실을 나와 어깨를 쫙 펴면서 작업실로 걸어갔다. *

이동휘

경남 마산 출생. 1970년 도미. 『조선문학』 소설 신인상, 『미주문학』 수필 신인상. 장편 『대륙의 바람』, 『이만 삼천 일의 이야기』. 한국소설가협회 회원, 미주문학 회원, 버클리문학협회 회원.

『시와정신』 신인상 모집

21세기의 새로운 정신과 열린 시세계를 일구어 가기 위해서 창간된 시와정신이 다음과 같이 신인 작품을 모집합니다. 미래의 한국 문학을 짊지고 나아갈 패기 있고 야심찬 신인들의 많은 관심과 응모를 기대합니다.

- **분야** | 시 __10편
  비평(문학콘텐츠 포함) __200자 원고지 70매 내외
  포에세이(poessay) __200자 원고지 20매 내외 2편
  동시 __10편
  동화 __200자 원고지 30매 내외 2편

- **마감** | 매년 1월 20일, 7월 20일
- **발표** | 『시와정신』 봄호, 가을호
- **심사** | 본지 편집위원 및 권위 있는 시인과 평론가를 위촉하고 심사위원은
  당선작과 함께 발표합니다.
- **시상** | 고료와 상패를 드리며 작품활동의 기회를 적극적으로 지원합니다.

- **응모요령** | 봉투에 〈시와정신 신인 작품 응모작〉이라 쓰고 원고 뒤에
  이름과 주소, 전화번호를 밝히면 됩니다. (이메일도 가능)

- **보낼곳** | 대전광역시 대덕구 대전로 1019번길 28-7 신창회관 2층(오정동)
  『시와정신』(우 34445)
  전화 : 042-320-7845   전송 : 0507-713-7314
  핸드폰 : 010-8470-7726, 010-5209-2085

시와정신

홈페이지 | siwajeongsin.com   전자우편 | siwajeongsin@hanmail.net

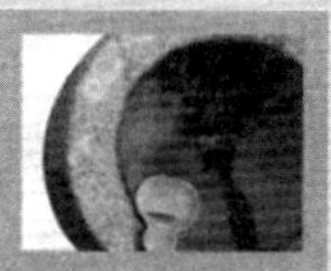

■ 계추일기_ 임남희

계추일기(鷄雛日記)

임남희

지금 아는 걸 그때도 알았더라면 결코 시작하지 않았을 일들이 있다. 한 번 시작하면 그 과정과 결과를 끝까지 책임져야만 하는 일들 중에, 그 시작과 더불어 내 삶이 크게 변화될 수밖에 없는 일들 중에 유난히 '괜히, 하필, 어차피…' 등의 단어와 친근한 것들이 있다. 누군가에겐 결혼이, 누군가에겐 자식을 낳아 키우는 일이, 또 누군가에겐 직업이나 새로운 관계를 맺는 일이 그럴 것이다. 많은 사람들이 어려움을 예상하면서도, 때론 후회할 줄 알면서도 '그럼에도 불구하고'의 선택을 한다. 하지만, 내 이야기의 반전은 내가 한 것이 '그럼에도 불구하고의 선택'이 아니라, '무지(無知)의 선택'이었다는 데 있다.

사람들은 묻는다. 왜 개나 고양이가 아니라 닭을 키우냐고. 닭보다는 치킨이란 말이 더 익숙한 사람들에게, 달걀은 완전식품의 하나로 여기는 이들에게 '애완용 닭'이란 분명 낯선 존재일 것이다. 살아 움직이는 닭을 봤던 기억이 가물가물한 나도 그런 사람들 중 하나였으므로 그 질문에 공감한다. 대단한 이유나 계기를 기대했던 이들에게는 참으로 허술하고 싱거운 답이 되겠지만, 내가 닭을 키우게 된 계기는 의외로 단순하다. 이사 온 집에 닭장이 있었기 때문이다. 매일 아침 신선한 유기농 달걀을 거저 얻을 수 있고, 닭이 있는 뒷마당의 풍경이 평화로워서 좋았다는 전(前) 집주인의 말이 크게 한몫한 것도 사실이다. 닭장 청소는 몇 달에 한 번 해 주면 되니 일이 많지 않다는 말도 내 결정에 힘을 실어 주었다. 그녀의 말은 대부분 사실이 아닌 것으로 드러났지만, 양계(養鷄)에 관한 지식이 전무(全無)했던 나는 그 말들을 전부 무비판적으로 수용했다. 역사적인 사건도 알고 보면 아주 작은 일에 단초를 두고 있는 경우가 있듯이, 나와 닭들의 동거는 이렇듯 나의 무지와 어수룩한 욕심에서 비롯되었다.

육추(育雛)

　닭을 키우겠다는 결심을 한 후 병아리를 데려오기까지는 몇 달이 걸렸다. 닭장 청소와 보수에 시간이 걸려서 4월 초가 되서야 병아리를 사러 나섰다. Gilroy에 있는 농장에서는 병아리를 비롯해서 토끼, 오리, 칠면조 등을 판매하고 있었다. 병아리를 처음 키운다고 하니 직원이 친절하게 필요한 것들을 설명해 주었다. 갓 태어난 병아리에게는 온도 유지가 중요하므로 열전구를 24시간 켜 줘야 한다고 했다. 병아리의 적정 사육 온도는 첫 주는 37.8℃이고, 매주 2.8℃씩 내려주다가 5주령부터는 자연온도에서 기를 수 있다. 쌀쌀한 날씨 탓에, 닭장 대신 차고에 육추기를 설치하기로 했다. 병아리를 위한 살림살이가 완비되자, 어떤 품종을 선택할 것인지를 놓고 고민했다. 달걀을 얻는 것이 주 목적이었으므로 관상용 닭은 제외하고 한참을 고민한 끝에 3종류의 병아리를 낙점했다. Leghorn, Rhode Island

Leghorn

Rhode Island Red

Orpington

Red, Orpington 각 4마리씩 총 12마리를 샀다.

San Jose 시의 규정 상, 가정에서 키울 수 있는 닭의 수는 최다 6마리이고, 암탉만 가능하다. 수탉은 아침에 시끄럽게 울어서 이웃에 피해를 주기 때문이다. 12마리나 산 이유는 병아리의 높은 폐사율을 걱정한 남편의 고집 때문이었다. 어렸을 때 학교 앞에서 산 병아리가 대부분 다 죽었던 기억과 주변 사람들의 경험에 비추어 볼 때, 생존률이 50~70% 정도에 불과하다는 것이었다. 친구의 부탁으로 두 마리는 친구에게 주고, 나머지 열 마리가 우리 식구가 됐다.

집에 도착해서 상자에 톱밥을 깔고 상자 위로 열전구를 설치해서 간단한 육추기를 만들었다. 새로운 환경에서 활발하게 먹이도 먹고 물도 마시는 것을 보니 안심이 되었다. 새 식구를 맞은 첫날은 나도 남편도 수시로 가서 한참씩 들여다봤다. 왔다갔다 하며 노는 모습이 너무나 신기해서 시간 가는 줄 모르고 바라보았다. 병아리들은 신기하게도 새소리를 냈다. 오리는 '꽥꽥', 병아리는 '삐약삐약' 운다고 하는데, 병아리는 주로 가늘고 높은 피치의 새소리를 낸다. 이 소리가 얼마나 듣기 좋은지, '병아리들의 합창'이라 부를 만했다. 이 귀여운 것들의 분주한 몸짓과 아름다운 소리에 이끌려 우리 부부는 매일 문턱이 닳도록 차고를 드나들게 되었다.

우리 집에 온 첫날, 부화 후 3일차

상자로 만든 육추기

사랑에 빠지다

병아리는 귀여움의 상징이다. 동물의 새끼는 모두 귀엽고 예쁘지만, 병아리의 귀여움은 정말 압권이다. 자그마한 부리에 동그란 눈, 보송보송한 털까지…. 태어난 지 며칠 안 된 병아리의 날개는 몸통의 절반에도 미치지 못할 만큼 깡총해서 앙증맞다. 이토록 귀여운 병아리들이 자라서 닭이 되면 그 귀여움은 온데간데없이 사라지게 되는데, 이런 신체적 변화는 명칭의 변화만큼이나 획기적이다.

강아지, 망아지, 송아지처럼 동물의 새끼를 일컫는 말들이 기본적으로 어미를 부르는 말에서 파생된 데 반해, 병아리는 닭에서 파생된 말이 아니다. 병아리가 처음 문헌에서 발견된 것은 17세기라고 한다. 15세기에는 '비육'이라고 쓰였는데 (훈민정음 〈1446년 훈민해, 56〉), 병아리가 '비육비육' 운다고 해서 붙인 말이라고 한다. 새끼를 뜻하는 접미사 '아리'를 덧붙인 '비육+아리'가 음운 변화를 거쳐 '병아리'로 굳어진 것으로 추정한다. 병아리의 또 다른 어원으로, 계축일기에 등장하는 '병알'이 있다. 그 어원이야 무엇이든, 병아리는 그 귀여움에 걸맞는 예쁜 이름이다. 우리 병아리들의 애칭은 '아리'다. 나중에 알게 된 사실이지만, 아리는 애완닭을 키우는 이들 사이에서는 흔한 애칭이다.

첫날은 30분이 멀다고 드나들며 아리들을 보고 또 보았다. 잠자리에 들면서도 남편과 아리들 걱정을 했다. 자꾸만 만져 보고 싶었지만, 혹시 손이 타서 병이라도 걸릴까봐 보기만 했다. 귀엽고 귀엽고 또 귀여운 것들. 하지만, 조물주는 어느 피조물에게도 완벽함은 주지 않으셨다. 병아리들도 예외는 아니다. 이들에게 그 귀여움에 걸맞지 않는 신체 부위가 있으니, 그것은 바로 발이다. 노파의 주름진 손을 연상하게도 하고, 자세히 보면 애벌레 같기도 한 그것은 일단 몸집에 비해 너무 크다. 얇지만 날카로운 발톱도 있다. 처음엔 발 때문에 병아리를 만지는 것이 무서웠다. 많이 익숙해진 지금도 닭의 발은 도대체 적응이 되지 않는다. 이런 못난 발을 가졌음에도 불구하고, 나는 우리 아리들과 사랑에 빠졌다. 물통에 똥을 싸도 불평없이 갈아주고, 관리가 쉬운 신문지나 종이 대신 바닥에 톱밥을 깔아주고, 나무젓가락으로 똥을 하나하나 치우는 미련한 짓을 하면서도, 이 작은 생명들이 작은 날개짓으로, 즐거운 노래소리로, 분주한 움직임으로 뜨겁게 전해주는 매 순간 '살아있음'의 신비에 마음이 녹아내리고 마는 것이다.

작은 것들의 신(神)

병아리들을 데려온 후 일주일 쯤 지났을 때, 남편이 병아리들에게 계란 노른자를 삶아서 먹이면 좋다고 했다. 배추나 상추도 잘 먹으니 주는 게 좋겠다고 했다. 사료만 먹이면 된다고 생각했던 나는 병아리들에게 미안한 마음이 들었다. 나는 상추를 사다가 아주 가늘게 채를 썰어서 병아리들에게 주었다. 계란 노른자는 좋아하지 않았지만, 상추는 허겁지겁 먹을 만큼 좋아했다. 이렇게 좋아하는 걸 진작에 주지 못한 것이 아쉬웠다. 아리들이 상추를 먹을 때는 흥거운 휘파람 소리 같은 아주 예쁜 새소리를 낸다.

행복하게 상추를 먹는 모습을 흐뭇하게 바라보며 생각했다. 우리 병아리들에게는 내가 해주는 것이 전부일 수 있겠구나. 따뜻한 빛을 쪼여주고, 먹을 것을 주고, 쾌적한 환경을 만들어 주는 일. 우리 집에 온지 열흘 정도 되었을 때, 낮에 잠시 열전구를 꺼놓은 적이 있었다. 다시 불을 켜주는 걸 까맣게 잊어버리고 있다가, 해질 무렵 문득 그 사실을 깨닫고 깜짝 놀라 차고로 달려갔다. 병아리들은 추웠는지 서로 딱 달라 붙어서 하나로 뭉쳐 있었다. 체온을 유지하기 위해 서로서로 품어주고 있었던 것이다. 미안함과 함께 크나큰 책임감이 나를 엄습했다. 내 실수로 이 아이들이 다 죽을 수도 있겠다는 생각이 들자, 두려운 마음이 들었다.

친구에게 준 병아리 두 마리가 큰 새에게 물려 죽었다는 말을 듣고, 남편은 상자 위에 덮을 철망 덮개를 만들어 주었다. 덕분에 밖에 내놓을 때에도 안심할 수 있었다. 매일 차고에서 뒷마당으로 큰 상자를 옮기는 일이 내게는 조금 버거웠는데, 급기야 이동 과정에서 사고가 생기고 말았다. 상자 안의 물통을 빼지 않고 옮기다가 상자를 떨어뜨린 것이다. 톱밥과 병아리가 한데 뒤섞이고 물통의 물이 쏟아지면서 상자 안은 순식간에 아수라장이 되었다. 그 중 몇 마리는 물을 뒤집어 쓰고 톱밥 속에 나뒹굴어져 있었다. 아뿔싸! 급히 상자를 바로 세우고 물에 젖은 병아리들은 수건으로 닦아 주었다. 파르르 떨고 있길래 열전구를 가까이 옮겨 주었다. 많이 젖은 병아리는 놀랐는지 먹이도 잘 먹지 않고 가만히 앉아 있어서 내 속을 태웠는데, 다행히 몸이 마르자 다시 잘 놀았다.

병아리들에게 나는 그들의 생사여탈을 쥐고 있는 전능자이다. 먹이와 안전한 거처, 때론 물벼락이나 추락 사고와 같은 불운도 내 손에서 비롯된다. 세상에서 가장 좋아하는 상추를 주는 것도 나다. 나는 이 작은 것들의 신(神)이다. 자비로운 나는 이들을 연민의 정으로 보살핀다. 난 공평한 신이다. 상추와 먹이는 골고루 먹을 수 있게 하여 분배의 정의를 실현한다. 강자에게는 엄격하고 약자에게는 자비를 베푼다. 나쁜 놈은 혼내 주고, 괴롭힘을 당한 자는 보호해 준다. 내가 다스리는 세상은 평화롭고 공평하고 정의로운, 젖과 꿀이 흐르진 않지만, 맛있는 사료와 신선한 상추가 넘쳐나는 풍요로운 세상이다. 겨우 열 마리의 신민(神民)을 데리고 전능자 놀이를 하다가 문득 신의 고독과 번뇌에 대해 생각해 보았다. 저 높은 곳에 계신 진짜 신(神) 말이다. 그분께 견주면 티끌만큼의 자격도 없는 나도 내 백성의, 이 나약한 피조물의 안녕과 행복을 걱정한다. 하물며 인간을 바라보는 조물주의 마음은 어떠할지 짐작조차 할 수 없다. 보잘 것 없는 나, 이 작은 것들의 신(神)은 오늘도 상추를 썰고, 나무젓가락으로 똥을 치운다.

전지훈련

병아리들은 하루가 다르게 쑥쑥 컸다. 몸통의 절반에도 못 미치던 날개가 며칠 사이에 꽁지까지 자랐다. 3주 정도 지나자 보송보송하던 솜털을 비집고 깃털들이 자라나면서 새와 비슷한 모습이 되었다. 부리도 많이 자라고 그 위로 벼슬이 조금씩 모습을 드러내기 시작했다. 남편은 Rhode Island Red 세 마리를 유심히 보더니 아무리 봐도 매를 닮았다고 했다. 친구가 중닭이 되면 아주 못생겨질 거라고 했는데, 아무리 기다려도 우리 아리들에겐 못생겨지는 때는 오지 않았다. 병아리에서 닭으로 조금씩 변신해 가는 과정조차도 내 눈에는 마냥 귀엽기만 했다.

병아리들이 우리 집에 온 지 한 달이 되어갈 무렵, 큰 걱정거리 하나가 생겼다. 2주 일정으로 한국에 가야 하는데, 집을 비운 동안 병아리들을 어찌 돌봐 주어야 할지 고민이 됐다. 계속 차고 안에 두는 것은 더 이상 답이 아니었다. 자라면서 닭의 습성을 조금씩 보이기 시작했기 때문이다. 자꾸 날려고 하고, 상자의 모서리에 올라가서는 그곳을 횃대 삼아 쉬거나 잠을 잤다. 날개가 자라고 힘이 더 생기자 상자 밖으로 나오기 시작했다. 모험심이 강한 녀석은 가끔 상자 바깥까지 나와서는 추운 바닥에 웅크리고 앉아 있기도 했다. 너무 늦게 구조된다면 추위와 배고픔으로 생사의 갈림길에 놓이게 될 지도 모른다. 여러 면에서 차고는 더 이상 적합한 장소가 아니었다.

남편과 함께 머리를 맞대고 고민한 끝에 병아리들의 닭장 입성을 결정했다. 우리가 떠나기 전까지 4주가 남아 있었다. 아리들이 들어가서 따뜻하게 잘 수 있도록 나무로 만든 집 안에는 열전구를 설치해서 밤에만 켜지도록 했다. 드디어 닭장으로 이사간 첫 날, 병아리들은 물 만난 고기처럼 닭장 여기저기를 뛰어다니며 놀았다. 구석구석을 부리로 쪼고 먼지와 흙도 사정없이 파헤치고 먹기도 했다. 매일 상자 안의 똥을 하나하나 치우면서 깔끔 떨며 키운 보람도 없이, 바깥 세상의 온갖 지저분한 것들을 탐색하는 데 여념이 없었다. 나의 귀엽고 순결했던 병아리들은 차고의 육추기를 벗어나 진짜 세상으로 나온 것이다. 병아리들의 닭장 입성 후, 차고는 갑자기

휑하고 적막한 공간이 되어 버렸다. 아리들의 즐거운 노래소리가 사라진 차고에 들어설 때마다 낯설고 쓸쓸했다.

답답하고 좁은 상자에서 벗어나 넓은 닭장에서 마음껏 뛰어노는 병아리들은 마냥 행복해 보였다. 그런데, 해가 진 후에도 나무집으로 들어가지 않고 닭장 문 앞에서 모두 쪼그리고 앉아 있었다. 해가 져서 집에 돌아가야 하는데, 길을 잃고 울고 있는 아이들 같아서 눈물이 핑 돌았다. 불빛을 따라 집 안으로 들어갈 거라 생각했지만, 우리의 예상은 빗나갔다. 하는 수 없이 한 마리씩 잡아서 집 안에 넣어 주었다. 그날 밤 늦게까지 남편과 병아리들의 학습능력에 대해 많은 이야기를 나누었다. 과연 병아리들이 새 집에 적응하고, 집에 돌아가는 법을 배울 수 있을지, 우리가 없는 2주 동안 잘 살고 있을지…. 병아리들 걱정에 잠이 오지 않는 밤, 뒷집의 개 짖는 소리가 유난히 크게 들려왔다.

닭을 위한 변명

닭을 키우면서 알게 된 놀라운 사실 중 하나는, 닭에게도 각각 타고난 성격이 있다는 것이다. 용감한 녀석이 있는가 하면, 겁이 많은 녀석이 있고, 사교적인 녀석이 있는 반면, 낯을 많이 가리는 녀석도 있다. 활발한 성격, 조용한 성격, 모험심이 강한 성격 등등, 십인십색(十人十色)이듯, 십계십색(十鷄十色)이다. 그리고, 닭은 사람들이 알고 있는 것처럼 멍청하지 않다. 다양한 감정도 느낀다. 닭은 의사소통을 위해 최소한 24개의 다른 울음소리를 낸다고 한다. 포식자가 접근할 때나 먹이를 발견했을 때, 수탉이 자신의 암컷을 부를 때 내는 소리가 다르다. 닭에게도 표정이 있는데, 닭의 표정은 몸짓에 나타난다.

동물학 분야의 국제 학술지인 Animal Cognition 2017년 3월호에 실린 논문에 따르면, 지능이 낮다는 기존의 인식과는 달리, 닭은 포유류, 영장류와 비슷한 사고 능력을 갖추고 있다고 한다. 닭은 속이는 능력도 뛰어나다. 수탉은 먹이를 찾았을 때 암컷을 부르는데, 이따금 먹이가 없을 때도 같은 소리를 낸다. 암컷에게 구애할 때는 주변 경쟁자를 인식해 평소보다 훨씬 작은 소리로 운다고 한다. 또 하나의 놀라운 사실은 닭은 숫자 인식도 할 수 있다는 것이다. 병아리는 양의 많고 적음을 어느 정도 분별할 수 있으며, 간단한 연산도 가능하다는 것이 실험을 통해 입증됐다.

자기들끼리의 서열이 정해져 있어서 누가 먼저 먹이를 쪼아 먹을 것인지가(pecking order) 이에 따라 결정된다. 새로운 무리에 갔을 때 다른 닭들의 행동을 보고 자신의 서열을 바로 알아낸다. 닭의 인지 능력을 밝힌 여러 논문에서는, 닭이 미래의 더 큰 이익을 위해 당장의 욕심을 참는 자기 절제 능력을 보인다는 것을 밝혔다. 닭은 더 오랜 시간 먹이를 먹기 위해 3배 더 오랜 시간을 참는 쪽을 선택했다고 한다. 영국의 과학자 Jo Edgar는 닭이 다른 닭의 고통을 느낄 수 있는 공감 능력이 있다는 사실을 실험을 통해 확인했다고 주장했다. 병아리들에게 강한 바람을 쏘아 스트레스를 받고 있는 것처럼 연출하자, 엄마 닭의 심장 박동이 높아지고 눈의 온도가 떨어지는 등 스트레스 반응을 보였다는 것이다.

흔히 멍청한 사람을 닭에 비유한다. '닭대가리' 또는 '새대가리'는 멍청하고 아둔한 사람을 일컫는 말인데, 영어로도 'birdbrained'는 멍청하다는 뜻이다. 하지만, 닭이 머리가 나쁘다는 인식은 잘못된 것이며, 편견에 불과하다. 최근 한 연구에서는 닭들이 다른 닭과 인간의 얼굴을 100가지 이상 기억하고 구분할 수 있다는 결과를 내놓았다. 닭이 어느 정도의 기억력과 학습능력이 있다는 것은 우리 닭들을 봐도 알 수 있다. 우리 아리들도 나와 남편을 구분할 줄 안다. 내가 마당으로 나가면 내게로 모두 달려오지만, 남편이 나가면 별로 동요하지 않는다. 내가 먹이를 들고 나가면 나보다 먼저 먹이를 주는 지정 장소로 달려 가기도 한다.

닭에 대한 오해와 지식의 부족으로, 우리가 막연히 알고 있는 닭과 실제의 닭 사이에는 그랜드캐넌의 협곡만큼이나 깊은 골이 존재한다. 닭들은 억울할 것이다. 닭을 키우는 사람으로서 닭이 이런 오해를 받는 것이 속상하다. 더구나 사상 초유의 국정농단 사태로 탄핵에까지 이른 한국의 전직 대통령을 닭에 비유한 것은 심히 유감스럽다. 머리 나쁘고 우둔한 이미지에, 무능과 불통, 부도덕의 이미지까지 더해져 조롱과 멸시의 대상으로 전락했으니, 죄없는 닭들이 이를 안다면 얼마나 애통해할 것인가?

내. 닭. 소.

4주간의 전지훈련 기간 동안, 병아리들은 새로운 환경에 완벽하게 적응했다. 누가 가르쳐 준 것도 아닌데, 병아리들은 스스로 목욕도 하고, 굴껍질이나 모래처럼 자신에게 필요한 것을 잘 찾아 먹었다. 우리가 한국에 가 있는 동안, 후배가 와서 병아리들을 잘 보살펴 준 덕에 열 마리 모두 무사했다. 그런데, 우리가 집을 비운 2주 동안 이 아이들이 폭풍 성장을 해 버렸다. 사람에 비유하자면 2주 전에 유치원생 같았던 아이들이 갑자기 사춘기 소녀가 되어 나타난 느낌이랄까? 변성기가 와서 울음소리가 변한 것은 더욱 충격이었다. 예쁜 새소리는 사라지고, 삐약삐약 울지도 않았다. 대신 '꽤~액, 꽤~액' 하며 오리 울음소리 비슷한 소리와 '구구구~'와 같은 암탉 소리를 냈다. 나의 귀여운 병아리들은 어디로 가고 중닭들이 나를 맞이했다. 2주 전과는 달리 나를 무서워하며 도망을 다니니 속상했다.

열 마리가 모두 같은 날 알에서 깼다는데, 성장 속도는 많이 달랐다. 품종 별로 차이가 있었는데, 흰 닭들의 성장세가 두드러졌다. 그 중에서도 얼룩이가 제일 빨리 컸다. 몸에 까만 점이 있고 유난히 말썽을 피우던 '얼룩이'는 제일 먼저 이름을 갖게 되었다. 다른 병아리들은 중닭이 될 때까지 이름이 없었다. 한 녀석씩 성격과 특성이 나타나면서 이름을 지어줘야겠다는 생각을 했다. 다른 흰 닭들에게는 '얀새, 하양'이란 이름을 지어 주었다. 매를 닮았던 Rhode Island Red는 '아롱이, 다롱이, 초롱이'로 짓고, 통칭 ‘롱자매’라 불렀다. Orpington 네 마리는 다 똑같이 생겨서 그냥 ‘네 자매’라고 부르다가 나중에 예쁜 이름을 지어 주었다. ‘푸른, 하늘, 은하, 수리.’ 외모로는 구별을 할 수가 없어서 발목에 다른 색깔의 끈을 묶어서 표시를 해 주었다.

얼룩이는 처음부터 덩치도 컸지만, 겁이 없고 모험심이 강했다. 늘 상자 밖으로 탈출해서 바닥에서 발견되는 아이가 바로 얼룩이었다. 사람으로 태어났다면 콜럼버스와 같은 탐험가가 되었거나 말괄량이 삐삐가 되었을 것이다. 얀새는 늘 얼룩이에게 눌려 지낸다. 소심하고 얌전한 성격이라, 똑똑하고 드센 얼룩이에게 당하는 편이지만, 늘 얼룩이를 따라하는 따라쟁이다. 하양이는 전체적인 발육이 느려서 한참 어린 막내 같은 느낌이 드는 아이였다. 얼룩이와 얀새는 벼슬이 다 자라서 제법 닭의 면모를 갖출 때까지도 햐양이의 벼슬은 중닭 수준의 크기였다. 하양이는 체구는 작지만 백조처럼 예쁘고 성격도 온순해서 내가 ‘미스 꼬꼬’라는 타이틀을 주었다. 사람으로 태어났다면 미인대회에서 1등을 했을 것이다.

롱자매 중 내가 유독 편애를 했던 아이는 아롱이었다. 아롱이는 상자 추락 사고의 최대 피해자로, 물벼락을 맞고 며칠간 비실비실한 이후로 ‘중점 관심 대상’이 된 병아리다. 아롱이는 성격이 순하고 명랑한 편이다. 다롱이는 아롱이의 편애를 알아챘는지, 늘 불만이 많고 경계심과 공격성이 있는 편이다. 쪼는 것이 특기이다. 초롱이는 덩치가 좀 작아서 롱자매 중 막내다. 이 아이 또한 경계심이 많다. 친해지려고 노력을 해도 친해지기 힘든 새침데기다.

푸른, 하늘, 은하, 수리 네 자매는 겉모습만큼이나 성격도 비슷하다. 전반적으로 순한데, 친화력은 떨어지는 편이다. 놀라운 것은 어릴 때 제일 작았던 이 아이들이 어른 닭이 되자 덩치가 제일 커졌다. 흰 닭들은 커가면서 길쭉하고 날씬해졌는데, 네 자매들은 튼실하고 살집이 좋아졌다.

　　　내가 그의 이름을 불러주기 전에는

병아리들에게 이름이 생기기 전과 후는 확실히 다른 점이 있다. 이름이 없을 때는 그냥 모두 병아리였지만, 이름이 생기고 나서는 얼룩이는 얼룩이가 되고, 아롱이는 아롱이가 되었다. 내가 이름을 불러 주었을 때 그들은 비로소 나와 인격적인 관계를 맺을 수 있게 된 것이다. 이름을 부른다는 것은 상대에게 고유하고 독자적인 가치를 부여한다는 것이며, 이름을 갖게 된다는 것은 대상적 속성을 넘어서 실체적 특징을 취하게 되는 것이다. 내가 그 이름을 불러 준 후, 내게 와서 친구가 된 닭들…. 이쯤에서 내 친구 닭들에 대한 소개(내. 닭. 소)를 마칠까 한다.

산란(産卵)

남편은 달걀을 유난히 좋아한다. 달걀 프라이는 한번에 세 개를 먹고, 삶은 달걀은 말리지 않으면 열 개도 먹는다. 그런데, 남편의 혈중 콜레스테롤 수치가 높게 나온 이후, 콜레스테롤을 높인다고 알려진 달걀의 섭취를 대폭 줄였다. 하지만, 최근 달걀 섭취와 혈중 콜레스테롤 수치, 심혈관 질환 발생 위험은 전혀 관련성이 없다는 뉴스를 접한 이후, 다시 달걀을 많이 먹기 시작했다. 그간의 억울함을 보상이라도 하듯 더 많이 먹는다.

달걀은 비타민 C를 제외한 거의 모든 영양소를 갖고 있는 완전식품이고, 요리에 다양하게 쓰이기 때문에 장보기의 필수 항목이다. 마트에서 파는 달걀은 종류도 많고 가격 차이도 커서 늘 그 차이를 놓고 고민했었다. 일반 달걀, 유기농 달걀, Cage free, Free range, Pasture raised 등, 포장에 씌여진 용어만 보고 차이를 알아내기는 어렵다. 여기서 이 용어들에 대해 알아 둘 필요가 있다. 내가 처음 Cage free라는 문구를 봤을 때, 내가 상상한 장면은 풀밭을 자유롭게 돌아다니며 먹이를 먹는 닭들의 모습이었다. 결론부터 말하자면, 전혀 그렇지 않다. Cage free egg에 대해 인터넷 검색을 해보면 그 실상을 바로 알 수 있다. Cage free도 아닌, 즉 cage에 갇혀 있는 닭들은 가장 열악한 환경에 놓여 있다. Battery cage라 불리는 좁고 낮은 새장 안에서, 한 마리당 복사용지 한 장 크기보다 작은 면적에서 알만 낳다가 죽는다. 날개 한 번 펴 볼 수 없는 좁은 공간에서, 먹이가 사방으로 튀는 것을 방지하고, 서로 쪼는 걸 막기 위해 부리도 잘린 채 평생을 산다. 하루에도 몇 번씩 기지개를 켜듯 날개짓을 하고, 빨리 달려야 할 때는 날개를 퍼덕이며 뛰어가고, 가끔은 날기도 하고, 모래목욕도 하는 우리 닭들을 보면, cage에 갇힌 채 알만 낳는 닭들은 얼마나 비인간적이고 자연의 섭리를 거스른 환경에서 살고 있는지 알 수 있다. 놀라운 사실은 Cage free라고 해서 크게 다르지 않다는 것이다. 닭의 사육 환경, 주거 면적은 변하지 않고, 단지 cage만 없앤 것이 cage free의 실상이다. Cage free에 사는 닭들도 cage에 있는 닭들처럼 좁은 공장식 사육 시설에서 유독한 암모니아와 황화수소 가스로 오염된 공기를 마시며 살아야 한다. Cage free 환경에서 일하는 농장 노동자들은 수술용 마스크나 방독면과 같은 호흡 보호구를 착용하고 일해야 할 정도로 악조건이다. Cage free는 소비자를 기만하는 마케팅 용어에 불과하다.

Free range 환경도 열악하기는 마찬가지다. 물론 Cage나 Cage free보다는 훨씬 낫지만, 닭들이 바깥에 나와서 신선한 공기와 햇볕을 쏘이며 돌아다닐 수 있는 것은 아니다. Cage free의 경우 닭 한 마리당 1평방피트가 허락된다면, Free range는 그 두 배인 2평방피트가 주어진다. USDA(미 농무부)와 산업 표준에 따르면, Free range는 바깥으로 나가는 통로가 있어야 하는데, 작은 구멍으로 머리만 내밀 수 있게 만들어 놓은 것이 전부인 경우도 있다고 한다. 그래서, Humane Farm Animal Care(HFAC)라는 단체에서는 닭들이 반드시 바깥으로 나갈 수 있게 하고, 바깥에서 최소 6시간 이상 머물 때 Free range라고 표기할 수 있도록 정해 놓았다. 자유롭게 돌아다니며 풀과 벌레를 잡아먹을 수 있는, 가장 좋은 사육 환경은 Pasture raised(목초지 방목)이다. 이 환경에서는 닭 한 마리당 108평방피트의 공간이 주어진다. 극히 일부의 산란계(産卵鷄)만이 이런 호사를 누린다.

　Pasture raised급 환경에서 살고 있는 우리 닭들은 온 마당을 돌아다니며 온종일 무언가를 쪼아 댄다. 그러던 어느 날, 뜻밖의 선물이 찾아왔다. 닭을 키우던 친구가 알은 1년 후에나 기대하라고 해서 전혀 예상하지 못했는데, 얼룩이가 뒷마당 탁자 밑에 메추리알보다 조금 더 큰 달걀을 낳은 것이다. 얼마나 작고 예쁘던지… 반가운 한편, 너무 빠른게 아닌가 싶어서 걱정이 됐다. 검색을 해보니 부화 후 16-18주가 되면 알을 낳기 시작한다고 했다. 얼룩이가 대견하고 안쓰러웠다. 너무나 예쁘고 자그마한 달걀을 차마 먹지 못하고 며칠 동안 쳐다만 봤다. 닭들이 자신이 낳은 달걀을 얼마나 소중하게 다루는지 보고 나니, 달걀을 먹는 것이 미안해졌다. 행여 깨질까 부리로 조심조심 다루는 모습에서 닭의 진한 모성애가 느껴졌다.

　얼룩이를 시작으로, 다음은 얀새가 알을 낳기 시작했다. Leghorn은 빨리 자라고 알을 많이 낳는 품종으로 개량한 것이라고 하는데, 얼룩이와 얀새는 알을 낳기엔 애처로울 만큼 몸이 가벼워서 더욱 마음이 짠했다. 알을 낳은 아이들에겐 특별 보양식으로 방울토마토를 주었다. 사실 방울토마토가 보양이 되는지는 모르겠지만, 닭들이 너무너무 좋아한다. 남편은 닭의 보양식은 지렁이 같은 벌레가 최고라고 했지만, 내가 벌레를 정말 싫어하고 무서워해서 절대 안 된다고 했다. 이 귀여운 것들에게 그렇게 징그러운 것을 먹일 수는 없지 않은가? 하지만, 이젠 그 마음을 내려놓을 때가 된 것 같다. 내가 싫어도 닭들에게 좋다면 말이다.

병아리 날아오르다

그날은 유난히 행복하고 기분 좋은 날이었다. 오랜만에 San Francisco에 나가서 반가운 친구를 만났고, 날씨가 정말 좋았고, 오는 길도 막히지 않았다. 집에 와서 기분 좋게 커피 한 잔 마시면서, 저녁에 성당에 가서 성모승천 대축일 미사를 드린다면 오늘은 정말 완벽한 날이라고 생각했다. 성당에 가기 전, 닭들을 잠시 마당에 풀어 주었다. 닭들은 자유를 사랑한다. 어릴 적부터 상추와 자유 중에 선택을 한다면, 기꺼이 좋아하는 상추 대신 자유를 택하던 아이들이었다. 우리 집이 세상의 전부인 아리들에게 이 안에서 내가 줄 수 있는 최대의 자유를 허락하고 싶지만, 안전 문제로 내가 집에 있을 때만 마당에 풀어 주었다.

닭들을 풀어 주고 잠시 이메일을 보고 있었는데, 채 5분도 지나지 않아 어떤 녀석이 다급하게 우는 소리가 들렸다. 위기 상황에서나 낼 법한 날카롭고 강렬한 울음소리였다. 깜짝 놀라 뒷마당에 나가 보니 흰 닭 한 마리가 지붕 위에 올라가 있는 것이었다. 그 높은 지붕에 어떻게 올라갔는지…. 가끔 나뭇가지 위에 올라가 있어 우리를 놀라게 한 적은 있어도 지붕에는 한 번도 올라간 적이 없었다. 어찌할 바를 몰라 발을 동동 구르는 사이, 흰 닭은 단번에 날아서 뒷집으로 가 버렸다. 내가 마당에 나오고 나서 30초도 안 되어 벌어진 일이었다. 뒷집에서 개 짖는 소리가 나고 주인의 말소리가 들렸다. 나는 우리 닭이 그리로 날아갔다고 몇 번을 소리친 후 뒷집을 향해 달려갔다. 미국 주택가의 특성상 뒷집에 가려면 한참을 돌아가야 한다. 뒷집은 다른 골목에 있어서 가깝고도 먼 이웃이다. 가는 동안 울먹이며 남편에게 전화를 걸었다. "얼룩이가 뒷집으로 날아갔어. 아무래도 그 집 개에게 물린 거 같아." 무사할 거라고, 제발 무사하게 해달라고 기도하며 있는 힘껏 뛰었다.

뒷집 아저씨가 닭을 안고 나와서 나를 기다리고 있었다. 미안하다고 하면서 너무 갑자기, 순간적으로 일어난 일이라 개를 저지할 수 없었다고 했다. 개에게 물렸다는데, 피도 나지 않았고 외상은 없어 보였다. 정신을 차리고 보니 이 아이는 얼룩이가 아니라 하양이였다. 보라색 발찌를 하고 있었기 때문이다. 내가 받아 안으니 잠시 눈을 떴다가 감았다. 처음 만난 아저씨에게 제대로 인사도 못하고 미안하다는 말만 하고 집으로 돌아왔다. 하양이는 내 품에서 푸드덕하고 날개짓을 한번 하더니 그대로 축 늘어져 버렸다. 집에 도착해서 조그만 상자에 천을 깔고 하양이를 눕혀 놓았다. 움직이지 않고 축 늘어져 있는 모습을 보니 겁이 덜컥 났다. 남편을 기다리는 30분이 영원처럼 느껴졌다. 제발 남편이 와서 함께 동물병원에라도 데려갈 수 있기를, 잠시 기절한 것이기를 얼마나 간절히 바랐는지 모른다.

제일 어리고 얌전했던 하양이가 무슨 일로 지붕에 올라갔으며, 왜 갑자기 혼신의 힘을 다해 7~8미터를 날아 뒷집으로 갔는지 도무지 알 수가 없었다. 남편이 집에 와서 하양이를 보더니 죽은 게 확실하다고 말했다. 좀 전까지만 해도 깡충거리며 뛰어다니던 하양이에게 일어난 죽음이라는 비가역적 현상이 쉽게 받아들여지지 않았다. 난 너무나 슬퍼서 아이처럼 엉엉 소리내 울었다. 우리는 조촐한 장례식으로 하양이를 보내 주었다. 나는 팔찌 묵주를 하양이 목에 걸어 주었다. 동물의 영혼은 인간의 영혼처럼 불멸이 아니라, 죽어도 천국에 가지 못한다는 것을 알고 있었지만, 그래도 하양이의 평화로운 안식을 바라며 그리 해 주었다. 남편은 텃밭에서 작고 예쁜 방울토마토 하나를 따서 하양이 입 속에 넣어 주었다. 그리고, 마당 한쪽에 잘 묻어 주었다. 나처럼 울지는 않았지만, 너무나 마음 아파하며 나를 꼭 안아 주는 남편에게서 말할 수 없이 따뜻한 위로를 느꼈다.

하양이는 처음으로 날아서 영원한 자유를 얻었다. 백조같이 예쁘고 얌전한 하양이는 가장 예쁠 때, 좋은 모습만 보여 주고 우리 곁을 떠났다. 미인박명(美人薄命)이라더니, 미계박명(美鷄薄命)이라 우리 하양이는 그렇게 빨리 떠났나 보다. 그날 나는, 이 작은 것들의 신(神)은 신민(神民) 하나를 무력하게 잃고 늦은 밤까지 하염없이 눈물만 흘렸다.

포란(抱卵)

‘TV 동물농장’ 이라는 한국 TV프로그램에 나온 어떤 천재 닭은 배변도 가릴 줄 안다고 하는데, 천재가 아닌 우리 닭들은 정말 아무 데나, 아무 때나 싸는 통에 마당에 풀어 놓으면 마당은 금세 똥의 바다가 된다. 내게만 중요한 배변 문제를 제외하고는, 닭이 살아가는데 필요한 모든 정보는 유전자에 이미 각인되어 있는 것 같다. 발로 땅을 파서 벌레를 찾는 방법, 알을 낳을 때 하는 몸짓 등 아무도 가르쳐 주지 않았지만 스스로 터득했다. 병아리를 부화시키기 위해 알을 품는 포란(抱卵) 또한 마찬가지다.

이 세상 대부분의 병아리들은 어미 닭의 품이 아닌 부화기를 통해 태어난다. 작년에 일본의 한 고등학교 학생들이 한 실험에서, 달걀껍질 없이 내용물만 유리잔에 담아 랩을 씌운 후 인공부화기에 넣어 병아리를 부화시키는데 성공해서 화제가 되기도 했다. 알을 낳은 어미 닭이 알을 품고 병아리도 키우는 것이 자연의 섭리지만, 우리가 먹는 닭도, 우리 집에 온 병아리들도 모두 인공부화기 출신이다. 이러다가 닭이라는 동물이 영영 포란을 잊어버리는 건 아닌지 쓸데없는 걱정을 해 본다.

우리 닭들은 알을 낳은 후에 자신이 낳은 알을 한동안 품고 있는데, 짧게는 2~30분에서 길게는 몇 시간까지 그러고 있다. 알을 품고 앉아서 꽁지는 위로 치켜세우고 있는 모습이 얼마나 아름다운지 모른다. 그런데, 얀새가 온종일 먹지도 마시지도 않은 채 계속 알을 품기 시작했다. 처음엔 포란에 대한 지식이 없어서 얀새가 아픈 줄 알고 걱정을 했다. 남편은 배가 고프면 나와서 먹을 테니 걱정 말라고 했지만, 일주일이 지나자 얀새가 불쌍해서 견딜 수가 없었다. 하루에 한 번 정도만 나와서 먹이와 물을 먹고 배변활동을 했다. 하지만, 너무 조금 먹는데다, 붉고 건강하던 벼슬이 핏기를 잃고 푸석해지니 더욱 걱정되고 안쓰러웠다. 그리 좋아하는 옥수수나 방울토마토도 줘 봤지만 먹지 않았다. 온종일 꼼짝도 하지 않고 앉아 있다가 가끔씩 알을 이리저리 굴려 주고 다시 앉았다. 본능이 시키는 일이라지만, 닭들은 포란 기간 동안 엄청난 인고의 시간을 보낸다. 포란 중인 닭의 배를 만져 보면, 뜨끈뜨끈하다고 느낄 정도로 온도가 높다. 먹지도 마시지도 않는 이유는 아마도 모든 에너지를 배를 따뜻하게 만드는데 사용하기 위함이 아닐까?

열흘이 지나 2주가 다 되어 갈 무렵, 날마다 그런 얀새를 보고 있는 것이 너무 괴로워서 우리는 하는 수 없이 포란을 중지하도록 조치를 취했다. 부엌 옆 창가에 자리잡고 있던 포란 상자를 치워 버리고 얀새를 억지로 마당에 내려 놓았다. 사실 이 방법은 이미 시도해 봤는데, 그 때는 소용이 없었다. 알도 상자도 없는데, 다시 그 자리에 가서 같은 자세로 앉아 있었다. 이번에는 순순히 포란을 포기하더니 닭장 안으로 들어가서 먹이를 먹고 다른 닭들과 어울리기 시작했다. 그제서야 우리는 한숨을 돌렸다.

얀새의 포란 소동 이후, 슬슬 다른 닭들도 걱정되기 시작했다. 아홉 마리가 돌아가면서 이렇게 속을 썩이면 어쩌나 하는 생각에 한숨이 절로 났다. 무정란인지도 모르고 헛수고를 하는 것이 마음 아파서, 남편은 차라리 유정란이라도 사다가 품게 하자는 말도 했다. 닭이 이렇게 많지만 않았다면 나도 남편 생각에 동의했을 것이다. 한 달 후쯤, 수리가 또 포란을 시작했다. 한 번의 경험이 있어서 이번엔 좀 더 여유를 가지고 대처했다. 다행히 수리는 일주일이 조금 넘었을 때 포란을 포기시킬 수 있었다. 애초에 병아리를 두세 마리만 데려왔다면, 자연의 섭리대로 포란도 하고, 병아리를 키우는 모습도 볼 수 있었을 것이다. 그랬다면 이렇게 억지로 포란을 포기시키려고 애를 태우지 않아도 됐을 텐데…. 남편과 나는 뒤늦은 후회를 했다.

우기(雨期)

캘리포니아 지역은 지난 5년간 극심한 가뭄에 시달려 왔다. 가뭄 대책으로 167년 만에 처음으로 강제 절수명령을 발동했을 정도였다. 그런데, 이 오래된 가뭄이 이번 우기에 쏟아진 비로 거의 해갈됐다. 실제로 이 기간에 30.75인치의 눈·비가 쏟아지면서 사상 두 번째의 최다 강수량을 기록했다고 한다. 캘리포니아로 이사온 후 이렇게 많은 비가 온 것은 처음이었다. 비 구경하기가 힘든 지역에 살다 보니 비가 오면 정말 좋았는데, 닭을 키우다 보니 이 비가 그리 반갑지만은 않았다.

비가 오면 닭장이 무척 지저분해진다. 닭들이 모래목욕을 할 깨끗한 흙이 없는 것도 문제였다. 모래목욕을 해야 몸에 붙어 있는 벌레도 없애고, 깃털에 묻은 오물도 제거할 수 있기 때문이다. 다행히 처마 밑에 마른 흙이 있어서 아쉬운 대로 닭들은 그곳에서 돌아가면서 목욕을 했다. 텃밭에 키우던 채소들의 수확이 끝날 무렵부터는 닭들을 더 오랜 시간동안 마당에 풀어 주었는데, 비가 오기 시작하면서부터는 닭들에게 무한 자유가 주어졌다. 온 마당을 마음대로 돌아다니고 남아 있는 채소와 풀을 쪼아 먹으며 놀았다. 매일 마당의 똥을 치우는 수고를 해야 했지만, 귀여운 닭들이 자유롭게 노는 모습을 보면 흐뭇했다. 아홉 마리의 닭똥을 치우는 일은 결코 쉽지 않다. 닭 때문에 마당은 엉망이 되었고, 흙을 하도 파헤치고 먹어대는 통에 흙을 다시 채워 넣어야 할 정도로 지면이 낮아졌다.

닭똥 노역으로 내가 지쳐갈 즈음, 전 주인이 했던 말이 생각났다. 몇 달에 한 번 닭장을 청소하면 된다는 그녀의 말은 도대체 무엇을 근거로 한 것인지…. 그걸 믿은 내 자신의 어리석음이 원망스러웠다. 한동안은 몇 마리를 다른 집에 보낼 생각을 했었다. 하지만, 닭을 데려다 키우려는 사람을 찾는 것은 쉽지 않았다. 간혹 키우고 싶어하는 사람이 나타나도, 닭 키우기의 고충을 말해 주면 모두 단념했다. 몇 달간 데려갈 사람을 찾다가 결국 포기하고 우리가 모두 키우기로 했다. 대신 이웃에게는 양해를 구했다. 언제든 닭 때문에 불편한 점이 생기면 얘기해 달라고 말했다. 좋은 이웃들 덕분에 닭들은 모두 우리 집에 함께 살 수 있게 됐다. 대신 이웃에게는 소중한 달걀을 매달 선물한다. 남편과 나는 이를 '달걀 조공'이라 부른다.

지난 우기에 닭들은 그들의 에덴동산에서 오랜 자유를 누렸다. 그 자유의 이면에는 매일 쪼그리고 앉아 닭똥을 치우는 한 여인의 아픔이 있었다. 내가 이러려고 닭을 키웠나 하는 자괴감이 들었다. 이번 겨울에는 비가 얼마나 오려나?

손님

남편이 퇴근하고 집에 오더니, 손님이 올 거라고 했다. 이번 손님은 2~3주 정도 머물 장기 투숙객이라는 말에 내 얼굴이 굳어졌다. 더구나 공주처럼 곱게, 혼자 자라서 신경을 좀 써야 할 거라고 했을 때는 화가 치밀어 올랐다. 내 표정을 보더니, 남편이 웃으면서 그 손님의 정체는 바로 오골계라고 했다. 남편의 전 회사 동료가 오골계(Australorps) 한 마리를 키우는데, 유럽으로 가족여행을 가게 되어 닭을 우리 집에 맡긴다는 것이었다. '꼬꼬'는 그 가족이 애지중지 키우는 외동 애완닭이다. 사람을 아주 잘 따르고 성격도 온순했다. 꼬꼬가 우리 닭들과 잘 지낼 수 있을지 걱정했는데, 우리 집에 오자마자 물 만난 고기처럼 마당 여기저기를 거닐며 활개를 치고 다녔다. 반면 우리 닭들은 담장 밑에 삼삼오오 모여서 새로운 닭의 출현을 경계심 어린 눈으로 바라보고 있었다. 주객이 전도된 상황이 약간 속상했지만, 나를 잘 따르고, 먹이를 달라고 애처롭게 바라보는 모습이 귀여워서 나는 단박에 꼬꼬에게 반해 버렸다.

꼬꼬 엄마, 아빠도 기죽지 않는 꼬꼬의 태도를 보고 안심하고 집으로 돌아갔다. 그러나, 얼마 후 우리 닭들의 반격이 시작됐다. 겁쟁이처럼 구석에 찌그러져 있는 줄만 알았더니 상황 파악을 하고 있었던 모양이다. 약간의 Ice breaking time이 지나자 꼬꼬를 돌아가며 공격하기 시작했다. 꼬꼬는 난생처음 당하는 고초에 혼비백산해서 도망다녔다. 남편은 서열정리를 위해 거쳐야 할 통과의례라며 상관하지 말자고 했다. 그런데, 잠시 후 마당에 나가 보니 꼬꼬가 사라지고 없었다. 이번엔 우리가 혼비백산해서 꼬꼬를 찾아 다녔다. 뒷집으로 날아가기라도 한다면 큰일이기 때문이다. 천만다행으로 오렌지 나무 위에서 꼬꼬를 찾아냈다.

저녁 무렵이 되어 꼬꼬를 우리 닭들과 함께 닭장에 넣어 주었는데, 역시 쉴 새 없이 공격을 당했다. 결국은 보다 못해 꼬꼬를 격리하기로 결정했다. 꼬꼬는 먹이를 먹을 때도 우리 닭들이 무서워서 먹이 근처에도 가지 못하고 주변을 맴돌았다. 서열 상 막내인 초롱이가 꼬꼬를 제일 많이 괴롭혔다. 결국 꼬꼬는 따로 불러서 먹이를 주어야 했다. 공주처럼 자란 꼬꼬는 사료를 먹지 않았다. 자기 집에서도 맛있는 곡물(treats)이나 사람의 음식을 먹는다는데, 우리 집에선 곡물도 잘 먹지 않았다. 하는 수 없이 잡곡밥을 주었더니 잘 먹어서, 옥수수와 견과류를 밥과 섞어서 주었다. 까탈스러운 손님 닭 때문에 나는 밥을 따로 지어야 했다.

2주 정도 지나자 꼬꼬는 상추를 주면 다른 닭들과 함께 달려들어 먹기 시작했다. 자기 집으로 돌아갈 즈음엔 우리 집에 완전히 적응해서 잘 지냈다. 꼬꼬가 세상살이의 고달픔을 온몸으로 체험하고 자기 집으로 돌아간 후, 휑하니 비어 있는 꼬꼬의 보금자리가 허전하게 느껴졌다. 꼬꼬는 다시 공주의 자리로 돌아가서 잘 지낸다고 한다. 가끔 꼬꼬가 생각난다. 첫날 너무 혹독한 신고식을 치르게 한 것이 두고두고 미안했다. 얼마 후, 꼬꼬 엄마를 만났을 때, 나는 꼬꼬에게 줄 고구마와 해바라기씨를 챙겨서 보내 주었다. 유난이 눈이 크고 예쁜 꼬꼬는 봄날 찾아온 반가운 손님이었다.

그들이 사는 세상

가장 흔한 반려동물인 개와 고양이의 평균수명은 15년 정도다. 자연 상태에서 닭의 수명은 20년 이상이라고 한다. 우리는 닭이 그렇게 오래 산다는 사실에 놀랐다. 닭을 키우기 전에는 닭의 수명 따위에는 관심조차 없었는데, 닭을 키우다 보니 닭에 대한 이런 저런 정보를 찾아 보게 되었고 그간 알지 못했던, 때론 알기를 거부했던 불편한 진실들을 알게 되었다.

인간의 소비 기준으로, 닭은 고기로 먹기 위한 육계와 달걀을 얻기 위한 산란계로 나뉜다. 육계는 빨리 성장하여 살을 찌우도록 개량된 종으로, 태어난지 30- 50일이 되어 1kg정도가 되면 도축된다. 산란계는 1년에 300개 정도의 달걀을 낳다가 16 - 20개월 정도가 되어 생산성이 떨어지면 도축된다. 이 가여운 짧은 삶도 위에서 언급한 것처럼 공장식 축산이라는 참담한 환경에서 극도의 스트레스를 받으며 살다 간다. 어찌 보면 오히려 일찍 죽는 것이 이들에게 베풀어지는 유일한 자비일지도 모른다.

우리는 예전보다 훨씬 싼 가격에 고기와 달걀을 먹고 있다. 공급 과잉이 되어 버린 시대에 버려지는 식재료 또한 어마어마하게 많다. 지구 반대편에서는 기아로 죽어가는 사람들이 많은데도 말이다. 우리는 또한 영양 과잉 상태다. 필요 이상으로 먹고 살을 빼기 위해 운동을 하고 다이어트를 한다. 더 싸게, 더 많은 고기를 생산하기 위한 공장식 축산은 효율성과 경제성을 추구하기 위해, 동물들의 생태적 특성은 무시한 채 좁은 공간에서 많은 가축을 사육하며 이들을 생명체가 아닌, 고기와 알을 생산하는 기계쯤으로 취급한다. 닭은 하루에 1km도 넘게 뛰고 날아다니는 활동량이 왕성한 동물인데, 이런 본성이 억눌린 채 날개 한 번 펼 수 없는 공간에 갇혀서 지낸다. 그러다 보니 다른 동료를 공격하는 카니발리즘(cannibalism)과 같은 이상 행동을 보인다. 이렇게 좁은 닭공장에 전염병이라도 퍼지게 되면 수만 마리의 닭이 몰살하기 때문에 질병을 예방하기 위해 항생제를 투여한다. 사육장 뒤에는 시끄러운 소리를 내는 커다란 팬이 돌아가고, 먼지로 인해 시야가 뿌옇게 될 만큼 탁한 공기 속에서 암모니아 냄새가 코를 찌르는 환경은 닭들에게 지옥이나 다름 없을 것이다. 공장식 축산으로 길러지는 소나 돼지의 사육 환경도 형편없기는 마찬가지다.

우리가 동물복지에 눈을 돌려야 하는 이유는 생명윤리나 동물 보호 측면에만 있는 것이 아니다. 공장식 축산의 결과물인 환경오염, 밀집 사육에 따른 전염병 창궐, 항생제 남용 등은 사람에게도 영향을 미친다. 조류독감(AI), 구제역, 광우병 등은 이미 우리의 삶을 위협하고 있다. 지난해 한국에선 닭들의 홀로코스트가 일어났다. 이 뉴스를 접하면서 나는 너무나 마음이 아팠다.

 겨우 1년 남짓 닭을 키우고 나서, 내가 동물복지 운동가가 되거나 채식주의자가 되지는 않았다. 하지만, 닭보다는 치킨에 더 익숙했던 내게 우리 닭들은 그들이 사는 법을 가르쳐 주었다. 이들을 통해 나는 분명 새로운 세계에 눈을 떴다. 인간 위주의 세상에서 동물들이 살아가는 세상은 전혀 다른 모습이라는 것도 알게 되었다. 고고하게 문화와 예술을 논하고, 윤리와 도덕과 복지를 추구하는 인간 세계의 이면에는, 잔인하고 천박한 자본의 논리 속에서 인간을 위해 희생하며 하루하루 지옥을 살아내는 생명체들이 있다는 것을 깨달았다. 솔직히 말하자면 나는 그동안 이런 사실을 전혀 몰랐던 것이 아니다. 그동안 동물들의 참상을 조금씩 접해 왔다. 그러나, 불편한 진실을 더 이상 알려고 하지 않았고, 무관심으로 외면해 왔다. 조금만 관심을 가지고 그들의 세상을 들여다 보았다면 분명히 알 수 있었다. 동물들이 처한 참혹한 현실을 개선하기 위해 아주 약간의 노력이라도 기울였어야 했다.

 건강하고 신선한 달걀은 공짜가 아니라, 그에 상응하는 노동의 대가를 지불해야만 얻을 수 있다는 것도 작은 깨달음이었다. 사실 거기에 사료비와 부대비까지 더해지면, 마트에서 사먹는 것이 더 저렴할 수도 있다. 그런데, 우리 닭들은 나에게 돈으로 환산할 수 없는 기쁨과 행복을 준다. 그들이 행복한 것을 보면 나 또한 행복하다. 우리 닭들이 낳은 달걀은 세상 어떤 달걀보다 맛있다. 우리 집 달걀을 먹어 본 사람들은 하나같이 맛있다고 칭찬을 한다. 나는 이 달걀을 'happy eggs' 라고 부른다. 닭들은 생명체이다 보니 질병도 생기고, 예기치 않은 문제와 걱정거리들이 계속 생긴다. 하지만, 우리 인간의 삶도 그렇지 않은가?

자연의 섭리에 따른 그들이 삶은, 그들이 마땅히 누려야 할 생명의 권리는 존중 받아 마땅하다. 동물도 인간처럼 희노애락의 감정이 있고, 고통도 느낀다. 그들이 사는 세상이 우리 인간이 사는 세상과 결코 다르지 않음을 나는 우리 닭들을 보며 매일 실감한다. 닭들이 내 삶에 들어온 후, 내 삶은 크게 달라졌다. 때로는 닭을 키우게 된 것을 후회하기도 한다. 하지만, 닭들이 있어서 행복할 때가 더 많다. 앞으로도 이들을 위한 나의 책임을 다할 것이다. 나에게 우리 아리들은 반려닭이기 때문이다. 오늘도 우리 닭들은 마당을 이리저리 뛰어 다니며 행복하게 치킨댄스를 춘다.

임남희

2003년 도미. 《한국일보》 '여성의 창' 필진. 버클리문학협회 회원.

동화

■ 개구리와 골프장_ 이은하

개구리와 골프장

이은하

금가루 같은 아침 햇살이 아파트 거실 안으로 쏟아져 내렸다.

강산이 엄마는 강산이의 도시락을 싸며 한숨을 내쉬었다.

"골프 시작한 지가 얼만데 아직도 점수가 그 모양이니?"

식탁에서 밥을 먹고 있던 강산이는 모래알을 씹는 것 같아 숟가락을 내려놓았다.

"엄마는 나만 보면 골프 타령이야?"

강산이는 엄마를 흘겨보면서 볼멘소리로 말했다.

"네 녀석이 공부하기 싫어하니까 엄마가 이러지. 그나마 네가 운동에 소질이 있어서 얼마나 다행이니? 너처럼 공부하고 담쌓은 애들은 일찍부터 골프를 해야 돼. 텔레비전에 나오는 골프 선수들이 부럽지도 않아? 돈도 벌고 유명해지고……."

강산이는 물 한 모금이 걸리기라도 한 것처럼 목이 따끔거렸다.

"그럼 야구시켜 줘요."

강산이가 얼굴을 찌푸리면서 말했다.

"안 돼! 앞집 민수가 방망이 휘두르다 이마 깨진 거 몰라? 쌩쌩 날아오는 공에 얼굴이라도 맞으면 어쩌니?"

"그럼 축구할래요."

"안 돼! 뛰다가 다리 부러져."

"유도는?"

"허리 부러져, 안 돼!"

엄마는 부리부리한 눈을 더 크게 치켜뜨고 강산이의 말을 무 자르듯이 단박에 잘랐다. 얼굴이 종잇장처럼 구겨진 강산이가 입술을 씰룩거렸다.

"뭐니 뭐니 해도 골프가 최고야! 크게 다칠 염려 없지, 돈 많이 벌지. 드넓은 그린 필드를 우아하게 횡단한다고 상상해 봐라. 생각만 해도 가슴이 벅차오르지 않니?"

엄마는 강산이의 도시락 가방을 가슴에 품고 눈을 감았다 떴다 하면서 황홀한 상상에 젖었다. 엄마는 전 국민의 박수를 받으며 필드를 걷는 강산이의 모습을 그리면서 콧노래까지 흥얼거렸다.

"난 재미없어. 나 이제 골프 안 해!"

강산이는 물잔을 요란하게 내려놓고 자리에서 일어났다. 책가방을 멘 강산이는 꿈꾸는 듯 한 엄마의 표정이 싫어서 현관문을 부서져라 걷어차며 뛰어 나갔다.

"버르장머리하고는! 강산아, 오후 연습하려면 도시락 가져 가!"

강산이는 못 들은 척 아파트 계단을 뛰어 내려갔다.

강산이는 상점 유리문에 비친 제 모습을 보고 한층 더 풀이 꺾였다. 축 늘어진 어깨와 굽은 등, 대롱대롱 매달린 긴 두 팔. 보이지 않는 끈에 묶여 끌려가는 지친 고릴라 한 마리가 쇼윈도 안에서 강산이를 바라보고 있었다.

플라타너스는 아침 바람에 춤을 추고 있었다.

강산이가 천천히 언덕길을 오를 때였다. 언제부턴가 꽃길에 모여 놀던 새 소리는 들리지 않고 요란한 쇠망치 소리가 들려왔다. 쿵쿵 땅이 울리는 기분 나쁜 소리는 부쩍 가깝고 크게 들렸다. 강산이는 주변을 두리번거렸다. 간간이 들리는 소리는 땅속에서 발끝으로 그리고 몸 안으로 아주 천천히 울려 퍼졌다. 그러고 보니 학교 너머 뒷산이 못 본 새에 많이 깎여 있었다. 푸른 산등성이는 발가벗은 알몸뚱이가 되어 처참하게 붉은 살을 드러내고 있었다.

'무슨 공사를 하는 거지? 또 아파트를 지으려나?'

글씨가 쓰인 현수막이 기다란 뱀처럼 펄럭거렸다. 강산이는 눈을 가늘게 뜨고 손모자를 만들어 바라보았지만 글씨는 보이지 않았다.

"시끄러워 죽겠네. 오늘도 수업 시간에 낮잠 자기는 다 틀렸다."

같은 반 동수가 강산이의 어깨를 툭 쳤다. 동수는 한 쪽 손으로 귀를 막고 서서 투덜거렸다.

"도대체 언제까지 저 소릴 들어야 하는 거야? 요샌 뭐, 폭탄 같은 걸 땅속에 묻었다가 스위치만 누르면 빌딩 한 채가 먼지처럼 풀썩 무너진다던데. 아이, 귀 아파……."

강산이는 반쯤 깎인 산허리를 보면서 동수에게 물었다.

"뭘 짓는데 저렇게 요란해?"

동수는 여태 그것도 모르느냐는 표정으로 강산이를 물끄러미 바라보았다.

"골프장! 네가 좋아하는 골프장 만드느라 저 난리잖아!"

"골프장을?"

"골프 학교에서 합숙훈련 갔다 오느라고 몰랐구나. 아무튼 넌 좋겠다. 이제 멀리 가서 연습 안 해도 될 거 아냐."

강산이는 지푸라기라도 씹은 것처럼 입 안이 쓰고 목이 말랐다.

언덕 꼭대기에 있는 학교에 다다르자 뒷산에 걸린 현수막 글씨가 또렷하게 보였다.

'챔피언 골프 동산 착공 - 불편을 끼쳐드려서 죄송합니다.'

오후 체육 시간에는 반 아이들이 축구 시합을 했다.

"역시 금강산이야! 발이 안 보일 지경이라니까."

"강산아, 골프하지 말고 축구 선수 돼라! 월드컵 때 우리가 응원해 줄게!"

축구 시합을 승리로 이끈 강산이에게 아이들은 칭찬을 아끼지 않았다.

강산이는 공을 차면서 운동장을 힘껏 달리는 체육시간이 너무나 좋았다. 땀으로 흠뻑 젖었지만 오전 내내 체한 것처럼 찜찜했던 기분이 풀려 있었다.

강산이는 운동장 수돗가에서 시원하게 세수를 했다. 수도에 입을 대고 콸콸 쏟아지는 물을 받아 마시자 몸과 마음이 후련했다.

그 때였다. 작은 개구리 한 마리가 풀잔디 속에서 껑충 뛰어올랐다. 공중으로 뛰어오른 개구리는 풀밭 그늘이 있는 수돗가 옆에 고꾸라지듯 넘어졌다.

물을 꿀꺽꿀꺽 삼키고 막 돌아서던 강산이는 수돗가 바닥에 얼굴을 처박고 있는 개구리를 보고 깜짝 놀랐다. 개구리는 다시 폴딱 뛰어올랐지만 높이 오르지도 못하고 제자리에 나동그라졌다. 개구리는 고통스럽게 몸을 떨었다.

"어? 이상하다?"

강산이는 한 발짝도 움직이지 못하는 개구리한테 조심스럽게 다가가 두 손으로 개구리를 잡아 올렸다. 개구리는 낯선 손길에 놀라 몸을 움츠렸다. 자세히 보니 뒷다리의 물갈퀴가 찢어져 있었다. 검붉은 피는 흙과 뒤범벅이 되어 끈끈하게 뭉쳐 있었다.

"다리가 찢어졌잖아!"

강산이는 종이 울리는 소리도 듣지 못하고 양호실로 부리나케 뛰어갔다.

"선생님, 빨리요! 빨리 약 발라 주세요!"

강산이가 소란스럽게 양호실 문을 열었다. 양호선생님은 다급하게 뛰어온 강산이를 보고 황급히 약 상자를 꺼내며 물었다.

"어디를 다쳤니?"

강산이는 숨을 몰아쉬며 양호선생님 코앞으로 두 손을 내밀었다.

"팔을 다쳤나 보구나? 어디를 어떻게…… 꺅!!"

강산이가 손바닥을 펴 보이자 선생님이 까무러칠 듯이 소리치며 뒤로 물러났다. 헛발을 딛고 나자빠질 듯이 비틀거리다가 겨우 책상을 짚고 일어났다. 울퉁불퉁 못생긴 개구리 한 마리가 바들바들 몸을 떨면서 선생님을 빤히 바라보고 있었다.

“이 녀석! 선생님을 놀리려고 일부러 장난친 거지!”

“아니에요! 개구리가 다쳤어요! 어서 약 좀 발라주세요.”

선생님은 손으로 이마를 짚으면서 한숨을 내쉬다가 개구리를 들여다보았다.

“개구리를 치료해 본 적은 없는데……?”

“운동장 풀밭에서 사는 개구리란 말이에요. 우리 학교 개구리니까 빨리 치료해 주세요.”

양호 선생님은 애원하는 목소리로 매달리는 강산이가 안쓰러워서 소독약을 묻힌 솜으로 개구리의 뒷다리를 닦아주었다.

“꼭 잡고 있어. 개구리가 선생님 얼굴로 뛰어오르면 선생님은 기절할지 몰라. 하여간 아이들이나 개구리나 말썽꾸러기들은 다치기도 잘 하지.”

선생님은 개구리의 다리에 약을 바른 뒤에 붕대를 잘라 정성껏 감아 주었다.

“이러다 생쥐나 매미까지 데려오는 거 아니니? 휴우…….”

선생님이 다리에 붕대를 감은 개구리와 강산이를 바라보면서 피식 웃었다.

“공사장에서 다쳤을 거예요. 고마워요, 선생님.”

강산이는 손바닥 안에서 죽은 듯이 웅크리고 있는 개구리를 보면서 나직이 말했다.

강산이는 작은 상자 하나를 구해 그 안에 개구리를 넣었다. 볼펜으로 여러 개 구멍을 뚫어 공기 창문도 만들어 주었다.

‘곧 수업이 끝날 거야. 조금만 참아.’

강산이는 비닐봉지 안에 파리를 가두고 빙빙 돌리며 노는 아이들에게 파리 몇 마리를 얻어 와 개구리 상자 안에 넣어 주었다.

강산이가 집에 돌아와 씻는 동안, 엄마는 책상 위에 놓인 상자를 들여다보고 집이 떠나가게 소리쳤다.

“에구머니! 보자보자 하니깐 이젠 이런 식으로 엄말 괴롭혀! 당장 내다

버리지 못해!!"

"학교 뒷산이 골프장이 된대요. 거기서 다친 개구리에요. 엄만 개구리가 불쌍하지도 않아요?"

욕실에서 나온 강산이도 지지 않겠다는 듯이 말했다.

"뭐? 골프장? 뒷산 깎는 공사가, 그러니까 골프장을 만든다는 거지? 어머나! 역시 나는 앞을 내다보는 안목이 있다니까! 일이 척척 맞아 돌아가는 걸 보니, 틀림없이 우리 강산이는 세계적인 선수가 될 거야."

엄마는 골프장 소리에 표정이 바뀌었다.

"골프장 때문에 개구리들이 이렇게 죽어간단 말예요!"

"거 봐라. 금수강산 누비라고 지어준 네 이름 덕이야. 빛나는 골프채 들고 금강산을 누빌 날이 머지 않았다. 우리 강산이가 이름값을 톡톡히 보는구나. 호호호……."

엄마는 계속 딴 소리만 했다. 할 말을 잃은 강산이는 제 방으로 들어와 버렸다.

강산이는 상자 뚜껑을 열고 분무기로 개구리의 몸에 물을 뿌려주었다. 메말라 있던 몸에 물기가 닿자 개구리는 조금씩 몸을 움직였다. 강산이는 잘게 부순 식빵도 바닥에 뿌려주었다. 개구리는 피곤한지 눈꺼풀만 껌벅거릴 뿐 아무것도 먹으려 하지 않았다. 강산이는 환한 전등불을 끄고 책상 위에 있는 스탠드 불을 켰다.

"다리가 나으면 다시 풀밭으로 보내줄게."

푸른 색 전구는 비 온 뒤의 촉촉한 달빛 같았다.

"강산아, 고마워."

어디선가 낯선 목소리가 들려왔다. 강산이는 눈을 비비고 방안을 둘러보았다. 방 안은 조용했고 상자 속의 개구리가 투명한 눈빛으로 강산이를 바라보고 있었다.

"네가 말한 거니? 도대체 어떻게 된 거야?"

강산이가 작은 목소리로 개구리에게 묻자 개구리가 슬픈 눈으로 말을 하기 시작했다.

“뒷산 마을이 무너지고 있어. 급하게 이사를 가다가 쇠못에 발바닥이 찔렸어…….”

말을 잇지 못하는 개구리의 눈에서 눈물방울이 떨어졌다.

“아이고 허리야! 지렁이 허리 부러지네! 지렁이 살려!”

울긋불긋 진달래가 아름다운 달래산 땅 속에서 지렁이의 울음소리가 들려왔다.

‘드르륵 꽝! 드르륵 꽝!’

“아이쿠! 이게 무슨 소리야! 귀청이 울려서 단잠을 잘 수가 없네!”

늦잠꾸러기 개구리도 요란한 소리에 부스스 일어났다.

“개구리야! 큰일 났어! 지렁이네 집이 무너졌대! 어서 가서 지렁이를 도와주자!”

옆집에 사는 들쥐가 뛰어와서 소리쳤다.

들쥐와 개구리는 지렁이한테 달려가 온 힘을 다해 흙더미에 깔린 지렁이를 구해냈다.

“땅 위에 폭탄이 떨어진 게 틀림없어. 간밤에 천둥치는 소리가 들리더니 천장이 무너졌어.”

지렁이가 비틀비틀 몸을 이끌면서 훌쩍거렸다.

“도대체 무슨 일일까? 땅이 내려앉고 흙 속의 물이 말라가고 있어. 숨이 막히고 시끄러워서 살수가 없어. 땅 위에 전쟁이라도 난 게 아닐까?”

들쥐가 걱정스럽게 땅 위를 올려다보았다.

“애들아, 내가 알아보고 올게. 괴물이라도 나타난 거라면 내가 무찌르고 올 테니 걱정 마라.”

토실토실 살찐 개구리가 농담 섞인 말로 들쥐와 지렁이를 안심시켜 주었다. 개구리는 용감하게 말하면서 땅 위로 나가는 문을 발로 뻥 찼다. 그 때였다. 으리으리하게 커다란 기계 삽이 개구리가 선 땅에 무섭게 꽂혔다.

“으악! 개구리 살려! 괴, 괴물이 나타났다! 개골개골!”

놀란 개구리가 뒤로 벌렁 넘어졌다. 이번에는 포크레인이 땅을 퍼 올렸다. 순간 굴 문이 와르르 무너져 개구리는 무서운 기계들을 피해 안간힘을 쓰며 소나무 뒤로 숨었다.

'드르륵 꽝! 드르륵 꽝!'

땅 파는 기계들이 로봇처럼 움직였다. 땅이 내려앉고 바위가 부서졌다. 은행나무 소나무가 차례로 쓰러지고 땅 속 동물들이 비명을 지르며 울부짖었다. 눈이 휘둥그레진 개구리는 길을 잃고 서서 바들바들 떨었다. 가까운 곳에서 사람들의 목소리가 들려왔다.

"황 사장님, 일이 척척 진행되고 있습니다. 내년 봄이 되면 공사가 완공될 것 같습니다."

"이 산을 우리나라 최고의 골프장으로 만드는 것이 내 꿈이오. 땅에는 금잔디를 깔고, 산허리를 잘라 도로를 내고, 오락시설도 만들고……. 그럼 관광객들이 우르르 몰려오겠지?"

황 사장은 뚱뚱한 배를 만지면서 큰 소리로 웃었다.

"네네. 곧 돈방석에 앉을 겁니다요. 헤헤……."

노란 모자를 쓴 남자는 황 사장을 졸졸 따라다니면서 덩달아 웃고 있었다. 개구리는 털썩 주저앉고 말았다.

"땅 속 친구들 모두 집을 잃게 되었어. 어서 이사를 가야 해. 빨리 이 소식을 알리자!"

개구리가 흙을 털고 일어날 때였다.

"개구리를 잡아다 끓여먹으면 보약이 된답니다!"

노란 모자를 쓴 남자가 개구리를 붙잡으려고 덤벼들었다. 개구리는 폴딱 폴딱 뛰어 도망을 쳤지만 땅 속으로 들어가는 길을 찾을 수 없었다. 쇠못에 발바닥이 찔려 높이 뛰어오를 수도 없었다. 다리를 다친 개구리가 안절부절 못할 때 사내가 노란 모자로 개구리를 덮쳤다.

"으악! 개굴개굴! 살려주세요!!"

개구리는 목이 터져라 비명을 질렀다. 모자 속에서 가까스로 빠져나온 개구리가 경사진 땅바닥 아래로 곤두박질쳤다.

"개굴아! 정신 차려! 개굴아!"

개구리는 피투성이가 되어 벼랑 아래로 떨어졌던 그 때처럼 정신을 잃은 듯 움직이지 않았다. 강산이는 죽은 듯이 웅크리고 있는 개구리를 애타게 불렀다.

푸른 전구 빛은 사라지고 어느새 아침 햇살이 눈부셨다.

상자 속 개구리는 눈을 감고 힘겹게 숨을 쉬고 있었다. 뒷산을 깎는 소리는 슬금슬금 번지는 안개처럼 이른 아침 아파트 마을을 휘감고 있었다.

'지렁이야, 들쥐야, 개구리야, 어서 빨리 도망가라. 그림처럼 아름답던 달래산은 엉망이 되었어. 더 늦기 전에 빨리 이사를 가……'

강산이는 허리를 다친 지렁이와 피투성이가 된 개구리를 생각하며 속으로 중얼거렸다. 보금자리를 잃고 붙잡혀 가는 개구리들과 금잔디가 깔린 골프장에서 공을 치는 자신의 모습이 번갈아 떠올랐다.

며칠 뒤, 귀청을 찢는 공사 소음을 들으면서 강산이는 개구리 상자를 가슴에 안고 집을 나섰다.

"개굴아, 작은 동산으로 데려다 줄까, 강가로 데려다 줄까?"

강산이는 상자 속 개구리를 보면서 물었다. 개구리는 한 마디 대답도 없이 겁먹은 두 눈만 껌뻑거리고 있었다.

'동산으로 갈까, 강가로 갈까……'

강산이는 아파트 마을 횡단보도 앞에서 선뜻 길을 건너지 못했다. 갑자기 길을 잃은 어린 아이처럼 막막하기만 했다. 강산이는 신호가 바뀔 때까지 개구리 상자를 품에 안고서 한참 동안 제자리에 서 있었다. (*)

이은하

『아동문예』 신인상(동시), 『아동문학평론』 신인상(동화), 세계동화문학상 수상. 펴낸 책으로 장편동화 『콧구멍 속의 비밀』, 『내 짝꿍 하마공주』, 『내 별명은 쓰레기』, 『빼앗긴 일기』, 『바람 부는 날에도 별은 떠 있다』, 『우리 아빠가 된 나백수』, 『꿈꾸는 코스모스』와 동화집 『아이야, 별이 되어라』 외 다수. 한남대학교 국어국문 · 창작학과 교수.

에세이

허밍버드의 시인

클레어 유

- spirits for the spirit, bright poet gone

then pass the cup among the living -

Gary Snyder, "Strong Spirit" danger on peaks에서

샌프란시스코답지 않게 요즘 안개는 어디로 가고 갑자기 아침부터 쨍쨍 햇살에 눈이 부시다. 뒷마당에 채소가 다 마르겠다. 더운 햇볕에 목마르게 타고 있을 토마토, 피망, 아구렐라, 깻잎을 생각하며 썬크림도 못 바르고 모자도 못 쓴 채 급히 내려간다. 가파르게 내려가는 층계에서 넘어질까 걱정도 되면서….

'허밍버드의 시인'이 옆에 있었다면 상냥한 목소리로,
"미세스 유, 조심하세요. 넘어지면 큰일 나요." 했을 텐데….

내려가 보니 이상하게도 채소와 나뭇잎에 물기가 여기저기 보인다. 비는 안 왔을 텐데 ― 나중에 뉴스에서 알았지만, 구름 한 점 없던 어젯밤에 소낙비가 지나갔단다. 물 호스를 들고 꽤 자란 토마토 나무가 쓰러질까 봐 조심스레 스프레이를 해 주고 있는데 느닷없이 허밍버드가 팔딱이며 주둥이를 물줄기에 댄다. 연약하고 작은 새가 겁없이 옆으로 다가와서 가느다란 주둥이를 들여대는 것이 너무 귀엽고 용감하다. 빠르게 진동하는 날개는 모시로 만든 날개 같다.

허밍버드를 볼 때마다 17년 전에 너무 일찍 세상을 떠난 강옥구 시인이 나타난다. 그는 첫 영문시집 a hummingbird's dance(허밍버드의 춤, 1994)를 출판하고 참 기뻐했다. 나에게도 인상 깊은 시집 출판이었다. 미국에선 시집 출판이 얼마나 어렵다는 것도 배웠다. 『허밍버드의 춤』의 시들이 강옥구의 성품과 미를 나타내 주는 허밍버드라고 생각됐다. 그의 연약하게 들리는 목소리와 언어에 못지 않게 그는 연약하게 보이는 행동과 외모를 지녔지만 강철같이 강했다. 옳다고 생각하는 것은 누구에게도 주저하지 않고 발언하고 옹호했다. 그는 양심에 걸리거나 도덕에 어긋나는 일은 절대로 안 했다. 얼마나 많은 약자들이 그에게 도움을 받았던가.

선시인이며 자연환경시인 게리 슈나이더는 Sky Lawn 묘지에 안치된 강옥구를 찾아가 소주를 뿌리고 친지와 술을 나눴다. 그후 그는 옥구를 회상하며 「strong spirit」이라는 시를 썼다. 옥구를 "bright poet"이라 했고 그가 운명하기 직전 병원에 누워 있는 시인의 손을 꼭 잡고 힘없는 손목에 목환자 단주를 채워줬다. 원로 시인은 동이 틀 때까지 그녀를 지켜줬다.

강옥구는 1940년에 광주에서 태어났다. 고등학교에서도 기대가 컸던 그는 부모님의 뜻을 따라 약학을 공부하러 서울로 올라가서 약학과를 졸업했다. 미국에 유학을 와서도 영양학으로 석사를 받고 미국 농무부 연구기관의 연구원으로 근무했다. 그러나 그는 틈틈이 어려서부터 꿈이던 시를 배우고 읽고 감상하고 번역하며 시와 수필을 썼다. 남편의 영향을 받아 종교와 철학에도 집념하게 되어 철학책도 번역하고 불교도 쉬지 않고 공부했다. 근래에 와서는 조로아스터교(배화교)도 공부하기 시작했다. 서울에서 출간된 그의 최후 수필집 『일만송 수행일기』(2000)는 그가 세상을 떠나는 날 도착하여 조객들이 한 권씩 가지고 갔다. 그의 마지막 선물이다.

시와 수필 외에도 음악에 조예가 깊은 강옥구는 집에서 비올라 다 감바, 합시코드, 오보, 피리를 즐겨 배우며 연주했다. 그녀의 일생을 돌이켜 볼 때 문학, 과학, 음악에 재능을 겸비한 우리 이민사회의 르네상스 여인 이다.

북미에서 활발히 약동하는 우리 문인사회에 인간 강옥구, 시인 강옥구가 없다는 것이 너무 아쉽다. 그는 베이 에리아 한미문학의 선구자다. 버클리 에서 반생을 넘게 살았다. 공부도 결혼도 이곳에서 하고 외아들도 이곳에 서 얻었다. 버클리는 그의 스피릿이 떠도는 미국의 고향이다. 우리 뒷마당 을 찾는 허밍버드를 볼때마다 옥구의 스피릿이 찾아왔다고 믿고 더욱 사랑 하는 마음으로 물을 천천히 많이 마시라고 허밍버드에게 말해본다.

허밍버드로 재활한 강옥구의 강한 스피릿!

클레어 유(Clare You, 한국명 임정빈)

공저로 『이민초기 교육의 발자취: 미국, 일본, 중국, 카자흐스탄의 초기 한국어 교육 자료를 중심으로』 등. U.C Berkeley 동양어문학과 한국어 프로그램 주임 및 한국학 연구소 소장 역임. 현재 동 연구소 Senior Research Fellow.

명왕성이 보낸 연서 외 1편

김희봉

태양계의 끝. 햇빛은 스러지고 별들만 숨쉬는 곳. 불 꺼진 변방의 간이역처럼 홀로 떠 있는 우주의 섬.

그 외로운 명왕성에서 기척이 왔다. 미국의 우주 탐사선 '뉴 호라이즌스' 호가 근 10년을 날아 근접한 명왕성에서 사진을 보내온 것이다. 2006년 태양을 등지고 날아간 무인선이 보내온 첫 영상엔 놀랍게도 커다란 "하트"무늬가 새겨져 있었다. 달 표면의 계수나무처럼 명왕성엔 "하트"가 선명했다. 명왕성이 보낸 연서(戀書)였다.

마음의 명왕성은 와이오밍이다. 졸업 후 첫 직장을 잡은 미국의 변방이었다. 인구 불과 5만의 소도시엔 우리가 첫 한국인 가족이었다. 갓 스물 지난 우리 부부에겐 외롭고 황량한 곳이었다. 그러나 그 메마른 땅은 5년을 사는 동안 이민자인 내게 "하트"를 보내준 첫 오아시스가 되었다.

탐사선이 날아간 세월의 3배나 긴 30여 년만에 그 변방 도시를 찾기로 하였다. 나를 뽑아준 첫 상사인 밥의 부인 엘비라가 90세 생신을 맞는 해이다. 꼭 축하의 포옹을 해 드리리라 마음먹는다. 혈육 같은 사람들….

그 옛날, 밥은 내 고물 차를 꽁꽁 언 콘크리트 바닥에 누워 거의 매일 밤 수리해 주었고, 엘비라는 따뜻한 스튜로 언 몸을 녹여주었다. 밥은 애송이

동양인인 나를 와이오밍 방방곡곡 데리고 다니며 일을 가르쳤고 요직의 사람들을 소개했다. 엘비라는 내 첫 아들의 대모가 되었다.

망백(望百)에도 엘비라는 여전히 금발이 빛났다. 근래 일을 자꾸 잊어버린다고 했지만 옛날 일은 아내의 신발 치수까지 기억해냈다. 밥이 수년 전 별세한 뒤 혼자 살아온 베이지 색 언덕배기 집은 여전히 부모님 집 같다. 우리가 수 개월 머물렀던 방엔 내 첫아이 젖내가 묻어 있고, 밥이 고물 차를 고치던 차고에도 빛 바랜 74년형 올즈 모빌 달력포스터가 마치 어제 본 듯 웃고 있다. 타임 머신을 타고 30년을 건너뛰었지만 엘비라의 "하트"는 조금도 변하질 않았다. 나는 알았다. 시간과 공간은 인간(人間)을 넘어서지 못한다는 것을….

문득 명왕성이 보내준 "하트"를 생각했다. 탐험선이 지구와 태양의 38배나 되는 거리를 한치의 오차 없이 10년간 날아갈 수 있었던 것은 인간이 우주의 운행 법칙을 정확히 이해하고 지킨 덕이다. 그런데 마침내 도달한 태양계 끝에 누가, 왜 "하트"를 새겨놓았을까?

알다시피 우주의 가장 큰 법칙은 에너지 불변의 법칙이다. 우주의 별들이 수없이 명멸하고 원자의 수가 증감해도 총량 에너지는 변하지 않는다. 또 있다. 빛의 속도나 만유인력 상수(常數), 전자의 전하 등도 변하지 않는다. 빛 입자의 에너지 크기를 결정하는 플랑크 상수도 불변이다. 이 물리적 상수들은 우주 생성 초기부터 지금까지 한치도 변하지 않는 우주 운행의 법칙이었다.

명왕성에서 신호가 빛의 속도로 오는 데도 6시간이나 걸리는 거리. 비행연료를 아끼기 위해 처음 7년간은 초기 속도를 유지하는 동면 상태로 잠재웠다가 근접 직전 엔진을 다시 깨어나게 만든 경이로운 과학기술도 이런 우주 운행의 법칙을 이용한 것이었다.

　우주의 법칙은 작은 눈으로 보면 모든 게 변하나 큰 눈으로 보면 하나도 변하지 않는다. 조물주의 섭리도 그럴 것이다. 그 섭리를 이해하고 탐험선의 운행에 운용하는 것이 과학이요, 그 섭리를 인간관계에 적용하는 것이 사랑일 것이다.

　엘비라의 "하트"는 조금도 변하지 않았다. 마치 태양계의 끝, 명왕성에서 조물주가 인간들에게 보내온 사랑의 연서처럼….

나비 효과

"나비 한 마리의 미세한 날갯짓이 지구 반대편에 거대한 폭풍을 몰고 올 수 있습니다. 당신도 세계를 바꿀 능력이 있습니다."

'지구의 날' 포스터에 쓰인 유명한 나비효과(Butterfly effect)의 표어다.

그런데 과연 사실일까? 지구 한 모퉁이의 희미한 한 파장이 다른 먼 지역의 자연현상에 큰 영향을 끼칠 수 있을까? 설사 연관이 있다고 해도 어떻게 증명할 수 있을까?

에드워드 로렌츠(Lorentz)는 이를 증명해 낸 미국 기상학자이다. MIT교수 시절부터 그는 한 가지 의문을 품고 있었다. 현대과학이 슈퍼 컴퓨터를 이용, 천체나 로켓 운동 등은 한치의 오차 없이 예측하면서도, 왜 유독 날씨만은 정확하게 예견하지 못하는가 하는 점이었다.

그는 1979년 실험을 통해 다음을 밝혀냈다. 우선 이 세상 현상은 질서계와 혼돈계로 나뉜다. 질서계는 기존의 과학 체계(유클리드 기하학)로 설명할 수 있다. 쉬운 예가 시계추 운동이다. 시계추의 주기적인 반복 운동은 정확하게 예측할 수 있다. 작은 충격을 가해도 추 운동에는 큰 영향이 없다.

그러나 혼돈의 세계는 다르다. 기상 변화나 주식시장처럼 전혀 예측할 수 없다. 새벽 안개의 퍼짐 같이 불규칙적이고 반복되지 않기 때문이다. 그리고 지구상 어디에선가 일어나는 미세한 변화들에 영향을 받기 때문이다. ― 이것이 로렌츠의 카오스 이론(Chaos Theory)이다.

그래서 나비의 날갯짓, 혹은 타는 모닥불 같은 작은 변화가 대기에 영향을 주고, 이 영향이 시간이 갈수록 증폭(增幅)되어 결국 멕시코만을 강타하는 허리케인 같은 엄청난 결과를 가져온다는 것이다. 로렌츠는 이 현상을 기존의 질서 물리학으로는 설명할 수 없는 이른바 "초기 조건에의 민감한 의존성"이라고 표현했다. 만약 이 나비가 가만히 꽃에 앉아 있었다면 허리케인이 일어나지 않았을 수도 있었음을 의미하기도 한다.

나비 효과는 두 가지 관점에서 뜻이 깊다. 첫째, 자연계의 변화를 일으키는 가장 중요한 것은 그 시발(始發)점에 있으며, 둘째, 아주 작은 것이라 할지라도 그 증폭현상으로 인해 엄청난 결과를 불러일으킬 수 있다는 사실이다. 오늘날 글로벌 시대에선 나비효과를 쉽게 피부로 느낄 수 있게 되었다. 디지털과 매스컴의 혁명으로 정보의 흐름이 매우 빨라지면서, 지구촌 한 구석의 미세한 변화가 순식간에 전세계적으로 확산되고 있기 때문이다.

근래, 지구의 나쁜 변화들의 시발점을 보면 인간들이 서 있다. 우리가 무심코 태워버린 폐지더미에서 배출된 이산화탄소가 증폭되어 결국 지구온난화를 가져온다. 아무도 보지 않는다고 수채 구멍에 쏟아버린 페인트가 바다 플랑크톤에 독이 된다. 그래서 태평양 고래가족들이 죽어간다. 사회적 현상도 마찬가지다. 내가 별 가책 없이 낭비한 회사 공금, 대통령이 개인 감정에 휩쓸려 내린 정책 하나 등이 증폭되어 나라의 몰락을 초래한다.

나비의 팔랑대는 날갯짓을 눈여겨본 사람이 있는가? 올해도 색동나비들은 어김없이 고향에서 피어났다. 캘리포니아 색동나비들의 고향은 역설적으로 데스 밸리(죽음의 계곡)이다. 겨울 동안 사막에서 애벌레로 자라다가 2~3월 우기 한철 뿌리는 비에 야생화들이 흐드러지게 만발할 즈음 나비들은 피어난다.

이곳은 수백, 수천만 색동나비들의 눈부신 시발점이다. 그리고 4월이면 북쪽으로 떼를 지어 철새처럼 대이동을 시작한다. 여름이면 캐나다까지 올라간다. 이것이 나비들의 세계 변방에로의 증폭이다. 이들 나비 효과는 생태계의 엄청난 긍정적 결과를 가져오고 있다.

우리 인간들도 긍정적인 나비들로 거듭나야 한다. 창조적이고 건설적인 능력으로 증폭해야 한다. 그래서 지구를 천국으로 만드는 나비효과를 내야 한다. 한사코 우리 인간들은 세상을 아름답게 바꾸는 한 마리 꿈꾸는 색동 나비로 탈바꿈해야 한다.

김희봉

서울 출생. 1997년 『현대수필』 신인상. 2011년 『시와정신』 포에세이 추천 당선. 샌프란시스코 한국일보 〈환경과 삶〉 칼럼 연재(1995 ~ 현재). 2001년 수필집 『불타는 숲』 출간. 미주 수필가협회 창립위원, 버클리 문학협회 회장, 『버클리 문학』 주간, 전 샌프란시스코 동만 수자원공사(EBMUD) 환경사업팀장. 현Enviro 엔지니어링 대표.

순간에서 영원으로

정홍택

인생을 묘사하는 한 마디 단문을 나는 좋아한다. 그 중에 내가 제일 좋아하는 명문은 아일랜드의 작가 버나드 쇼의 묘비명이다. "우물쭈물 살더라니 내 이럴 줄 알았지". 전에도 이 글을 여러 번 읽었지만 나이 70 고개를 반이나 넘어서니 바로 내 인생을 그린 것처럼 들려온다. 근자에 와서 이 묘비명이 영어를 한글로 번역하는 과정에서 생긴 오역이라는 이야기가 있지만 그게 무슨 상관이랴. 오역 그대로가 바른 번역보다 더 내 인생을 말하고 있으니.

근자에 들어 내겐 새로운 버릇이 생겼다. 가까운 분들이 돌아가 묘지까지 따라가 하관식에 참석하고 식이 끝나면 남들과 같이 바로 돌아가지 않게 되었다. 다시 적막이 깃든 묘원 여기저기 돌아다니며 낯익은 이름의 묘를 찾아본다(미국인 공동묘지 내의 한 부분을 교회가 구입해 교인들에게 분양을 했다). 낯익은 이름의 비석 옆에 앉아 먼 하늘의 구름이나 산의 푸르름을 보며 그 분과의 인연을 생각한다.

우리 교회 뒤에는 오래된 묘지가 또 하나 따로 있는데 교회 주차장과 본당 사이에 위치하고 있어서 교회당에 들어가려면 꼭 이곳을 지나야 한다. 여기 묻힌 분들은 19세기 교회당 창립 당시의 백인교인들이어서 우리 한국인이 구입해 입당한 후로는 찾아오는 사람이 아무도 없다. 우리는 정기적으로 제초해 주며 묘지답게 가꾸어 주고만 있다. 언제부터인가 나는 오며 가며 이 묘지에 들어가 서성이기를 좋아하게 되었다. 줄 맞추어 나란히 서 있는 비석들 사이를 이리저리 거닐며 묘비에 새겨진 주인공들의 이름, 출생, 사망 연대를 들여다보는 게 재미있다. 그러다가 재치있게 쓰여진 묘비를 만나면 호기심에 허리를 굽혀 자세히 보게 된다. 짧은 글 속에 그들의 인생이 녹아 있어 내 상상력을 자극한다.

그날도 나는 또 교회 묘지에 들려 서성이다가 저쪽 뒤에서 여느 것과는 좀 색다른 묘비를 발견했다. 상단에 단 한 마디 ‘내 남편(MY HUS-BAND)’이란 글자가 새겨져 있지 않은가. 나는 계속해서 읽어 나갔다. 묘비 주인공의 이름은 사무엘 모톤(SAMUEL MORTON), 1804년 10월 20일 출생, 1892년 3월 11일 소천하셨다.

색다름은 여기서 그치지 않았다. 이 비석은 그 옆의 비석 쪽으로 비스듬이 기울어져 있었는데 이상하게도 그 옆의 것도 이 쪽으로 기울어 마치 두

묘석이 머리를 맞대고 몸을 기대는 형상이었다. 호기심을 가지고 나는 그 옆 기울어진 또 하나의 비석으로 다가갔다. 약간 작은 크기에 "수잔나 모톤(SUSANNA MORTON)"이라고 새겨져 있었다. '아하, 이 두 분은 부부 사이로구나.' 그렇다면 옆의 큰 묘비에 '내 남편'이라고 새겨 넣은 사람이 바로 이 수잔나(Susanna)라는 분이시로구나. 생전에 얼마나 남편을 사랑했으면 이 한마디, '내 남편(MY HUSBAND)'을 묘비에 새겼을까. 묘비를 읽어보니 모톤 여사는 8년 후인 1900년 1월에 돌아가 남편 옆에 묻히셨다. 남자인 모톤 씨의 묘비 글씨는 불툭 튀어나온 양각(陽刻)으로 쓰여졌고 수잔나 모톤 여사는 속으로 패인 음각(陰刻) 글자들인 것도 흥미로웠다.

두 비석 앞에 서서 나는 이 비석들의 사연을 나름대로 그려보았다. 내 상상력은 날개를 활짝 펴 시간을 가로질러 먼 옛날로 비상한다. 1900년 1월 어느날 교회 묘지 바로 이 자리였다. 밤새 잔설이 와서 푸른 잔디가 흰 눈 위로 살짝 머리를 내미는 그런 날이다. 친지들의 애도 속에 모톤 여사의 관이 내려졌고 그 덮힌 흙 위에 조그만 비석이 세워졌다. 8년간 외롭게 서 있던 모톤씨 묘비 옆에 바짝, 아주 가깝게….

그로부터 또 수많은 밤과 낮이 교대하며 시간이 흘러간다. 흐르는 시간 속에 모톤 씨 부부를 묻었던 친지들도 하나 둘 모두 세상을 떠났다.

보름달이 휘영청 밝고 귀뚜라미 소리 해맑은 어느 늦가을 밤의 묘지. 모톤 여사가 가만히 남편에게 속삭인다.

"여보, 추워요. 좀 가까이 오세요."

"허어, 내 발이 땅에 묻혀 꼼짝할 수가 없구려." 모톤 씨가 조용히 대답한다.

"알아요. 그럼 조금만이라도 제게 몸을 기울여 주세요. 이렇게요."

그러자 수잔나 비석의 한 쪽 흙이 조금 가라앉으며 비석 상체가 남편 쪽으로 기울어졌다. 모톤 씨도 이에 응답하듯 부인 쪽으로 묘비의 무게 중심을 옮겼다. 모톤 여사가 달콤하게 속삭인다.

"여보, 너무 좋아요. 우리 영원히 이렇게 서로 기대고 있어요."

둥근 달이 대화를 듣고 환히 웃으며 하얀 달빛을 더 밝혀 준다. 이윽고 동녘 하늘이 붉게 타오르고 해가 얼굴을 내민다. 하얀 달이 다시 맺어 준 이 인연은 붉은 해 앞에서도 부끄럽지 않았다. 이제 아무것도 이들을 떼어 놓을 수가 없었다.

영속의 시간과 공간 속에서 방황하던 나는 오늘 이 두 비석을 만났다. 아니, 두 분의 영원한 사랑의 현장을 찾았다고 해야 옳겠지. 이런 사랑이라면 틀림없이 영원으로 이어졌으리라.

이 사연을 어떻게든 사진으로 표현하고 싶었다. 우선 묘비의 글자들을 선명하게 부각시켜야겠다. 햇볕이 옆에서 경사각도로 내려 비치면 양각, 음각 글자에 그림자가 생길 것이다.

다음에는 이들 부부사랑이 시간을 초월해 이어진다는 것을 암시하는 그 무엇을 사진에 집어넣어야 할 텐데…. '영원한 사랑'은 '하늘'로 보여주자.

이렇게 계획을 하고 나니 이제부터 할 일은 기다리는 것뿐이었다. 햇살이 묘비 글자에 경사지게 비칠 때까지 나는 그 자리를 맴돌았다. 시간은 강물처럼 천천히 흐르고 해는 흐느적거리며 중천 하늘에서 떨어질 줄 모른다.

얼마를 기다렸을까, 드디어 해가 서편으로 기울기 시작한다. 묘비 글자들이 햇볕을 받아 반짝이며 그 뒤로 까만 그림자가 생기기 시작했다. 가슴이 뛴다. 하늘을 쳐다보니 마침 하얀 구름이 점점이 떠 있다. 영원을 상징하는 완벽한 배경이다. 나는 잔디 위에 온몸을 찰싹 붙이고 카메라를 땅에 대고 앵글을 들어 위를 향했다. 하늘을 배경으로 묘비가 빛나고 있었다.

두개의 비석, 푸른 하늘, 흰 구름, 카메라 그리고 나, 우리는 모두 하나
였다.
"찰칵."
그것은 순간이었을까, 영원이었을까.

정홍택

『수필문학』으로 등단. 서울상대 졸업, KIST 입사. 아남반도체 미주 현
지법인 사장. 뉴욕주재 KOCHAM(주미한인상공인협회) 5대 회장. 필라
델피아 교포은행 MoreBank 설립, 초대 이사장. 현재 필라델피아 한인문
인협회 회장.

엘도라도의 꿈

김정수

미친 듯 황금을 찾아 헤매던 스페인 사람들은 하나의 전설을 굳게 믿고 있었다. 산 넘어 저 쪽 어딘가에 「엘도라도」라는 도시가 있는데, 시가지는 온통 황금으로 덮여 있고….

샌프란시스코 기어리(Geary) 길 두 블럭 위에 있는 서터(Sutter) 스트리트는 원래 스위스 태생 이민자 서터(본명은 Johann August Suter)라는 사람의 이름을 딴 것이다. 서터는 본국에서 사업에 실패하고 사기범으로 고소당한 끝에 아내와 아들 셋을 내버려두고 미국으로 도망 온 한심한 사람이었다. 1834년 뉴욕에 도착한 서터는 닥치는 대로 막일을 해서 얼마간 돈을 모으고, 술집, 숙박업 등을 해서 한 밑천을 장만했다.

그 다음 다시 재산을 정리해서 당시 미지의 세계인 서부에 왔는데, 새크라멘토 밸리의 비옥한 땅을 보고 자기의 꿈을 이룰 수 있는 곳은 "바로 여기"라고 생각했다. 그래서 몬트레이에 있는 당시의 멕시코 정부 주지사로부터 10년 간 임차 허가를 받아서 그곳에 이민자 마을을 세웠는데 이름을 라틴어로 새로운 스위스라는 뜻인 「노이 헬비티언」(neu-Helvetien)이라고 했다. 그리고는 스위스 이민자들을 끌어 모아서 땅을 개간하였는데 어찌나 기후 좋고 땅이 기름졌던지, 심기만 하면 과일이 열리고 씨만 뿌리면 곡식이 여물었다. 창고를 짓고 또 지어도 넘쳐나 터질 지경으로 농사가 잘 되었고, 가축은 축사를 짓고 또 지어도 모자랄 지경으로 번식이 잘 되었다.

생산품을 실어 나를 운하가 건설되고, 방앗간, 공장 등이 세워지고, 또 농산품 수출을 위한 해외 대리점이 설립되었다. 그뿐인가? 유수한 유럽의 은행을 통해서 투자하는 품목마다 히트를 쳐서 돈이 쏟아져 들어오고, 그러다 보니 서터는 불과 몇 년 사이에 억대의 부자로 일어선 것이다.

1848년 1월 어느날 저녁 서터의 콜로마 지역 농장에서 제재소를 짓고 있던 제임스 마샬(James W. Marshall)이라는 목수가 잔뜩 흥분하여 서터의 집으로 뛰어들어왔다. 강변 모래를 파내다가 금 같은 노란 금속을 발견했다는 것이다. 다음날 아침 서터는 그 지역 모래를 조사해 보았다. 참으로 믿기 어려운 일이지만 모래를 체에 담아서 이리저리 몇 번 흔들기만 하면 금 알갱이가 남는 것이 이건 완전히 노다지 판이었다. 「아니, 내 땅에서 노다지가 터지다니!」 애써 냉정을 유지한 서터는 우선 주위 일꾼들에게 엄한 함구령을 냈다. 「이런 정도의 금광이면 어쩌면 세계에서 제일 가는 부자가 될 지 모르겠다.」 그날 서터는 엘도라도의 꿈을 꾸면서 잠을 설쳤다.

그런데, 그것이 어떤 소문이라고 사람들이 입을 닥치고 있을까? 함구령이 내린 그날 저녁으로 "거기에" 황금이 널려있다는 소문은 온 농장에 퍼졌고, 캘리포니아에 황금 노다지가 터졌다는 소문은 며칠 새에 미국 전국을 뒤덮었다. 황금을 보면 사람들 눈이 뒤집히는지, 금이 발견된 그날로 농장의 농군들, 대장장이, 목동, 서기, 공무원, 목사님 할것 없이 모두 체와 냄비를 들고 금이 발견된 곳으로 달려갔다. 심지어 가정부까지 금을 캔다고 도망갔으니 서터는 그날로 자기 손으로 밥을 챙겨먹을 신세가 된 것이다. 그렇게 되니, 과실이 익어 썩어나도 추수할 일꾼이 있나? 곡식이 익어 자빠져도 거둘 농부가 있나? 가축이 축사를 부수고 나와서 밭의 채소를 휘젓고 뜯어먹어도 이것을 막을 목동이 있나? 이건 완전히 밤새 날벼락인 것이다.

당시 샌프란시스코는 인구 몇 백 명의 한적한 어촌이었는데, 금을 발견한 그 해에 황금에 미친 사람들 4만 명이 선편으로 입항하였고, 또 대륙을 건너서 육로로 3만 명이, 그리고 멕시코 쪽에서 9천 명이 밀려들었다. 돈독이 오른 사람들 10만 명이 한꺼번에 몰린 것이다. 이 지역 일대가 난장판이 되어 매일 총 쏘고 칼로 찌르고 두들겨 부수고, 게다가 여기에 무슨 법이 있나? 질서가 있나? 무법자들은 지역의 유일한 실물경제인 서터 농장을 약탈하고, 곡식을 훔치고, 가축을 잡아먹고, 경작지에 멋대로 저희들 움막을 짓고 했으니, 서터의 농장은 순식간에 풍비박산되었다.

돈이라는 것은 벌기로 하면 잠깐 사이에 버는 것이고, 없어지기로 한다면 순식간에 없어지는 것 아닌가? 하필이면 금광이 자기 땅에서 발견된 것인지, 서터의 그 좋은 농토는 순식간에 황무지가 되고 그 많은 재산은 다 도둑맞고 파괴되어 완전 거덜이 났다. 차라리 금광이 안 터졌으면 대농장주로 편안한 여생을 보냈을 것을, 空手來 空手去, 서터가 꾼 엘도라도의 꿈은 허망하기만 한 것이었다.

미망(迷妄)

무엇을 크게 잃은 사람은 다음 셋 중 한가지 반응을 보인다. 첫째는 이것을 되찾으려고 끝까지 발버둥치는 사람. 둘째는 찾으려고 노력은 하지만 어느 단계에서 미련을 깨끗하게 버리고 처음부터 다시 시작하는 사람. 셋째는 아예 포기하고 좌절하여 주저앉는 형이다. 이중에 서터(Sutter)는 첫째 유형에 들어간다. 잃어버린 것이 너무도 아깝고 원통했던 것이다.

서터가 법적으로 소유한 땅은 아메리칸 강과 새크라멘토 강이 베이로 흐르는 주변 지역 5만 에이커(경기도와 충청도 일부 면적)로 새크라멘토, 스탁턴, 샌프란시스코까지 이르는 거의 모든 지역을 포함된다. 여기서 금광이 터지자 각양각색 인간 쓰레기들은 다 모여들었는데, 가관인 것이 남의 땅을 파헤치면서 금을 캐고, 금 캐는 이를 따라 각종 장사꾼들이 몰려들고, 더러는 버젓이 자리잡고 농사를 짓고 하다가 나중에 그 땅을 또 저희들끼리 사고 파는 것이다. 땅 임자로 보아서는 복장이 터질 노릇이다.

처음 얼마간은 서터 역시 하인들을 동원하여 자기 땅의 금을 캐려고 하였으나 금이란 사람을 미치게 만드는 요물인지 어제까지 충직하던 하인들도 금만 보면 사람이 달라져서 금을 빼돌리던가 아니면 더 좋은 금광을 찾아 줄행랑을 놓았다. 낙담한 서터는 금 찾기를 포기하고 금광에서 멀찌감치 떨어진 농지에 은둔해 버렸다. 그런 중에도 고국에 내버려두고 왔던 아내와 아들 셋을 찾아서 데려옴으로 큰 위로를 받았지만 아내는 도착 후 얼마 안 되어 죽었다. 그래도 든든한 아들 셋과 힘을 합하여 농장을 다시 가꾸었는데 워낙 토질과 기후조건이 좋아서 매년 소출은 대풍작이었다. 그리고 전에부터 하던 가죽 교역도 다시 정상으로 돌아섰다. 이제 서터는 원래 위치로 돌아가는 듯했다.

1850년 캘리포니아가 아메리카 합중국으로 편입이 되자 이 황금의 땅에도 질서가 잡히기 시작하였다. 그러자 서터는 법을 통해서 자기 재산을 보상받겠다고 생각했다. 우선 자기 농장에 들어와 살고 있는 1만 7천여 가구의 농부에 소송을 걸어서 나가줄 것을 요구하고 주 정부에 대해서도 자기가 건설한 도로, 운하, 다리, 댐 등을 소유하게 된 대가로 당시로는 천문학적인 금액인 2천 2백만 달러를 요구했다. 그리고 연방정부에게는 망가진 토지와 채굴된 금에 대한 자기 몫에 대한 손해배상으로 다시 2천 5백만 달러를 요구하였다.

예나 지금이나 소송비용이라는 것은 만만치가 않은 것이다. 서터는 4년 동안 남은 재산이 다 거덜날 지경으로 엄청난 소송비용을 부담하였다. 마침내 1855년 캘리포니아 대법원 판결이 떨어졌다. "서터의 모든 권리를 인정한다. 피고는 서터에게 배상하라." 법적인 논리로 보면 백 번 타당한 판결이다. 남의 사유지를 무단 점유하고 그 재산을 침해하였다면 당연히 그 피해를 보상해야 하는 것 아닌가? 그러나 판결이 집행된다면 지금 살고 있는 사람들은 모두 쫓겨나야 한다. 이판사판에 몰린 주민들은 일거에 폭도로 변했다. 폭도들은 법원 건물을 불지르고 판결은 내린 판사를 "때려죽인다"고 찾아다니고 서터의 저택과 농장을 불태워 버렸다. 이 난장판 속에서 큰아들은 폭도에게 쫓기다가 권총 자살을 하였고, 둘째 아들은 폭도들에게 맞아 죽었고, 셋째 아들은 도망가다가 물에 빠져 죽었다.

그후 미친 사람이 다 된 서터는 재산을 되찾겠다는 집념 하나로 남은 생애 25년간을 살았다. 그의 돈 마지막 한 푼이라도 빼앗아보려고 재판을 충동질하는 악덕 변호사, 정계 실력자를 잘 안다는 사기꾼 등 별의별 야바위꾼들에게 농락을 당하고 세상의 웃음거리만 되다가, 서터는 1880년 와싱턴 DC의 어느 싸구려 호텔에서도 쫓겨나 거리에서 숨졌다. 주머니에는 동전 몇 개와 재산반납을 요청하는 청원서가 들어있었다고.

재산이라는 것은 이 세상에 손에 쥐고 태어나지도 않았으며 세상을 떠날 때 가지고 갈 수 없는, 잠시 맡아 지닌 것이다. 많이 맡았으면 많은 맡은 대로, 적게 맡았으면 적게 맡은 대로 그렇게 열심히 사는 것이다.

서터는 본국에서 사업에 실패하여 가족을 버리고 도망 온 사람이다. 그후 세계 제일의 부자가 되나 싶었는데 하필이면 금광이 자기 땅에서 발견되어 큰 손실을 보았을 때 "나야 빈손으로 미국에 오지 않았는가? 이 거대한 땅도 사실은 멕시코 정부로부터 거저 얻은 것." 이렇게 속 편하게 생각하고 털고 일어나 새로 시작을 하였다면 좋았을 텐데 마지막까지 집념에서 헤어나지 못하다가 모든 것을 잃고 말았다. 이런 것을 미망(迷妄)이라고 하는가?

돈 벌이를 찾아서

처음 캘리포니아에서 금이 발견되었을 때 어느 누구도 금을 금이라고 생각하지 않았다.

'서터'의 농장에서 일을 하던 '제임스 마샬'이라는 기사가 콜로마에서 제재소를 짓다가 금을 발견했다는 것은 앞서 소개한 바 있다. 제재소가 세워지던 냇가 모래밭에는 크기는 꼭 강낭콩 크기의 누런 알갱이가 지천으로 깔려 있었는데 거기서 일하던 인부들이 누구도 그것이 금이라고는 생각하지 않았다. 금을 알아 본 사람은 마침 인부들 식사 수발을 위해 와 있던 흑인 하녀이다. 그녀가 금 알갱이를 주워서 깨물어 보고 "이건 금이다"라고 하니까 모두들 "이 바보야 금이 이렇게 흔할 리가 있나?!" 하고 비웃었다. 흑인 하녀는 그래도 혹시나 싶어 틈틈이 누런 알갱이를 모아 녹여서 장신구 비슷한 것을 만들었는데 제임스 마샬이 이것을 보고 "이거, 진짜 금이 아닌가?" 싶어서 몇 알갱이를 주워서 주인에게 가져간 것이다.

그래서 골드러시에 불을 처음 댕긴 사람으로 기록되는 마샬은 덕분에 당시의 적지 않은 돈 월 200달러씩의 생계비를 정부에서 받았지만 평생을 술에 절어서 가난하게 살았다. 아무리 노다지가 바로 머리 위에서 쏟아져 내려도 그것을 주워담을 그릇이 안 되는 사람은 별 수 없나 보다.

1848년 1월 샌프란시스코 인구가 8백 명, 5월경에는 거의 공동(空洞)의 도시가 되어버린다. 노다지 소식을 듣고 모두들 새크라멘토로 달려갔기 때문이다. 그러다가 전국 각지에서 노다지꾼들이 몰려들어서 인구는 갑자기 10만 명으로 늘었는데 반면에 물자 공급은 턱도 없이 부족했다. 다들 금을 캐어 한몫 보려는 노다지꾼일 뿐, 곡식을 재배할 농부도 없고 물건을 만들 숙련공도 없었기 때문이다. 당시 식빵 한 조각에 2달러, 계란 한 개에 2달러, 담요 100달러, 가죽 장화 100달러. 당시 노동자의 주급 1달러 50센트와 비교하면 '천문학적으로' 비싼 값이다. 그런데 그것도 없어서 못 팔았다. 그러나 당시 누구든 노다지만 캐었다 하면 쉽게 팔자를 고칠 수 있었으니 그쯤 되면 '돈'은 이미 우리가 생각하는 차원에서의 '돈'이 아닌 것이다.

그러나 금을 캐서 돈을 번 사람은 전체 노다지꾼들의 10% 정도이고 나머지는 돈도 못 벌고 허리가 휘는 중노동만 했다. 기록에 의하면 골드러시의 첫 해 노다지꾼들 5명 중에 1명이 사망했다. 열악한 노동조건에 영양도 결핍되었기 때문이다. 더욱이 돈을 번 10% 미만도 그 돈을 잘 활용하여 부자가 된 사람은 거기서 또 10%가 안 된다. 나머지는 술과 여자와 노름으로 돈을 다 날렸으니 결론적으로 노다지꾼의 1%만 성공한 셈이다.

그리고 더 웃기는 사실은 진짜 돈을 번 사람은 금을 캔 사람이 아니고 그 사람들을 뒤쫓아 들어온 장사꾼들이다. 금광이 터졌다는 말을 듣고 식품점을 하던 브래넌이라는 사람은 즉시 광부들이 필요로 하는 곡괭이 삽 같은 것을 파는 철물점을 차렸고, 소노마라는 사람은 광부들 상대로 물장사를 해서 돈을 벌었고, 떠돌이 악사 리바이라는 사람은 원래 천막을 팔려고 그 바닥에 들어왔는데 광부들의 바지가 다 너덜너덜 해어진 것을 보고 아이디어를 얻어서 천막 천으로 바지를 만들어 팔았다. 그것이 빅 히트를 친 리바이 진 바지이다. 그 밖에도 철도 사업을 일으킨 스텐포드, 크로커, 헌팅턴 같은 사람들 역시 전혀 황금하고는 상관없는 업종에서 성공을 거둔 것이다.

황금이라는 것은 사람을 살짝 돌게 만드는 위력이 있다. 그러나 돈이란 담을 만한 그릇이 되는 사람이 순리대로 벌었을 때 그 가치가 빛나는 것. 골드러시에서 본 것처럼 지금도 기회만 잘 닿으면 돈 벌기는 어렵지 않다. 그러나 '어떻게 잘 그것을 이용하여 기업화하고 사회에 환원시키느냐?' 하는 그것이 어려운 것이다. 돈을 버는 것은 행운과 노력이지만 번 돈을 잘 쓰는 것이야말로 진정한 지혜가 아닌지?

골드 러쉬(GOLD RUSH)

황금 노다지 판 골드 러쉬(Gold Rush)는 1848년부터 1855년까지 기껏 7년 동안 반짝한 것이다.

기록에 의하면 이 기간 동안에 금을 캐서 한몫 챙기겠다고 미 전역은 물론 세계 각지에서 몰려온 노다지 꾼은 약 30만명, 거기에는 중국인들 2만 5천명도 포함된다. 그렇게들 와서 캐낸 금은 무게로 약 75만 파운드. 톤으로 계산하면 340톤(ton)이다. 우리가 도로에서 흔히 보는 40' 화물 콘데이너의 최대 용량이 4만 5천 파운드 정도이니까 그런 콘테이너 16개에 황금을 꽉 채울 분량이다. 더 알기 쉽게 표현하면 이 정도 금으로 1돈중짜리 금반지 9100만 개를 만들 수 있다.

당시 동부에서 샌프란시스코로 오는 길은 세 개의 루트가 있었다. 그 중 첫째가 육로로 대륙횡단을 해서 오는 것이다. 험준한 산을 수도 없이 걸어서 넘고, 죽음의 계곡과 사막을 건너고, 도중에 재수 없으면 인디언의 습격도 받아가면서 3천 마일 길을 3개월에서 7개월을 걸려서 왔다. 오는 도중 더러는 병에 걸려 죽고, 굶어 죽기도 하고, 인디언 습격에 죽고, 이렇게 겨우 목숨을 건져 도착한 사람들이 1849년과 1850년 사이에 약 3만 2천 명.

두번째는 뉴욕에서 배를 타고 대서양을 따라 미 대륙의 미최남단 Cape Horn을 지나서 남미대륙 해안을 따라 북쪽으로 오는 방법이 있는데, 이렇게는 거리가 15,000마일로 대략 9개월이 걸렸다. 망망 대해에서 예기치 못했던 폭풍과 험한 파도, 적도를 지나는 동안의 살인적인 찜통 날씨, 부족한 음식과 물…, 이러한 위험 속에서 죽기살기로 같은 기간에 2만 7천 명이 왔다.

세번째는 배로 파나마 서해안까지 와서 육지로 서해안으로 횡단한 다음 거기서 다시 배를 타고 오는 방법이 있었는데 거리는 7천 마일 길로 2개월에서 3개월이 걸리는 길이다. 거리로는 파나마를 육지로 통과하는 것이 짧지만 그 길은 말라리아 모기와 독사 전갈 등이 득실거리는 밀림과 거머리가 달라 붙고, 악어가 출몰하는 늪을 또 지나야 했다. 그렇게 어렵게 동해안에 도착해서도 이번엔 배를 기다려야 한다. 그런데 그건 더 어렵다. 여기를 통과하는 배들은 이미 출발지에서 부터 만선(滿船)이 되어서 파나마에 경유하기 때문에 여기서는 손님을 더 태울 여유가 없는 것이다. 그런 고생을 하면서 2만 명이 왔다.

이렇게 죽을 고생을 하면서 꿈에 그리던 엘도라도 땅에 왔지만 도착한 노다지 꾼 다섯 명 중 하나가 열악한 생활환경, 영양실조와 병으로 죽었다. 그리고 당시 샌프란시스코 항구에는 빈 배들이 5백 척이나 방치되어 있었다는데 그것은 배 선원들이 항구에 닿자마자 모두 노다지를 찾아 도망갔었기 때문이다. 다들 황금에 미친 것이다. 그러나 1855년쯤 되면 Golden State 캘리포니아의 금도 거의 고갈되기 시작한다. 그래서 금을 찾아 찾아 어떤 이들은 시에라 산맥을 따라 더 북쪽으로 갔고, 어떤 이들은 중가주를 지나 남쪽으로 내려갔다.

그렇게 금을 찾아 헤매던 어떤 사람들은 생각치도 않았던 새로운 보물을 발견하게 된다. 바로 기름진 캘리포니아 땅에서 일굴 수 있는 농업이다. 태평양 연안에 위치한 캘리포니아는 해안은 좁은 평야로 되어있고, 해안에서 멀지 않은 곳에 산맥이 뻗어 있으며, 그 안쪽 내륙에는 다시 기름진 평야가 펼쳐지고 동쪽에는 다시 높은 산으로 이어지는데 기온은 여름에는 건조하고 겨울에는 따뜻하고 비가 많다. 물단 잘 댈 수 있으면 농사를 짓기에 매우 이상적인 환경인 것이다. "바로 이것이다!" 금을 찾아 헤매던 노다지 꾼들 중에서도 하나 둘씩 농사에 눈을 돌린 사람들이 생겼다.

금광을 찾아 땅을 파던 사람들이 안개가 많이 끼고 기온이 온화한 코스트 산맥 태평양 쪽 계곡에 땅을 파서 채소를 심었다. 더러는 바람이 잘 불고 햇빛이 강렬한 샌와킨 산 기슭에는 포도밭을 일구었고, 또 어떤 사람들은 중가주 평야에 목화를 재배하고 또 과일 나무를 심었다. 그렇다! 황금만이 엘도라도가 아니었다! 크고 아름답고 기름진 농토, 여기서 나오는 소출, 이것 역시 진정 그들이 찾던 엘도라도이기도 했던 것이다.

알렌 포의 시 "어느 위풍 당당한 기사가…"

"어느 위풍 당당한 기사(騎士)가 엘도라도를 찾아 먼길을 떠났는데…."로 시작하는 에드가 알렌 포(Edgar Allan Poe)의 詩 El Dorado는 영시(英詩)만 가질 수 있는 독특한 어감(語感)과 운율(韻律)이 물씬한 작품이다. 첨에는 기사가 콧노래를 부르며 엘도라도를 찾아 씩씩하게 여행을 떠난다. 그러나 멀리 멀리 갔어도 꿈의 땅 엘도라도는 찾을 수 없었다.

세월은 흘러 몸은 늙고 힘은 쇠잔해질 무렵 기사는 그림자(Shadow)라는 순례자를 만난다. "어떻게 가면 엘도라도에 닿을 수 있을까요?" 하고 기사가 묻자 순례자가 대답하는 것이 시의 마지막 부분이다.

"저 달빛 비치는 산을 넘고 넘어서(Over the Mountains of the moon)
그늘진 계곡으로(Down the Valley of the Shadow)
말 달리라, 가는 데까지 가 봐라(Ride, boldly ride)
네가 엘도라도를 찾으려 한다면!(If you seek for Eldorado!)"

도대체 어디까지 가라는 것일까? 시의 글귀로 봐서는 아마 그 기사님 살아 생전에는 엘도라도를 찾았을 성 싶지 않다(엘도라도가 정말 있기나 한 거야?).

사실 시 엘도라도를 쓴 시인 알렌 포는 평생 뭐 하나 일이 제대로 풀린 적이 없었던 불운의 사내였다. 그래서 자기 운명에게 절규하듯 묻는 것이다 "어떻게 가면 엘도라도에 닿을 수 있을까?"

개척자의 노래(Old Settler' s Song)

"개척자의 노래(Old Settler' s Song)"이라는 컨츄리송은 당시의 한 노다지 꾼의 푸념이 담긴 미국식 장타령이다. 내용은 "금을 찾아 나는 헤매고 또 헤매고 다녔다"로 시작해서, "땅을 파고 개울을 뒤져도 맨날 헛수고. 어디서 누구는 금광을 발견해서 부자가 되었다는데, 나는 맨날 요모양 요꼴, 쭈그러진 양재기에 무디어진 곡괭이가 내 재산 전부" 이렇게 한심한 신세타령으로 이어진다.

그러다가 어느날 문득 생각했다. "하루 아침에 백만장자가 되는 허황된 꿈을 버리자. 차라리 농사라도 지어 착실하게 살자." 금 캐는 도구 다

내버리고 보따리 하나 막대기에 달랑 매달고 길을 떠나 어느덧 평지가 끝난 곳까지 왔다. "때는 한겨울, 짙은 안개 속의 축축한 숲, 수목은 마치 강아지 등에 난 털처럼 **빽빽**한데… 여기 어디서 농사를 짓는다냐? 한심하더군. 이것이 내 인생의 막다른 골목인가 싶어 눈물이 내 뺨에 흘러내리더라고…."

아무튼 이젠 더 이상 갈 곳이 없다. 이 불쌍한 노다지꾼은 나무를 잘라 얼기설기 통나무 집을 짓고 농사터를 잡았다. 그런데 여기저기 아무리 땅을 파헤쳐도 흙이 보이지 않는 것이다. 오랜 세월 동안 나뭇잎이 쌓여서 너무 두껍게 땅을 덮은 것이다. 그리고 웬 비는 그리 추적추적 자주 오는지. 여기도 아니다 싶어 다시 떠나고 싶었지만 이젠 몸도 쇠약해졌는지 더 이상 꼼짝할 여력이 없었다.

그래도 "먹고는 살아야지!" 부지런히 밭을 일구고 씨를 뿌렸다. 보잘것없는 소출이지만 그래도 근근이 먹고는 살았다. 그러기를 2년, 이제 좀 견딜만은 하다 싶었던 어느날 자기 터에서 조금 벗어나 걷다 보니 눈앞 시야가 탁 트이고 거기 큰 물이 보이는 것이다. 지금의 와싱턴 주, 시애틀과 타코마 인근 베이 지역으로 태평양으로 통하는 만(灣 : Sound) "퓨짓 사운드(Puget Sound)"라는 곳이다. 좀 더 가서 살펴 보니까 물은 얕아서 발목에 찰랑찰랑한데 그 주변 몇 에이커(Acre)나 됨직한 모래사장(沙場)에 조개가 지천으로 깔려 있는 것이다. 그래서 노다지 꾼은 잔잔한 기쁨으로 가사를 이어간다.

"난 이제 야망의 노예가 되지 않을 거야(No longer a slave of ambition)
세상을 향해서 웃고(laugh at the world and its shams)
그리고 지금 이 행복만 생각할 거야(And think of my happy condition)
주변에 널려진 엄청난 조개들(Surround by acres of clams)

주변에 널려진 엄청난 조개들(Surround by acres of clams)"

그 친구는 일확천금 금을 캐서 한탕 하겠다는 꿈에서 깨어나 묵묵히 땅을 갈아서 얼마간 소출을 냈는데 이제 생각치도 않던 엄청난 조개를 또 덤으로 발견한 것이다. "나는 지금 이 행복만 생각할 거야" 그는 그토록 찾던 엘도라도를 비로소 발견한 것을 깨달아 행복했다.

하나님은 우리 모두에게 각자에 합당한 엘도라도를 예비해 놓으셨다. 어떤 이에게는 크고 작은 부(富)를, 누구에게는 명예를, 또 누구에게는 지혜의 샘 엘도라도를, 그리고 어떤 사람에게는 잔잔한 행복이라는 것도 준비하셨다. 그러나 하나님은 그것을 허황된 요행수로 찾기를 원하지 않으신다. 인내심을 가지고 꾸준히 노력하여 땀흘려 찾아가기를 원하신다.

젊어 한때 금에 미쳐서 방황하던 이 노다지꾼 시인은 거기서 정착하여 인생 후반을 보낸다. Old Settler' s Song의 시인 프란시스 헨리(Francis D Henry 1842-1893)는 말년에 와싱턴 주 입법위원과 순회 판사를 역임하였다.

에필로그

"금을 찾아 헤매고 또 헤매었네(I have traveled all over this country)"로 시작되는 컨츄리 송 〈퓨짓 사운드 Puget Sound〉 가사를 내가 처음 읽은 것은 시애틀 해변가의 어느 조그만 식당에서였다. 주문한 음식을 기다리는 동안 무심코 테이블 위에 깔린 종이 깔개를 보았는데 거기에 익살스럽게 보이는 어떤 노다지꾼의 삽화와 함께 그 노래 가사가 적혀 있던 것이다.
가사 내용은 골드 러쉬(Gold Rush) 때 어느 노다지꾼이 금을 찾아 흘러 흘러 퓨짓 사운드라는 곳까지 왔는데, 거기서 그토록 찾기를 원하던 금은 못 찾고 대신 해안 주변에 널려진 엄청난 조개를 발견해서 행복해하는 내용이었다. "주변에 널려진 엄청 많은 조거들, 난 이제 이 행복만 생각할 거야! 주변에 널려진 엄청 많은 이 조개들."

내가 처형네가 사는 시애틀에 갔을 때는 내 자신이 참으로 답답하고 우울한 형편에 있었다. 문교부 정규유학생 자격 시험을 거쳐 유수한 명문대학에 입학허가를 받아 미국에 왔지만 학위는 멀고 길은 험난했다. 장학금은 물론 없었고 한국에 있는 집 도움을 받을 형편은 못 되어서 여늬의 다른 유학생들처럼 별별 궂은 파트타임 일을 다 하면서 학업에 매달렸다. 덕분에 남들 2년이면 한다는 석사학위를 나는 3년 반이나 걸려서 했고, 남들 3년이면 끝낸다는 박사과정을 나는 5년 하고도 반년을 더 했다.

박사과정을 마치고 논문을 준비하는 기간 중에는 약간의 시간 여유가 있는 것이어서 주위에 돈을 빌려서 아내가 맡아서 할 조그만 가게를 운영했는데 그것도 3년만에 깨끗하게 거덜을 냈다. 돈을 벌기는 커녕 빚은 빚대로 지고, 가게에 몰두하느라고 박사 논문 제출 시기까지 놓친 것이다.

금을 포기하고 보따리 하나 작대기에 달랑 매달고 〈퓨진 사운드〉라는 곳으로 떠나는 가사 속의 노다지꾼처럼 나 역시 어느날 책상과 책장을 정리하며 새출발을 하기로 결심을 했다. "이놈의 박사 안 한다!" 그리고 "우선 밥벌이할 직장을 구하자!" 이렇게 기대치를 낮추어 맘을 먹으니 또 새로운 세상이 보이는 것도 같았다.

그런데, 그건 또 쉽나? 구직 이력서를 보낸 곳이 한 50군데는 되었을 것이다. 주유소 야간 캐쉬어로부터 청소부 무역회사 직원 등 청탁불문(淸濁不問) 원근불문(遠近不問) 풀타임 잡(Full Time Job)이라면 눈에 보이는 대로, 손이 닿는 대로 문을 두드렸으나 모두 Over Qualify라는 듣기 좋은 말로 딱지를 맞았다. 대학 선생, 컴퓨터 Director 자리는 박사학위를 받은 다음에 응모해 달라는 말로 거절을 당했다. "남들은 금광을 찾아 부자가 되었다는데/ 나만 요모양 요꼴/ 쭈그러진 양재기에 무디어진 곡괭이…" 노래 가사처럼 나 역시 오도 가도 못할 처량한 신세가 된 것이다.

"멈추면 비로소 보이는 것이 있다" 어느날 아내는 시애틀에 사는 언니 집에게 다녀오자고 했다. LA 에서 시애틀까지 고물차를 운전해서 아내와 아들 딸 이렇게 네 식구가 미국 생활 10여 년만에 처음으로 장거리 여행을 했다. 태평양 연안을 끼고 달리는 패스픽 코스트(Pacific Coast) 1번 도로가 그렇게 오묘하고 아름다운 것인지, 학위공부 중압에서 벗어나 주위를 둘러보니 세상이 그렇게 멋져 보이는 것이 신기했다. 군바리 시절, 양재기에 막걸리 부어놓고 젓가락으로 두드리며 "에헤야 가다가 가다 못가면, 데헤라 쉬어나 가세" 부르던 가락처럼 가다가 쉬고 쉬다가 가면서, 한가롭게 시애틀 처형 댁에 가서 며칠을 지내고 왔다.

50군데 이력서를 보낸 곳 중에서 3군데에서 연락이 와서 인터뷰를 했는데 그 중 취직이 된 곳이 대한통운. 그때까지 나는 영주권이 없이 F-1 비자의 유학생 신분을 유지하고 있었는데 신통하게도 대한통운만 영주권 보자는 말을 안 했기 때문이다.

대한통운이 원래 무척 보수적인 회사이지만 반면에 동아건설의 동아구룹 계열사답게 '노가다' 기질도 다분히 있어서 영업만 잘해서 돈만 많이 벌어오면 본사 직원이건 현지 직원이건(양반 상놈) 구분 없이 진급시키고 대우를 잘해 주었다. 나는 1983년 말단 현지직원으로 입사를 했지만 영업 성적이 '기적적으로' 좋아서 4개월 만에 과장대리 발령을 받고, 그 후로 2달 후에 과장이 되고 1년만에 차장, 그 다음 해에 부장, 그리고 LA 지점장, 다음에 샌프란시스코 지점장으로 전근되어 직급은 '이사' 로 퇴직을 하였다. 퇴직 후 물론 운송회사를 차려서 '사장님' 도 되어 보았다.

"에헤야 가다가 못가면, 데헤라 쉬어나 가세" 세상살이 무언가 잘 안 풀린다 싶을 땐 거기에 짓눌리지 말고 쉬어가기도 하면서 시선을 달리하여 세상을 바라볼 것이다. 몇십 년이 지난 지금도 나는 시애틀의 어느 식당에서 얻어온 그 〈퓨짓 사운드〉 가사 종이 깔개를 가끔 꺼내 읽으며 생각한다. 하나님이 나에게 예비하셨던 축복의 엘도라도가 황금이 쏟아지는 부(富)나 시끌벅적한 세상의 출세가 아니고 바로 이런 류(類)의 잔잔한 행복이었구나!

황금 대신 조개 밭 엘도라도이면 또 어떠랴! 유유자적(悠悠自適) 이런 노후도 역시 감사한 것을! "Surround by acres of clams/ And think of my happy condition. 주변에 널려진 엄청 많은 조개, 이제 난 이 행복만 생각할 거야."

김정수

외무부 외교연구원에서 근무하다 유학생으로 도미. USC와 Claremont 대학원원에서 수학. 대한통운 LA 및 샌프란시스코 지점장. 《중앙일보》와 《한국일보》에 김정수 칼럼 게재. 《한국일보》 객원 편집위원. 버클리문학협회 회원.

멘델스존

주대식

　지금보다 훨씬 젊었을 때, 그러니까 한 15~20년 전쯤 하와이에서 스노클링을 한 적이 있다.

　배를 타고 저 멀리 나아가 설치해 놓은 안전 지대에서 물안경을 쓰고 물속을 들여다보며 수영을 했다.

　거기까지 가는 동안 금빛 찬란한 햇살이 파도에 부서지고 있었다. 그것만으로도 바다에 대한 경외심과 찬사는 그치지 않았다. 우리에게는 충분히 황홀했다. 나는 그것이 바다의 전부인 줄 알았다.

　도입부는 귀에 익은 멜로디였다. 그 것은 마치 내가 아직까지 알고 있었던 바다 중에서도 표면에 빛나고 있는 물결에 해당되는 부분이었다.

　그러나 음악이 진행될수록 나는 물안경을 쓰고 바다 밑을 내려다봤을 때처럼 또 다른 경이의 세계가 존재하고 있다는 것을 알게 됐다.

　열대어들과 거북이가 천천히 유영하고 있었다.

　열대어들은 떼를 지어 곡선으로 움직이다가 갑자기 방향을 틀기도 하고 한쪽 방향으로 쏜살같이 달려가기도 했다.

　그들은 이미 그 때 벌써 멘델스존을 알고 있었던가 보다.

　멘델스존은 육지에서 멀리 떨어진 바다 한가운데서 천천히 유영하는 거북이를 본 적이 있는가 보았다.

이름을 알 수 없는 해초들이 흐느적거리는 모습도 그는 자신의 음악 속에 '그려' 넣었다.

땅 위에서 보면 그저 그런 평범하기만 한 바위와 돌들이 왜 물 밑에서는 더 아름답게 보이는 걸까. 나는 그 신비한 현상의 원인을 찾아내지 못했다. 아니 굳이 그럴 필요가 없다고 단정지었다.

봤을 때 아름다우면 그 것으로 족하듯이 음악도 들었을 때 아름다우면 그걸로 되는 거 아닐까.

음악이 진행되면서 출렁이는 현악기의 변화무쌍한 기교는 마치 바다 밑 풍경을 보는 듯하다가도 어느 순간 사색과 격정의 모습도 동시에 '보여주는 것' 같아.

그 속에는 약간의 엄숙함과, 번득이는 충고와 고뇌도 있는거 같네.

침잠의 세계로 인도하는 것 같아.

내가 그 바다 밑 풍경을 지금 다 기억하지 못하는 것처럼 음악의 세세한 부분을 다 암기할 수는 없지만 뇌리에 박히는 음률의 조각들은 늘 잠재의식 속에 가라앉아 있을 것이다.

그래서 지금 잠시 스쳐 지나가는 어떤 사물의 인상이나 기억들을 무시해서는 안된다는 교훈을 얻는다.

멘델스존을 언제 어디서 들었는지 기억이 나지는 않지만 도입부를 들으면서 하와이의 스노클링 기억이 되살아났기 때문이다.

음악은 현재의 나를 휴식시키기도 하지만 저 깊은 내면에 잠재해 있는 아름다운 기억들을 일깨우는 역할도 하는 것 같아.

멘델스존을 듣지 않았다면 하와이의 기억도 살아나지 않았을 테니까.

술을 마시지 않았는데도 횡설수설하는 버릇은 여전하군.

내가 멘델스존을 잘 모르기 때문일 거야.

그러나 원래 음악은 논리보다는 감성을 더 많이 흔드는 법이라니 좀 휘청거린다고 누가 뭐래기야 하겠나.

밖에서는 바람이 또 다른 '음악'으로 창을 두드리네.

아름다운 친구들, 다음에는 어떤 곡으로 만나게 되려나 기다려진다.

주대식

1946년 황해도 출생. 2006년 5/6월 격월간지 『수필시대』로 수필 등단. 펴낸 책으로 수필집 『황야에 서다』가 있음.

늘 출렁이세요 외 1편

김영란

우리 네 자매 부부는 일 년에 한 번 크루즈 여행을 하기로 하고 몇 년째 실천하고 있다. 같은 미국에 살아도 다른 시간대에 사는 언니가 있어서 일 년에 한 번 며칠이라도 함께 지내자며 시작한 일이다. 큰언니네는 생활전선에서 은퇴한 지 좀 되었고, 이년 전 은퇴한 둘째언니네, 은퇴를 앞둔 셋째 언니네까지, 이민자로 최선을 다해 살았던 시간에 대한 보상을 받듯 언니네 모두 여행을 즐기고 있다. 그 중 호기심과 모험심 많은 큰언니네는 먹을 것 잘 곳 걱정 없고 매번 새로운 사람과 사귀는 즐거움 때문에 크루즈 여행의 주 고객이 됐다. 덕분에 여행정보는 큰언니 담당이고 진행은 똘똘한 셋째 언니가 맡아 분주한 막내인 나는 차려진 상에 숟가락만 얹으며 혜택을 보고 있다. 여행은 다리 떨릴 때 가는 것이 아니라 가슴 떨릴 때 가는 것이라는 말이 있듯이 모두 건강이 괜찮고, 무엇보다 수다가 팔 할에 먹는 일이 이 할인 여자 위주 여행에 남편들의 인내는 칭송받아 마땅하다.

우리가 탄 배는 'Harmony of the Seas' (바다의 하모니)로 서부 카라비안 7박 8일 일정으로 하이티, 자마이카, 멕시코에 들린다. 세상에서 가장 크다는 이 배는 무게가 226,000톤에 길이가 362미터, 높이가 17층이다. 승객이 6,780명이 탈 수 있고 일하는 사람이 2,400명이니 가방까지 더하면 그걸 떠받드는 바다나 움직이는 배가 가여워진다. 프랑스산 이 배의 가격은 1.35빌리언, 행복을 추구해보려는 인간의 능력과 도전은 그 끝이 어디일까?

크루즈 여행이 미국에서 나이든 사람에게 인기 있는 이유는 짐을 끌고 다니지 않아도 먹고 자며 여러 곳을 여행할 수 있고, 배 안에 사우나, 카지노 외에 댄스, 합창, 요리, 골프, 그림 경매, 요가, 빙고 등 쉴 틈을 주지 않는 다양한 프로그램 때문이다. 특히 이 배는 젊은 가족단위 여행에 신경을 쓴 듯, 배 안에 회전목마와 아이스 스케이트장이 있고 까마득히 높은 곳에서 내려오는 물 미끄럼틀에다 배 중앙에는 센트럴 공원까지 만들어 놓았다. 크루즈하면 음식이 떠오르듯 놀다가 배가 고프면 배 중앙 거리 양쪽 아무 식당에 들어가 먹으면 되고, 저녁마다 드레스 차려입고 웨이터에게 대접받는 식사시간은 그야말로 우리들의 행복한 시간이다. 배 안을 돌아만 다녀도 하루 만 보 이상은 거뜬히 걷지만 거절하기 어려운 음식 유혹 때문에 운동은 되지 않는다. 매일 밤 펼치는 다양한 쇼도 브로드웨이 수준이라 앞으로 다른 배 타기는 쉽지 않을 것 같다. 웅장해도 날렵한 선체의 곡선을 보니 왜 영어로 배의 성을 여성인 미스로 일컫는지를 알 것 같다.

　나에게 크루즈 여행의 의미를 묻는다면 내가 좋아하는 출렁이는 바다를 마음껏 즐길 수 있어서라고 답할 것이다. 또한 신청하지 않으면 인터넷도 전화도 연결이 안 되니 오랜만에 세상과 가장 멀리서 복잡한 지상의 일을 완전히 잊을 수 있기 때문이다. 더불어 어떤 여행이든 여행은 달리는 삶에 쉼표를 찍는 휴식이며, 나를 탐색하고 아름다운 세상에 살아있다는 감사에 출렁이며 지치고 모난 삶에서 벗어나 새 영혼을 부활시키는 힘이 있다.
　드디어 섬 같은 배가 움직인다. 바다가 문을 열고 나를 맞아주는 순간 내 마음도 뱃길 따라 날아오르는 새가 된다.
　오래 전 김남조 시인을 뵈었을 때, 시인은 내게 기념으로 금박이 테를 두른 하얀 사각 판넬에 글을 써 주셨다.
　"늘 출렁이세요!"
　그 글을 받는 순간 나와 딱 어울리는 시인의 혜안에 감격했는데, 그 이후로도 나는 늘 출렁이며 바다의 매력에 빠져 있다.
　바다는 늘 출렁인다. 수평선도 늘 출렁인다. 하얗게 부서지는 파도의 출렁임에 나도 출렁인다. 긴 의자에 누워 광활한 바다를 바라보며 세파에 시

달린 몸과 마음을 시원한 바람에 깨끗이 씻는다. 순수해진 마음으로 가슴을 틔우고 내 몸과 정신에 집중하면 내가 얼마나 작은지 깨닫게 된다.

하루의 끝을 알리는 저녁노을의 장엄한 광경은 얼마나 황홀한가? 수평선에 걸렸던 해가 서서히 내려가면 마치 바다에 불을 붙인 듯 물감에 번진 듯, 온 바다는 붉게 물들어 그 찬란한 바다에 나는 출렁이지 않을 수 없다. 해 그림자 드리운 물속에서도 붉은 꽃을 피워내는 불바다, 격렬하던 청춘도 열정도 내려놓고 생각을 모으면 나는 진짜 누구이고 소중한 것은 무엇인지를 어렴풋이 알게 된다.

초기 아프리카 탐험단이 정글의 안내를 받기 위해 원주민 3명을 고용했다고 한다. 그러나 열심히 가던 원주민들이 3일 후 갑자기 못 가겠다며 주저앉자 당황하고 화도 난 탐험단이 이유를 물었다. "지난 3일 동안 우리가 너무 열심히 오느라 미처 우리 영혼이 따라오지 못했다. 우리에게는 영혼이 따라올 시간이 필요하다."

60년 넘게 열심히 살아온 나를 내 영혼이 따라잡으려면 얼마나 기다려야 할까?

하루를 감싸 안는 저녁 풍경에 취해 느긋하게 바다를 바라본다. 영혼의 진주를 캐는 영혼의 웰빙 시간이며 영혼의 현주소를 찾는 시간, 말랑해진 마음으로 더없이 착해진다. 허전함 대신 풍요로운 인생의 새 지도를 그리며 가슴이 뭉클해진다. 시간이 흐르면서 하늘 색깔이 서서히 달라지는 저녁, 바다의 일몰을 보며 내일을 기대한다.

무섭도록 적막한 밤바다 위로 밤하늘에 촘촘한 별들이 내려앉는다. 보석으로 빛나는 별에 질세라 달빛도 부드럽게 갑판 위로 내려앉는다. 빛으로 내려앉는 별과 달의 어울림에 취해 가슴 출렁이며 나는 온전히 내 시간의 주인이 된다. 요란한 파도소리는 처연하고 멀리 비취는 불빛은 삶의 애착과 불안과 고뇌, 어둠과 역경을 뚫고 살아온 우리네 삶처럼 또렷하게 빛난다. 밤은 천 개의 눈이 있고, 정신엔 천 개의 눈, 마음에는 오직 하나의 눈이 있다는 시인의 말을 떠올리며 마음의 눈을 크게 뜨는 시간, 세상에서 뭉쳤던 마음을 풀어놓고 삶에 애착을 느끼면 목에 뜨거운 것이 강렬하게 올라온다. 바다를 낮은 자세로 바라보는 동안 바람소리 파도소리도 슬픈 가락으로 위로를 건넨다. 겸손한 회복의 시간, 살아온 삶의 들숨 날숨이 감사하다.

자고 나면 해는 변함없이 떠오른다. 눈부시게 반짝이는 아침이다. 시커먼 파도가 요동치며 울부짖던 짙푸른 밤바다도 언제 그랬냐는 고요하고 태연하다. 파란 하늘과 파란 바다를 실어 나르는 바람에 마음도 파래진다. 삼킬 듯 몰려왔다가 덧없이 부서지는 파란 파도의 포말은 덧없는 우리의 삶을 닮았다. 청명한 햇살로 시작하는 맑은 하루에 감사하며 오늘은 바다가 내게 어떤 생각을 불러낼지 설렌다. 나의 물건, 기억, 재능, 성질 때문에 그동안 사소한 일에도 목숨을 걸었고 내일을 위해 욕심 부리고 뒤척였다. 그만큼 나는 또 그 대가를 치렀다. 실패도 인생의 일부라는 것을 받아들이지 못해 애 끓였던 날들을 떠올리며, 더 이상은 나에게 혹독하지 않기로 다짐한다. 광활한 바다가 전하는 삶의 기쁨과 애잔함에 희열을 느끼며 마음에 평정을 찾는다. 삶을 호젓하게 찾은 여유로 무엇이든 마주할 자신이 생긴다.

이제 내게는 어디를 보기 위한 공간에 대한 관광은 그리 중요하지 않다. 시간여행을 통해 나를 가로막는 고정관념과 부정적인 에너지를 떨쳐내고 새로운 눈을 가진 새사람으로 돌아오면 된다. 보름달처럼 환해진 내 얼굴을 보니 집 떠나면 고생이라는 말도 크루즈 여행엔 통하지 않는 것 같다. 이제 다시 각박한 땅으로 돌아가 삶의 거센 빗줄기를 맞는다 해도 의기소침해지지 않고 내 삶의 본질이 아닌 일은 훌훌 털어버릴 기세다.

가족애와 더불어 나의 내면을 보며 내 생의 초점과 비전을 재정비한 여행, 쉬지 않고 출렁였던 것은 그 자리에서 늘 자신을 지켰던 바다가 아니라 나였다는 것을 깨달으며 육지에 발을 디딘다. 주어진 순간에 몰두하고 감사할 것을 다짐하며 다음 출렁임을 예약한다.

엄마를 부탁해

신경숙의 자전적 소설 『엄마를 부탁해』는 칠순을 앞둔 뇌졸중 증세가 있던 엄마가, 자식들을 편하게 해 주려고 남편 생일상을 시골 아닌 서울서 받겠다며 남편과 상경하다 실종하게 된 이야기다. 자식들은 엄마를 애타게 찾고 아버지도 평생 천천히 좀 가라던 엄마 말을 무시했던 것을 후회하지만 엄마는 끝내 나타나지 않는다. 가족은 왜 엄마가 그때 그랬는지 엄마의 부재를 통해 그동안 엄마의 행적을 퍼즐처럼 맞추며, 낙담 속에 새롭게 엄마를 회상한다. 주인공인 큰딸은 엄마를 잃고 나서야 엄마의 진정한 의미를 알고, 로마의 성 베드로 성당에 있는 「피에타 상」을 보며 엄마를 부탁한다.

작가는 소설 속 엄마의 실종사건을 독자들에게 알려 독자 개개인의 사건으로 받아들이게 하며, 나아가 자신의 엄마를 찾아보게 만드는 효과를 발휘하며 문학의 힘을 보여주었다. 미켈란젤로가 조각한 「피에타 상」은 십자가에 매달려 죽은 예수 그리스도의 시신을 자신의 무릎에 놓은 어머니 성모 마리아를 그린 작품이다. 르네상스 시대 조각 예술의 대표작으로 여러 피에타 상 중 최초의 것으로, 특징은 예수에 비해 마리아의 신체 비율이 매우 크다는 데 있다.

2009년 미국 출판계에서도 조명받은 이 책은, 오프라 윈프리가 자신의 쇼에서 언급하고 당시 미국 최대 대형서점 반스 앤 노블스가 올여름에 읽을 만한 책으로 선정해 주목받았다. 하지만 높은 미국 출판계의 문턱을 넘는 한국 문인의 세계시장 진출의 길이 이제 열리나 기대했지만 작가는 뜻밖의 사건으로 침묵 중이고, 대단하던 대형서점도 인터넷에 밀려 어이없게 문 닫고 말았다. 이처럼 세상의 부귀영화나 모든 것은 변하지만, 영원히 변치 않는 것이 있다면 바로 우리들의 엄마가 아닐까?

출판사를 하는 동안 언젠가 꼭 내야겠다고 마음먹은 책이 몇 권 있다. 목 놓아 울고 싶지만 울 자리조차 마련되지 못 했던 고달팠던 이민의 노고에 찬사를 보내며 존경의 징표와 위로가 되었으면 하는 책들이다. 6.25 때 아버지와 오빠를 잃고 자신의 몸을 희생해 가족을 살리고, 그들을 미국으로 초청해 성공을 거두게 했지만 자신은 비난과 손가락질을 받아야 했던 국제결혼한 분들의 이야기(자꾸 돌아가시기 때문에 급한 일), 이민 와서 고생만하다가 살만 하니까 병들거나 타계한 분들 이야기, 입양아 이야기, 그리고 젊음도 꿈도 자식을 위해 인내와 조건 없는 사랑으로 맞바꾼 이민의 엄마를 살려내는 일이다. 험하게 걸어오신 그들의 길에 비단을 깔아드리는 심정, 불쑥 꽃다발을 내밀며 깜짝 선물을 풀게 해드리고 싶은 짝사랑이기도 하다.

올해 출판사 창립 11주년을 맞아 우선 그 중 한 가지, 나는 온갖 사연을 가진 엄마를 한 곳에 모으는 엄마 프로젝트를 시작했다. 공기나 물처럼 가깝고 소중한 존재로 오로지 가정과 자녀에게 헌신했지만 무시되거나 잊고 살았던 엄마에 대한 솔직한 이야기를 담은 책으로, 우리의 생에 영향을 미치고 등불이 되어준 엄마를 기리려는 목적이다. 또한 자식들은 한번쯤 말하고 싶었던 엄마를 고백하며 가끔은 쓸쓸하게 만들었던 엄마와 재회하고 화해하며, 자신은 오히려 위로받는 일이기도 하다.

사진 정리 중 나왔다며 둘째 언니가 카톡으로 사진 한 장을 보내왔다. 우리 네 자매는 저마다의 기억의 파편을 모아 함께 나눈 시간의 뿌리를 캐며 한바탕 울음바다가 됐다. 족히 40년은 넘은 사진인데 내 갈래머리 어깨 위로 맞닿은 엄마의 체취가 고스란히 느껴져 나는 봇물처럼 터져버린 그리움에 한동안 열병을 앓았다. 나이 들수록 작아졌던 엄마, 엄마의 청춘과 한, 얼굴에 드리운 그림자와 밤마다 쑤시는 다리의 육체적 고통을 돌이키자니 내 몸처럼 아프다. 우리는 저마다 서로가 몰랐던 엄마와의 친밀하고 애틋했던 경험을 앞 다투어 고백하며, 받기만 하고 갚지 못한 사랑에 대한 죄책감과 회한으로 오래 눈물 흘렸다. 엄마 관 위에 밤새 썼을 편지를 넣고 슬피 울던 큰언니 모습이 어제 일처럼 생생하다.

나의 엄마는 전쟁의 수난 속에 하나 뿐인 큰아들을 잃고 오랫동안 아침마다 임자 없는 더운 밥그릇을 안방 아랫목에 묻어두셨다. 생활력 없고 주장도 없이 동정심만 많으셨던 연약한 분이 아버지가 돌아가신 후 사기까지 당했으니, 돌이켜보면 불확실한 미래에 전전긍긍하며 험한 세상 살기에 참으로 버거우셨을 것이다. 하지만 고비마다 수호천사처럼 딸들을 지키고 때론 엉뚱한 유머로 때론 소녀 감성으로 우리들 영혼의 그릇을 채워주며 슬픔을 견디게 했다. 기대와 예감에 한 번도 어긋나지 않았던 미더웠던 엄마, 사람답게 사는 인정이 무엇인지 솔선수범 실천해보이신 인자한 엄마, 여리고 무능해도 엄마는 우리 마음에서 결코 꺼지지 않는 밝은 빛을 남겨주셨다. 엄마가 살아 계시다면 힘껏 껴안고 한바탕 서럽게 울어드릴 텐데 엄마는 이제 안 계시다. 어려운 결정을 내릴 때나 엄마가 좋아했던 음식을 볼 때 우리 딸 넷은 두려움도 배고픔도 엄마 품에서 해결했던 시절을 떠올리며, 배운 것 많지 않았던 엄마가 어디서 그런 긍정의 힘이 나와 그런 지혜를 발휘했을까 감격하며 웃고 운다. 딸로, 엄마로, 할머니로 나 또한 그동안 엄마가 걸어온 길을 부지런히 따라잡고 보니, 해가 더할수록 엄마의 빈자리가 크게 느껴진다. 엄마를 통해 나는 사랑에 눈떴고 사랑을 배웠으며 오늘의 내가 있다. 표현 한 번 제대로 못 해드리고 은근히 무시했거나 때로는 존재조차 없이 여겼지만 늘 그 자리에 서 계셨던 엄마가 보고 싶다. 이제 나는 내 딸이 나를 부르면 만사 제치고 달려가지만, 여자로서 엄마에 대한 이해의 폭이 한창 넓어진 지금도 내가 힘들고 슬플 때만 상처를 싸매줄 엄마를 찾아 이불 뒤집어쓰고 숨죽인다.

　신경숙 작가가 한국에서 책을 통해 엄마를 살려냈듯, 나 또한 미국에서 책을 통해 엄마를 살려내려는 시도로 여러 사람을 만나 엄마를 부탁하고 있다. 「피에타」 상에서 엄마의 크기를 실제보다 한참 과장되게 조각한 작가의 메시지를 받으며, "우리에게 엄마의 자리는?" 하고 물으며 신이 이 세상에 다 있을 수 없어 만들었다는 엄마의 행방을 수소문한다.

　태어나기 전부터 운명지워진 엄마, 엄마 없이 세상에 온 사람은 없고 우리의 삶은 모두 엄마에게 빚지고 있다. 마음속에 꽁꽁 숨겨놓은 엄마를 공개석상에 내놓는 일은, 엄마에 대한 개인의 경험을 통해 이제라도 엄마의 삶을 이해해보겠다는 노력이며 엄마와 자식이 말문 트는 일이다. 엄마를 통해 메말라가는 자신의 마음과 세상에 작은 불씨를 당기는 일이다.

　전쟁으로 갑작스레 생이별을 했던 북에 두고 온 엄마, 남편을 전쟁에서 잃고 홀로 바느질과 행상으로 자식을 키워낸 엄마, 이틀이 멀다 하고 남편에게 매 맞고 산 엄마, 남편의 바람기로 평생 가슴앓이를 했던 엄마, 금쪽 같은 자식을 잃고 눈물로 생을 마감한 엄마, 애비 없는 자식 소리를 듣지 않게 하려 모질도록 자식들을 두들겨 팬 엄마, 얼굴 한 번 본 적 없는 엄마, 다행히 편안히 살았던 엄마도 있지만 온갖 어려움 가운에도 희망을 잃지 않고 자식들 예닐곱씩 버젓이 길러낸 훌륭한 엄마들 이야기다. 음식 솜씨, 바느질 솜씨 자랑할 것도 많지만, 모진 시집살이와 시집 친정 뒷바라지 등 시대를 잘못 타고난 엄마들의 숨겨진 한 많은 목소리를 내는 동안 눈물 흘리거나 눈시울 붉히지 않는 자식은 없어, 나 또한 그들과 매번 덩달아 눈물의 파티를 벌였다. 언제나 그 자리에 있을 줄 믿었던 엄마가 없다는 사실이 새삼 서러워 말조차 잇지 못하는 여러 엄마를 한 권에 담기가 죄송스럽다는 생각까지 들었다. 더러는 창피해서, 무시했던 엄마에게 미안해서, 해드린 게 없어서, 너무 슬퍼서, 자격이 없어서, 너무도 나를 비추는 거울 같아서, 엄마와 사이가 너무 나빴기에 도저히 입조차 열 수 없다는 사람도 있다. 그 또한 엄마를 내려놓거나 마음 밖에 세워두지 않았다는 증거이다. 엄마는 자신만의 지도를 들고 자신이 보고 아는 것보다 훨씬 넓고 깊게 자식이 갈 길을 보여주었지만, 엄마도 사람이었고 소설처럼 엄마도 길을 잃을 수 있었으며 우리가 소리 지르고 싶은 때가 있는 것처럼 엄마도 그랬다는 것이다.

이민에게 고향은 아무 때나 갈 수 없기에 더욱 그립게 채색된 시간이요 공간이다. 게다가 그런 고향에 두고 온 아무 때나 만날 수 없는 엄마에 대한 그리움은 남다를 수밖에 없다. 시간이 갈수록 가슴에선 두터워가지만 생각으론 얇아가는 엄마를 그려보는 일은 자식에게는 어머니에 대한 고마움과 미안함을 이제라도 보여드리는 빚 갚는 일이다. 엄마가 어디에 계시던 특히 이민이라는 특수한 상황에서 엄마가 주신 삶을 절대로 어영부영 살지 않았다는 자부심을 엄마에게 자신의 목소리로 돌려드리는 일이다.

‘사랑한다.’는 말의 반대말은 ‘미워해요.’가 아니라 ‘사랑했어요.’라고 한다. 과거형 어머니가 되지 않도록 엄마를 지면에 올려드리는 일, 가슴에 단단하게 뿌리내린 다양한 어머니를 조명하며 어머니를 향한 시들지 않는 사랑을 선보이려는 이 일이 내가 사는 이곳에서는 문화행사가 되고, 독자들에게는 슬퍼도 행복한 울림이 되었으면 하는 바람이다. 자식들은 어느 집 어느 책꽂이에서 부활한 행간에 숨었던 엄마를 재발견, 재조명하며 묵힌 상처를 치유받고, 사그라졌던 엄마의 사랑에 감사의 불을 붙이는 계기가 되었으면 좋겠다.

김영란

1955년 서울 출생. 2004년 『현대수필』 등단. 저서 『책으로 보는 세상』, 『하룻밤에 읽는 미국 첫 이민 이야기』, 『여성을 비춘 불멸의 별 김마리아』. 버클리문학협회 회원, 『북산책』 출판사 대표.

봄 나들이 외 1편

김희원

샌프란시스코는 내가 사는 마을에서 30마일 떨어져 있다. 그곳까지는 자동차로 40분이면 갈 수 있지만, 샌프란시스코 시내에서는 주차하기도 힘들고, 일방통행로와 언덕길이 많아서 운전하기가 쉽지 않다. 여행을 떠나듯 대중교통인 BART를 이용하여 샌프란시스코로 나들이를 다녀왔다. 바트는 한국의 지하철에 비해 서비스나 청결 면에서 많이 뒤떨어진다. 운행 횟수도 15분 간격으로 뜸하고 좌석도 깨끗하지 않은 데다 안내 방송도 잘 들리지 않아 수시로 다음 정거장을 확인해야 하는 번거로움이 있다.

그래도, 편히 앉아 창밖을 구경하며 가니 긴장도 풀리고 한층 마음도 여유롭다. 유난히 비가 많이 왔던 겨울을 보낸 후라, 봄의 언덕은 온통 초록의 물결이다. 구릉 아래 들어앉은 마을은 물오른 잎사귀에 한층 싱그러워진 꽃배나무 사이로 박태기나무의 진분홍 밥풀떼기 꽃이 다닥다닥 피어나 그림 같은 풍경을 연출하고 있다. 사람이 사는 세상이 아닌 천상의 세계 같다는 생각이 든다.

다운타운의 중심지인 POWELL STREET에서 지도를 구하고 본격적인 나들이 일정을 시작했다. 다음 블럭인 UNION SQARE 주변까지 대형 쇼핑센터들이 모여 있어, 거리는 관광객으로 활기가 넘친다. 이곳에서 샌프란시스코의 명물인 케이블카를 타고 북쪽 부두인 FISHERMAN'S WHARF로 가려고 했지만, 케이블카를 타려는 어마어마한 긴 줄에 질려 운동 삼아 걸어가기로 했다. 역시 관광지답게 길을 막고 영화 촬영하는 곳도 있어 잠시 구경도 하고, 불러 세우는 판촉 사원의 권유에 못 이겨 주름이 펴진다는 마사지 시범도 받아본다. 아무려면 한 번 바른다고 금방 주름이 펴질리 없을 텐데 주름살이 펴졌다며 구매를 부추긴다. 어쩌다 억지로 모델 노릇은 했지만 살 생각은 애초부터 없었기 때문에 미소로 얼버무리며 정중히 사양한다.

다운타운의 빌딩 숲을 지나는 길은 호화로운 건물의 뒤편 어딘가에 노숙자들이 함부로 질러놓은 배설물의 냄새가 스멀스멀 풍기고 있어 우리네 인생살이를 대변하는 듯하다. 겉으로 보기에 아무 걱정 없고 행복해 보이는 집안도 가만히 들여다보면 한두 가지 사연이 없는 집이 없다. 멋진 건물들의 외관을 흠집 내는 지린내처럼 숨기고 싶은 상처들이 한두 가지씩은 있는 법이니, 남이 잘 나간다고 부러워할 것도 없고 또한 내가 잘났다고 우쭐할 필요도 없다.

SANSONE STREET을 따라 계속 걷다 보니 눈에 익은 이민국 건물이 들어온다. 영주권을 받기 위해 수차례 드나들었던 곳이다. 꼬박 6년이나 걸린 영주권 취득을 위해 얼마나 애를 태웠던지 인터뷰가 잡히자 무려 3시간 전부터 와서 초조하게 기다렸는데 벌써 15년 전 일이다. 요즘 들어 반이민 정책의 여파로 출입국에서 일하는 사람들의 태도가 다시 강경해졌다. 영주권을 받고 바로 시민권 취득하기를 잘했다는 생각이 든다. 미국 시민이 되었어도 겉으로 보이는 피부색으로 알게 모르게 차별 대우를 받지만, 모국을 떠나 사는 벌이라 생각하고 받아들이며 살고 있다.

부두로 나오니 때마침 출항 준비를 하는 유람선이 눈에 들어온다. 이곳에서 출발하는 것은 대부분 하와이나 알래스카 혹은 서해안을 일주하는 코스인데, 언젠가는 한 번 타보리라 마음먹고 있어서인지 보기만 해도 가슴이 두근거린다. 일찍 탑승을 마친 여행객들이 발코니에 서서 지나가는 사람들을 보고 손을 흔들며 인사한다. 미래의 내 모습을 그리며 답례의 손 인사를 보낸다. 유람선 뒤편으로는 흰 깃을 펄럭이며 요트들이 떠 있고, 관광 명소인 ALCATRAZ ISLAND로 가는 배를 타기 위해 장사진을 이루고 있다. 이곳에서 운행 중인 배를 타면 바다 한가운데서 금문교와 샌프란시스코 전체를 한눈에 볼 수 있어서 왜 샌프란시스코가 세계적인 아름다운 항구로 손꼽히는지 실감할 수 있다. 오늘은 보기 드문 화창한 날씨여서 항상 안개에 젖어 있던 금문교는 모처럼의 눈부신 햇살을 즐기고 있다.

FISHERMAN'S WHARF에 오면 꼭 먹어야 할 것이 크램 차우더이다. SOUR DOUGH의 빵 속을 파내고 조개 수프를 담아 주는데, 벤치에 앉아 갈매기랑 정답게 나눠 먹는다. 한쪽에서는 거리의 악사가 귀에 익은 팝송을 연주하며 분위기를 띄우고, HOP-ON HOP-OFF 버스 같은 샌프란시스코 관광버스 사이로 한국 여행사의 단체 관광버스가 연신 관광객을 내려놓고 있다. 마을에서 한인들을 만나는 것과는 달리 여행 와서 동포를 만난 듯 반갑다.

노천카페에 앉아 시원한 아이스커피를 마시며 지나가는 사람들 구경도 해본다. 주름치마를 입고 가는 사내, 민소매 티를 입은 젊은 아가씨, 가죽 코트에 겨울 부츠를 신은 중년의 아주머니, 복장은 계절도 없고 남녀의 구분도 없이 자유롭다. 스케이트보드를 타고 주인을 따라가는 선글라스 낀 커다란 개도 보이고, 트랜스포머 같은 영화 캐릭터 분장을 하고 동상처럼 온종일 서 있는 사람도 여럿 있다. 게다가 도미하기 전, 유원지에서 가끔 보았던 야바위꾼까지 성업 중이어서 동서양을 막론하고 놀이 문화는 비슷하다는 생각이 들었다.

봄비가 다녀간 뒤, 유난히 맑은 하늘 위로 흰 갈매기들 끼룩거리고, 따가운 햇볕 틈새로 간간이 불어오는 차가운 바람이 기분을 한층 상쾌하게 해준다. 하루의 나들이가 한 보따리의 행복을 선물로 주고 갔다.

모자

"한 손에 막대 잡고 또 한 손에 가시 쥐고/ 늙는 길 가시로 막고 오는 백발 막대로 치렸더니/ 백발이 제 먼저 알고 지름길로 오더라." 고려시대 우탁의 시조처럼 아무리 노화를 막으려고 발버둥쳐도 자연의 순리는 거스를 수가 없다. 나날이 발전하는 화장품 기술과 개인의 노력에 따라 피부 노화는 어느 정도 늦출 수 있지만, 머리의 노화는 어쩌지 못하는 것 같다.

희끗희끗해져 오는 머리에 염색하기 시작한 지 몇 년 만에, 숱도 빠지고 머리끝도 많이 상해 있어 당분간 염색과 파마를 하지 않기로 했다. 사람의 얼굴에서 머리가 얼마나 중요한지 염색과 파마를 하지 않은 모습은 정말 봐주기가 힘들었다. 평소 더위를 타는 편이라 모자 쓸 생각은 아예 하지 않았는데 할 수 없이 외출할 때에만 사용하기 위해 처음으로 모자 두 개를 샀다. 그런데, 막상 사용해 보니 이렇게 편할 수가 없다. 머리 손질하느라 시간 낭비할 필요도 없고 자고 일어나 머리가 제 맘대로 뻗쳐 있어도 모자 하나만 쓰면 깔끔하고 세련된 멋쟁이로 변신한다.

그래서 항상 귀부인처럼 보이는 내 친구는 사시사철 모자를 쓰고 다니나 보다. 그녀는 일 년 내내 모자를 쓰고 다닌다. 겨울이야 추위를 막아주기도 하니까 말할 것 없지만 한여름 푹푹 찌는 더위에도, 실내에서도, 한밤중에도, 자기 집이 아닌 곳에서 모자를 벗는 일은 없다. 그도 그럴 것이 외출하면서 한 번 모자를 쓰게 되면 머리카락이 납작하게 주저앉아 오히려 더 보기 흉한 모습이 되기 때문에 절대로 모자를 벗을 수가 없다.

모자 하나로 흉물스러운 모습이 세련된 멋쟁이로 탈바꿈되는 것을 보니 문득, 내 이름자 앞에도 나를 설명해 줄 모자 하나 씌워 주고 싶어졌다. 미국에 와서 전업주부로 산 지 20여 년, 주부의 일도 소중한 일이라고 남편과 아이들로부터 나의 희생에 대한 감사의 말을 늘 듣고 있지만, 이제는 내 이름 앞에 시인이란 모자를 쓰고 당당히 세상으로 걸어나가고 싶다.

　"시인이라는 말은/ 내 성명 위에 늘 붙는 관사/ 이 낡은 모자를 쓰고/ 나는/ 비 오는 거리로 헤매었다."

　박목월 시인은 「모일」이라는 시에서 생계를 책임져야 하는 가장으로서 시인은 비 오는 거리를 헤매야 하는 고달픈 직업임을 적고 있지만, 아이들도 다 독립하고, 생계를 책임져 줄 남편이 있는 나에게 시인이란 관사는 내 이름 앞에 씌우고 싶은 가장 갖고 싶은 모자이다.

김희원

1995년 도미. 버클리문학협회 회원.

민낯 외 1편

백인경

오늘따라 새벽녘 꿀잠의 유혹을 뿌리치지 못해 늦어진 출근길에 마음이 바쁘다. 바쁜 때일수록 신호등마다 빨간불에 걸리는 것 같아 안달거리며, 이쪽 저쪽으로 괜스레 차선만 바꿔본다. 차창 밖으로는 안개비가 내리고, 한여름인데도 목덜미에 싸늘한 냉기가 느껴진다. 목에 두른 스카프를 더 꼬옥 여미며 언뜻 쳐다본 백미러에, 화장기 하나 없이 적당히 늙어 있는 자신의 모습이 비친다. 아 저게 누구야, 스스로 깜짝 놀라며 당황스럽다. 아침에 뭔가를 골똘히 생각하느라 그만 화장하는 것을 잊은 것이다. 하지만 어쩌랴, 도저히 민낯으로는 출근할 용기가 나지 않아 오던 길을 돌아 집으로 향한다. 간단한 화장을 하고 다시 떠나는 더 늦어버린 출근길, 바쁠수록 돌아가라 했으니, 아예 뜨거운 커피까지 한 잔 뽑는다. 바쁜 마음을 아예 놓아 버리니, 찐한 커피향과 안개비, 그런데로 꽤 낭만적이다. 내가 사랑하는, 한여름철 안개 자욱한, 이른 아침의 샌프란시스코의 낭만이다. 내마음에도 안개가 촉촉하게 피어 오른다. 유난히 화장하기를 싫어했건만, 지금은 적당한 화장으로 주름살을 가리고 흐려가는 윤곽을 살리며 조금이라도 젊게 보일려고 애를 쓴다. 하지만 이것은 어디까지나 사회생활을 하는데 있어 다른 이들에 대한 예의라고 자위를 해 본다.

나이가 들어가는 것, 어느 누구도 피할 수 없는 늙음, 살아온 나이테 만큼이나 확실하게 자리매김하는 주름살들, 누군들 반길까. 어쩔 수 없이 지수화풍으로 흩어져, 온 곳으로 다시 돌아갈 수밖에 없는 밖의 형상에 너무 안달복달할 것은 아닌 것 같은데, 조금이라도 늦추어 가려고 안간힘을 쓰는 자신을 향해 자조섞인 쓴웃음을 짓는다.

내친 김에 욕심을 좀 내어, 난 늙어가는 것이 아니고 익어가는 중이라고 스스로 위안을 삼아보면, 늘어가는 주름을 보며 조금은 위안이 됨직도 하다. 분명한 것은 한치 앞도 예견할 수 없다는 것이 꽤 깊이 실체적으로 자각이 되고 보니, 오늘 하루는 그야말로 운이 좋아 맞을 수 있는 새로운 날이라는 느낌에, 그냥 무조건 모든 것에 감사한 마음이다. 하여, 날마다 새롭게 눈을 뜨면, 한 번도 살아보지 못한 미지의 새날을, 오랜 세월의 타성에 젖어, 어제처럼 오늘을 사는 어리석음에 쉽게 빠져 버리지 않기를, 때때로 마음에 새겨본다. 하지만 바삐 돌아가는 다람쥐 쳇바퀴 돌듯 하는 하루하루에 쉽게 어제같은 오늘로 내몰리곤 한다. 그렇게 불가항력으로 밀린 세월속에서 어느덧 자리잡은 눈가에, 입가에 서성이는 잔주름들, 머리 밑으로 하얗게 내리는 서리들을 보며, 형상의 덧없음에 문뜩문뜩 몸서리가 쳐진다. 앞으로 내앞에 남아있는 삶 동안 밖으로 집착하고 있는것들을 놓고 또 놓아서, 궁극에는 잘 타버린 장작개비의 하얀 재처럼 될 수 있기를 부단히 노력하고 싶다.

이만큼 살았다 해도, 난 아직도 날마다 새로운 경험을 하는 것이고, 자신을 더 깊이 새롭게 알아가는 중이리라. 그로 인해 내 안에 떠도는 뿌리없는 갖가지의 감정과 생각들을 객관화시켜, 여유롭게 바라볼 수 있게 되기를 바람이다. 늘어나는 주름살만큼이나 마음의 근육도 강해지면, 다른 이들의 못마땅한 모습을 보더라도 그것이 바로 내 얼굴임을 깨달을 수 있는 힘이 될 것도 같다. 지금까지 오면서 삶의 고비고비마다에서의 축적된 경험은, 자기 안에서, 또 세상의 많은 것들에서 허구성을 깨달을 수 있게 하는 묘약이지 않을까? 허구를 바로 직시하면서 자기식으로 점철된 편견에서 조금씩은 더 자유로워지고 싶다.

지나온 세월도 쏜살같이 지나갔듯이 앞으로 나에게 주어진 시간 또한 너무도 짧은 한계 속에 있을 뿐인데, 속절없이 무너지는 세월 앞에 무엇이 진정으로 내 마음의 버팀목이 되어줄까!

세월이 더 흘러, 어느때인가는 화장기 없는 늙고 주름진 민낯으로도 넉넉하고 편안하게 사람들을 대할 수 있게 되기를 기대해 본다.

어느날 암자에서

길을 떠났다. 오래전 어느 날, 배낭 하나 메고 간편한 차림으로. 동안거는 시작한지 한 달도 넘었을 때, 아마 크리스마스 때쯤이었나 보다. 한국에 도착하자마자, 마중 나오신 큰오빠를 졸라, 바로 설안산 인제 선방으로 향했다. 주지 스님을 뵙고, 이곳에서 정진을 하고 싶다고 말씀드렸더니, 동안거가 이미 시작해서 중간에 받아 주기가 곤란하다고 하셨다. 그 바쁜 일정을 잠깐 접고 오매불망 찾아왔는데 하는 마음에, 눈물이 핑 돌만큼 큰 실망감을 안고 터덜터덜 고개를 내려오니 정진하시던 보살님들께서 어느새 소문을 듣고 쫓아 내려오셨다. "아니 한번의 거절로 이렇게 맥없이 돌아서면 어떻게 정진을 해내겠냐"며 단단히 꾸중들을 하신다. 용기를 내어 다시 큰절을 드리고 청을 드리니 먼곳에서 (미국에서) 건너온 정성으로 간신히 선방으로 안내될 수 있었다. 참선방의 규율은 엄격했다. 그도 그럴 것이, 평소에는 곳곳에서 생업에 종사하다가 안거 때면 같이 모여 수행을 하는데, 성격도 제각각이고 생활환경도 모두 다른 300여 명의 대중들이 촌음을 아껴가며 수행을 하는 곳이기 때문이다.

새벽 3시, 눈에 걸린 졸음을 털어내며 하루가 시작된다. 정진, 식사시간, 정진, 잠깐의 산책, 그리고 다시 정진. 참선방에선 침묵으로 정진을 하고 잠깐의 보행시간을 제외하곤 정진의 연속이다. 방밖에서 함박눈 내리는 소리가 들릴 정도로(?) 고요히 자신에 몰입한다. 겉으로 보기에는 고요히 앉아만 있는 것 같으니, 별 힘이 들 일도 아닌 것 같지만, 자기 안으로의 여행에 만만치 않게 에너지가 소비된다. 가끔씩 누군가의 보시로 별식을 하게 되는데, 아주 귀한 에너지 보충원이 된다.

산사의 시간은 소리없이 흐르지만 어느덧 세상때가 벗겨지고 수행살이 오를 때쯤이면 해제 때가 된다. 아예 눌러 살고도 싶은 아쉬움을 남기고 설악산 자락을 내려와, 같이 수행하면서 의기투합한 도반보살님의 안내로 산세가 좋다는 암자로 향했다.

남쪽행 기차를 타고 조그만 시골마을에서 내려 택시를 타고 산 중턱에 자리잡은 암자에 도착하니, 겨울해가 산마루에 뉘엿뉘엿 걸렸다. 막 저녁 공양이 시작될 때라 공양주 보살님의 정성어린 산채나물로 저녁을 맛있게 먹을 수 있었다. 그 암자는 정말 산세가 수려한 곳에 절묘하게 자리잡고 있었다. 주지스님께서 계신 곳과 수행하시는 보살님들의 요사채와 법당 사이로 계곡물이 흐르고 있었다. 계곡 위로는 그리 튼튼해 보이지 않는 가교가 걸려 있었다. 장마가 심했던 어느 해에는 갑자기 불은 물이 다리 위로 넘쳐 오갈 수가 없어, 다리 저편에 있는 스님들께 주먹밥을 던져 드렸다 한다.

서로 가족 같은 분위기에서 조금은 여유로운 산사의 생활에 빠져든 며칠후, 스님들과 보살님들이 근처에 큰행사가 있어 모두 떠났기 때문에, 예상치 못하게 홀로 산사를 지키게 되었다. 홀로 산사에서 지낸다 생각하니 설레이기도 하고, 운수행각하는 납자라도 된 듯 뿌듯하기도 했었다. 모두가 떠난 산사, 적막강산이었다. 나무가지 사이로 휘바람을 불며 스치는 바람 소리, 새 소리뿐, 세상과 완전히 동떨어진 혼자만의 순간이었다. 산채나물에 따뜻하게 점심을 잘 차려먹고 양지바른 곳에 앉아 햇빛을 즐기니, 순간 신선(?)이라도 된듯 몸과 마음이 나는 듯했다. 양쪽 산봉우리의 호위를 받으며, 앞이 툭트인 산사 아래로 모든것이 까마득했다. 병풍처럼 산봉우리에 둘러쌓인 산사 앞마당이 근사한 무대같이 느껴져, 갑자기 노래가 하고 싶어졌다. 애창곡인 '동심초'부터 '가고파'로 이어지며 나중에는 동요까지 한 시간도 족히 넘었으리라. 스스로 취해서 목청껏 부르고 또 불렀다. 별로 잘 하지도 못하면서. 어지간히 부르니 목도 마르고 해서 방에 들어와 따끈한 작설차로 목을 축이고 있는데, 갑자기 '안에 계십니까?' 하고 굵은 저음의 남자 목소리가 나의 모든 신경을 예리하게 건드렸다. 갑자기 심장이 오그라붙는 것 같은 놀란 마음을 누르며 떨리는 목소리로 '누구세요?' 물으니 암자 아래에서 고시공부 하는 사람이라며 덧붙이는 말이 "노래 감상 잘 했습니다" 한다. 아무도 없는 산중인 줄 알았는데, 이게 웬 낭패람, 두렵기도 하고 그닥지 않은 노래 실력에 부끄럽기도 해서, 어서 이곳을 빠져 나가야 한다는 생각 뿐이었다. 마침 이곳에 올 때 혹시나 하고 적어 놓았던 택시기사에게 전화를 했다. 사정을 얘기하니 천만다행으로 바로 와 주셨다.

지금도 가끔 그때 일이 떠오르면 혼자 실소를 한다. 유난히 아름다운 산사였는데, 언젠가 또 짬을 내어 꼭 찾아가고 싶다.

백인경

전주 출생. 1981년 도미. 2003년 『신문예』로 등단. 작품집 『계영배, 이 순간 이 생의 전부』, 실리콘벨리 독서회 회원, 버클리문학협회 회원.

빨래를 넌다 외 1편

양안나

나는 빨랫줄에 널려 있는 햇살에 포송포송하게 빛나는 각양각색의 빨래들을 보면 냄새를 맡고 싶어진다. 자글자글 끓는 햇볕에 말린 순백색의 셔츠에서 구수한 백설기 같은 냄새가 나면 기분이 좋아진다. 옷은 주인의 냄새와 이야기가 들어 있다.

어릴 적 집 옆마당 장대에 높이 매단 빨랫줄에는 크고 작은 옷들이 깃발처럼 허공에 펄럭였다. 줄에 널린 속옷들은 바람에 수줍어서 서로 포개져 숨어 있었다. 온종일 긴 팔을 벌리고 태양을 향해 걸려 있던 언니의 빨간 스웨터에선 잘 익은 사과 냄새가 났다. 미인대회에 나온 한 출연자가 능금을 많이 먹으면 미인이 된단 말을 들은 이후 언니는 밥보다 사과를 좋아했다. 키가 큰 옆방 새댁이 빨래집게로 꽂은 아기 기저귀에선 까르르 맑은 웃음소리가, 물을 덜 짠 그 여자의 낡은 청바지에선 고장난 수도꼭지에서 흐르는 물소리가 똑똑 들렸다. 뒤집어 넌 은 남자의 자켓 주머니 속의 하루가 시멘트 바닥에 담배 냄새를 풍기며 찬 노을 속에서 펄럭펄럭 마르고 있었다.

어머니는 오뉴월 햇볕에 그냥 놀고 있는 빨랫줄이 아깝다고 하셨다. 장롱 속 이불들이 줄줄이 수돗가로 끌려나왔다. 목화솜 이불들의 속살이 몽글몽글 솜사탕처럼 드러났다. 솜들은 순이 할머님이 시외버스에서 머리에 이고 내리시는 나물 보따리처럼 보자기로 꽁꽁 묶어서 시장 솜틀집으로 실

려나갔다. 헌 솜들은 긴긴 겨울 밤 이불 속에서 나눈 언니와 나의 은밀한 이야기들을 망각의 틀에 돌린 후 활짝 핀 목화꽃으로 다시 돌아왔다.

어머니는 사방으로 바람이 통하는 대청마루에서 풀 먹인 이불 호청을 자근자근 밟으신 다음 고르게 주름이 펴진 천들을 다듬잇돌 위에 올려놓고 다듬이질을 하셨다. 연밥처럼 숭숭 구멍 뚫린 당신의 가슴을 방망이로 단련시키시듯 두드리고 또 두드렸다. 방망이에 맞은 옷감들은 비단결처럼 윤이 났다. 가을비 내리는 늦은 밤 어머니가 데워놓은 따뜻한 아랫목에 발을 넣으면 다듬이질한 이불호청에서 바스락 잘 마른 낙엽소리가 들렸다. 나는 골목 입구에 들어서면 어머니와 다른 사람의 다듬이 소리를 구별할 수 있었다. 어머니의 다듬이 소리는 청명하지만 구슬퍼 고요한 산사의 목탁 소리의 여운을 품고 있었다. 또닥 또다딱 문틈 사이로 들리는 어머니가 두들기는 방망이 장단은 내 유년기의 모짜르트였고 베토벤이었다.

부지런한 어머니의 손을 거쳐간 애벌 빨래와 삶은 빨래는 구수한 냄새가 났으며 언제나 새 옷 같았다. 어려운 시절에도 우리 가족이 깔끔한 입성을 하고 다닌 것은 가족을 향한 어머니의 헌신과 사랑 덕분이었다. 여고시절 교실 창문에 걸려있던 커튼을 한 세트씩 집으로 가져가서 빨아오는 당번 날이었다. 토요일 학교수업이 끝난 후 집으로 가져간 일감은 대부분 어머니들의 노동이었다. 하필이면 주말 내내 비가 와서 빨래를 말리기가 쉽지 않았지만 어머니와 나는 일요일 밤 젖은 커튼을 선풍기 바람과 다리미 열로 말렸다.

다음날 월요일 아침에 고이 접은 커튼을 학교로 가져갔다. 조회시간이 시작되자 깐깐하신 선생님께선 커튼 당번들은 빨아 온 것을 들고 나오라고 말씀하셨다. 두번째 줄에 앉은 나는 뒤도 돌아보지 않고 빠르게 선생님께 갖다 드렸다. 그런데 내 자리로 돌아올 때 아이들이 놀란 듯이 나를 주시하였다. 결국 선생님은 사랑의 매라 불리우는 반들반들한 막대기를 들고 나머지 커튼 세트를 빨아오지 않은 아이들을 앞으로 나오게 하셨다. 나는 그 아이들과 한 번도 뷘 적 없었던 그 아이들의 어머니께도 종일 미안해 했었다. 세탁기와 건조기가 갖추어진 지금도 커튼을 빨 때면 해맑았던 그 친구들의 얼굴과 흰 거품을 가득 모은 손으로 다정하게 돌아보시던 어머니의 모습이 언뜻 떠오른다.

오래 전에 동네 도서관에서 고전영화 길(La Strada)을 빌려 본 적이 있었다. 영화의 마지막 부분에 한 젊은 여인이 바람 부는 공터에서 비련의 여주인공 젤소미나가 불던 트럼펫 멜로디를 흥얼거리며 빨랫줄에 옷을 널고 있는 장면이 거의 마지막에 아련하게 나오면서 다음 신으로 비통하게 넘어간다. 이 이탈리아 영화감독 페데리코 펠리니도 바람과 트럼펫 연주와 빨래 너는 여인을 좋아하는 정감 있는 남자임엔 틀림이 없다. 이해인 수녀님도 「빨래를 하십시오」란 시에서 기도가 되지 않을 때나 우울할 땐 빨래를 하라고 했다.

우울한 날은
빨래를 하십시오
맑은 물이
소리내며 튕겨울리는
노래를 들으면
마음이 밝아진답니다

나는 뒤뜰 코너에서 가벼운 빨래를 넌다. 널어놓은 옷들 위에 나비도 벌도 내 삶의 냄새를 맡으며 앉았다 날아가고 나뭇가지에 앉은 새들도 씻겨진 얼룩의 비밀들을 보고있다. 하늘하늘 얇은 흰 옷들이 얼음처럼 투명하게 햇살에 반짝인다. 내 삶도 맑아지고 있다.

오렌지 향기는 바람에 날리고

근래에 보기 드물게 캘리포니아의 봄비가 오는 아침이다. 겨울비를 흠뻑 맞고 땅속 깊은 곳에서 봄을 기다리며 다시 찾아와 준 모든 식물들에게 축복을 보낸다. 바위 틈을 헤집고 실날같은 초록 잎을 움틔우며 순간 순간 기지개를 켜듯이 자라는 생명력이 신비롭다. 오렌지 꽃잎은 바람에 하얗게 쏟아지고 새들도 꽃향기에 춤을 추며 날아간다. 담장 너머 언덕에서 비에 젖은 유채화는 다소곳이 아침인사를 하고 감미로운 코러스의 멋진 화음이 꽃보라처럼 울려 퍼지는 환희의 4월이다.

어느 해 늦가을 집을 구하러 다니던 중 아담한 이 집을 선택하게 된 이유 가운데 하나는 레몬트리와 오렌지 나무 때문이었다. 뒷마당 양쪽에 이 집의 나이와 거의 비슷한 두 나무가 경쟁하듯이 주렁주렁 참외 크기만한 열매들을 풍성하게 매달고 서 있었다. 그들은 서양볕에 자태를 뽐내며 더이상 이집 저집 기웃거리지 말고 자기들과 한 식구가 되어 살자며 손을 내미는 듯하였다. 나무들의 주인 잃은 슬픔과 그리움이 순간 내 맘 속으로 들어왔다. 하나 뿐인 아이가 대학을 들어가며 빈 둥지를 남기고 간 그해 가을은 쓸쓸함이 여기저기 묻어있던 해였다. 나는 나무들에게 침묵과 외로움을 나누며 공존을 약속했다.

흰색의 오렌지 꽃잎은 체리나 사과 꽃잎보다 두꺼워 향이 진하고 오랫동안 남는다. 열매도 익어가면서 향이 그대로 깊어진다. 나는 계절마다 나무와 한 몸이 되어 사진을 찍곤 한다. 활짝 웃고 있는 화사한 봉오리와 꽃을, 수줍게 꽃잎을 밀고 나오는 풋열매의 사랑스러움을, 석양에 물든 검푸른 열매를, 잘 익은 열매의 성숙된 빛깔들을 담아둔다. "이것이 너와 나의 금년 얼굴이야. 네가 만든 꽃과 열매가 웃고 있네."라고 나무들에게 사진을 보여주며 말을 건넨다. 해마다 많은 양의 열매를 잉태하고도 나무는 언제나 새 나무이다. 그러나 사진 속의 나의 봄날은 이미 지나가고 있다. 그래, 잘 가꾼 정원의 꽃들도 때가 되면 시드나니, 강물 위에 유유히 떠내려가는 풀잎처럼 나의 세월도 흘러가도록 놓아주자. 어느 시인이 "청춘을 잃었다 하여도 비잔틴 왕궁에 유폐되어 있는 금으로 만든 새를 부러워하지 않는다" 하였으니 나는 이 축복 받은 대지 위를 자유로이 걸을 수 있음을 감사해 하며 은구슬처럼 반짝이는 햇볕을 안고 천천히 걷는다.

새들은 나무 꼭대기에 마지막으로 남겨둔 오렌지를 아침밥으로 먹은 후 표주박 같은 껍질을 나뭇가지에 걸어두고 어디론가 떠나갔다. 영하의 겨울을 경험해보지 못한 이 곳의 새들은 좀 게을러도 욕심을 부리지 않아도 된다. 이 타운은 사철 내내 꽃과 과일의 천국이다. 혹한의 아픔에 눈물을 흘려본 우리들은 다시는 돌아가지 않으려고 안락한 봄만을 기다리며 동동거리고 살고 있다. 새들도 우리들의 욕망이나 절망, 사랑과 미움 이러한 것들과 서로 부딪히며 살아가는 것을 이해하고 있을 것이다. 이미 새들은 인간보다 더 넓고 높은 곳에서 지혜롭고 위대한 생존의 기술을 터득했다.

오렌지 나무는 선인장처럼 온몸에 성난 가시를 품고 있진 않지만 열매가 익어갈 무렵 가지에 강하고 굵은 가시가 드문드문 나타난다. 나는 우리집을 찾아온 지인들에게 싱싱한 열매가 달린 가지를 꺾어주다 가시에 찔린 경우가 허다하다. 자신의 몸에 상처를 내니 화가 난 모양이었다. 레몬트리도 오렌지 나무와 마찬가지로 굵은 가시가 있다. 애초에 자신과 열매를 보호하기 위해서 만들었을 것이다. 우리도 날카롭거나 뭉툭한 가시를 지니고 살아간다. 쉽게 떨어지지 않고 착 달라붙어, 때로는 가시돋힌 말도 서슴치 않는 가족이라는 가시로 남아 있거나 그 외의 가시를 품은 사람들도 함께 어울려 살아간다. 그 가시는 아픔이라는 삶의 가시이기도 하고 가슴 속에 숨어 있는 뜨거운 사랑이기도 하다. 그러나 그 가시는 관심과 이해의 보호막이어야 따뜻하고 아름답다. 날카롭지만 고이 간직하고 겉으로 드러나더라도 동글동글한 가시를 품은 사람이 좋다.

나에게도 투박하지만 향기로운 예쁜 가시들이 있다. 먼 곳에서 건강과 안녕을 체크하는 언니 오빠, 오랫만에 만나도 방금 헤어진 것처럼 말이 통하는 친구들과 또한 뜻을 같이 하는 정든 이웃들, 무엇보다 자상이 병인 남편, 과묵하지만 엄마의 일이라면 무조건 응원하는 아들, 이렇게 포근한 사람들이 뭉퉁뭉퉁한 나의 인복인 가시들이다. 어느 해 한국에서 휴가차 온 후배가 "언니의 무기는 따뜻한 카리스마야."라며 며칠간 재워주고 구경시켜 주었더니 떠나며 남긴 말도 나의 가시에 슬쩍 얹어볼까 생각 중이다.

어린 매화꽃이 바람에 흩어진 자리에 사과꽃과 오렌지꽃이 눈처럼 쌓여 있다. "오렌지 향기는 바람에 날리고" 오페라 속의 합창을 들으며 오렌지 꽃향기 나무 그늘 속에서 안부를 묻는 벗들에게 문자를 보낸다. 온 천지에 꽃향기가 퍼지는 4월은 더 이상 잔인하지도 슬프지도 않다.

양안나

대구 출생, 상수리독서 모임 회원, 버클리문학협회 회원.

버클리 문학

Berkeley Korean Literature

2017년 4호
2017년 9월 1일 발행

편집주간 김희봉
편집위원 김경년, 김종훈, 유봉희, 강학희, 정은숙, 엔젤라 정
편집고문 오세영, 권영민
편집자문 김완하, 송기한, 김홍진, 이용욱, 이은하

펴낸곳 버클리문학
Berkeley Korean Literature Society
3845 Harrison Street #310, Oakland, CA 94611, USA
925-788-6382(김희봉), 510-685-8670(정은숙)

발행처 시와정신
대전광역시 대덕구 대전로1019번길 28-7 신창회관 2층
Tell 042-320-7845 Fax 0507-713-7314

공급처 (주)북센
경기도 파주시 문발로 77(문발동)(10881)
Tell 031-955-6777 Fax 080-250-2580~1

값 10,000원

ISBN 979-11-959539-6-7